UN SOLEIL POUR CHAQUE JOUR

Du même auteur

Le Soleil de Monédière, De Borée, 1994, prix du roman d'Auvergne
La Dernière Estive, Antonin Malroux, 1997
La Noisetière, Albin Michel, 1998, prix Lucien-Gachon 2000, prix du terroir 2002 du salon de Cosne-sur-Loire
Le Moulin des rêves, Albin Michel, 2000, Prix du terroir Rosine-Perrier, 2002, du salon de Hermillon
L'Enfance inachevée, Albin Michel, 2001
La Vallée d'émeraude, Albin Michel, 2003
Un fils pour mes terres, Albin Michel, 2004
Les Trois Marches, Albin Michel, 2005
La Fille des eaux vives, Archipel, 2007
Les Chemins de la communale, Albin Michel, 2007, prix www.salondulivre.net 2008
Le Jardin de Louise, Albin Michel, 2008
Une poignée de blé, Albin Michel, 2009
La Grange au foin, Albin Michel, 2010, prix Arverne 2011
La Promesse des lilas, Calmann-Lévy, 2011
La Cascade des loups, Calmann-Lévy, 2012
La Pierre marquée, Calmann-Lévy, 2013
Ode au Cantal, Éditions de la Flandonnière, 2013
L'Homme aux ciseaux d'argent, Calmann-Lévy, 2014
Les Prés refleuriront, Calmann-Lévy, 2015
Fenêtre sur village, Calmann-Lévy, 2016
Marie des Adrets, Calmann-Lévy, 2016
À la découverte des burons, La Vache qui lit, 2017
L'Espoir de belles aurores, Calmann-Lévy, 2017
Le Pain de paille, Calmann-Lévy, 2018
Le Cœur de mon père, Calmann-Lévy, 2019
Le Charpentier du paradis, Calmann-Lévy, 2020
Le Rêve de Marie-Hélise, De Borée, 2020
La Source aux Trois Fontaines, De Borée, 2021

Depuis 2016, l'école communale de Boisset, village natal de l'auteur, est devenue l'école Antonin-Malroux.

Antonin MALROUX

UN SOLEIL POUR CHAQUE JOUR

Roman

CALMANN LEVY
territoires

CALMANN LÉVY
ÉDITEUR DEPUIS 1836

COUVERTURE
Maquette : Le Petit Atelier
Photographie : © Krasimira Petrova Shishkova / Trevillion Images

ISBN 978-2-7021-8461-5

AVANT-PROPOS

Au cœur de l'Auvergne se dressent des montagnes, par endroits rassemblées en barrière, épaule contre épaule. Elles recèlent des légendes, nous protègent des monstres. Regardez toutes ces crêtes qui dominent le Cantal ! Ne dirait-on pas l'échine d'animaux préhistoriques encore non identifiés ?

Éteints, certes, mais toujours là, les grands maîtres volcaniques abritent de merveilleuses terres nourricières, des plateaux, des prairies sustentées par d'admirables rivières, des lacs et des ruisseaux discrets. Parfois, ils sont visités par de terribles orages, inopinés et inquiétants, qui en s'épuisant laissent des arcs-en-ciel pour se faire pardonner.

Dans les entrailles des vallées, il y a des villages de pierre, secrets et intimidants. Pour pénétrer leur intimité, il faut prendre le temps de les arpenter, les apprivoiser. En frappant aux portes, vous finirez par entendre cette formule : « Achevez donc d'entrer ! » Soyez alors certains d'être bien accueilli.

Le point d'ancrage de ce roman sera la ville de Murat, cité médiévale, « porte de pierres des Monts du Cantal », entourée de trois rochers basaltiques : Bonnevie, Bredons et Chastel. Leurs noms proviendraient de trois créatures qui se seraient affrontées pour conquérir la région.

Je n'oserais certifier ce mythe. Il repose sur de douteux fondements historiques. Mais je ne pouvais le passer sous silence. Les rêves les plus extraordinaires exaltent éternellement les humains !

Antonin Malroux

1

Louis était le fils aîné des Deltheil. Peu après son retour de la guerre, il avait quitté le domaine familial, accompagné de son épouse Juliette, afin de prendre en fermage une autre propriété, La Bescade, ce qui n'avait guère plu à son père, pour ne pas dire pas du tout. Quelque temps après leur départ, l'homme décéda lors d'un banal accident agricole : il tomba du haut d'un char à foin et se retrouva broyé entre la carriole et l'attelage des bœufs. Cette mort, on la reprocha à Louis, qui aux dires de tous n'aurait pas dû quitter la ferme et ainsi obliger son père à travailler.

On ne se parlait plus. Il fallut attendre le baptême du premier enfant du couple, Jean-Paul, pour réunir tout le monde, sous la houlette discrète de Germaine Deltheil, la grand-mère. Ce fut assez court, mais elle avait tant insisté qu'André et Jacques, les frères de Louis, s'y étaient rendus. En dépit des rancœurs familiales, ils renouèrent brièvement à l'église de Murat, pour célébrer le sacrement du nouveau-né. À cet instant, tout semblait désormais aller du mieux possible.

Après la cérémonie, Louis retrouva ses frères au café. On ne pouvait se quitter ainsi, sans un mot, un jour de baptême, et le froid vif qui régnait dehors, en cette matinée du 20 décembre 1919, avait facilité les choses. Les convives échangeaient d'honorables sourires. Jean-Paul ne manifestait aucun agacement, comme s'il ne voulait pas ajouter des pleurs aux tensions entre les Deltheil, son père, ses oncles et sa grand-mère.

— Ce petit est décidément bien sage, fit-elle remarquer. On croirait son père.

Personne n'osa la contredire. Ils commandèrent des boissons chaudes pour combattre la température glaciale. On attendrait un autre jour pour faire sauter les bouchons de pétillant. Jeanne et Marie-Thérèse, la mère et la grand-mère de Juliette, étaient assises dans un coin du café, silencieuses. L'aïeule avait la tête ailleurs. Elle pensait à la surprise qu'elle avait imaginée pour les siens, une coquetterie sans doute. « J'espère que tout sera bien arrivé à La Bescade, il ne manquerait plus que ça, et surtout aujourd'hui. »

Très vite vint le temps des au revoir, des promesses de se retrouver bientôt, en priant encore une fois le ciel de veiller désormais sur Jean-Paul, dernier-né des Deltheil. Le curé lui aussi continuait d'exprimer son enthousiasme, le même que lors de la signature de l'acte de baptême, réjoui sûrement de voir ainsi s'agrandir la famille de Dieu. Ils se séparèrent. Rien d'autre n'était prévu. La cérémonie les avait réunis quelques heures. Elle n'était qu'une parenthèse et la parenthèse était refermée. Dans le monde rural, les fâcheries ont la peau dure.

Par endroits, le gel parsemait le chemin. Il remontait des terres fragiles, figeait les fougères qui tentaient de résister sur les talus, en attendant qu'un vent plus violent que les autres ne vinssent les coucher. Noël approchait, encore quelques jours et on se regrouperait peut-être à nouveau autour de Jean-Paul, leur enfant Jésus. En tout cas, on pensait déjà aux festivités. Comme ils arrivaient à La Bescade, Juliette s'inquiéta soudain :

— Il y a quelqu'un devant la maison !

— Oui, il y a aussi un cheval et une charrette, renchérit Jeanne. Passe voir devant, Louis. Il ne faudrait pas que des fois, pendant notre absence, quelqu'un soit venu nous voler.

— Ne vous faites pas de soucis, dit l'inconnu, qui avait entendu Jeanne. Je suis chargé de vous livrer un paquet. Une encombrante marchandise, j'en conviens, mais je n'ai fait qu'obéir à Mme Dachère.

La grand-mère de Juliette s'adressa au convoyeur :

— Vous n'avez pas eu trop de difficultés à trouver la maison ?

— Non, madame, voilà la livraison.

— Approchez-vous tous, c'est un cadeau de la part de mon défunt mari, voyez donc !

Le livreur déballa la surprise, bien enveloppée dans une bâche et de vieilles couvertures.

— Mais c'est notre pendule !

— Oui, Juliette. Ma sœur la gardait en attendant. Ton grand-père avait souhaité te la donner un jour. Hélas, il n'en a pas eu le temps. Aujourd'hui, voilà qui est fait, ce sera son dernier cadeau de Noël ! Votre propriété aura désormais sa pendule, comme toutes les maisons de nos campagnes.

— Si seulement grand-père avait pu vivre ce moment !

— Allez, rentrez vite le petit et relancez le feu, ordonna Marie-Thérèse. En attendant, monsieur va se charger de transporter la pendule. Dites-lui simplement où vous désirez qu'il la place.

Jeanne regarda Juliette et montra du doigt un emplacement.

— Qu'en penses-tu, Juliette ?

Elle scruta longuement chaque recoin de la pièce principale et dit enfin :

— Oui, maman, elle serait bien, là.

L'horloge comtoise fut installée à l'endroit convenu et chacun lui trouva une majesté incroyable.

— C'est à toi de la remonter, Juliette, indiqua Marie-Thérèse. Tu sais comment t'y prendre ?

— Oui, mon père m'a montré une ou deux fois. Louis, quelle heure as-tu à ta montre ?

— Douze heures trente !

Quelques secondes plus tard, la pendule sonna la demie. Basco, le chien, pencha la tête et se rendormit. Juliette se jeta dans les bras de sa grand-mère. Jeanne dit alors :

— Et la soupe ? L'aurions-nous oubliée ?

Les cris de Jean-Paul confirmèrent cette crainte et tous sourirent de ce bon moment auprès du feu, enfin ranimé. Le livreur resta souper avec la famille et son cheval eut droit à son picotin.

Depuis l'installation de cette merveille, Marie-Thérèse regardait l'heure toute la journée. Non seulement elle observait l'horloge mais elle lui parlait aussi de temps à autre, lorsqu'elle se trouvait seule dans la maison. « Voilà qui va m'aider à vieillir ici, un souvenir de mon homme, c'est un peu de lui qui m'accompagne encore à travers elle. »

Lors du décès de son mari, Marie-Thérèse s'était vue dépouillée de cette pendule, à regret. Aussi était-elle très heureuse qu'une bonne âme la lui ait rendue. Elle se souvenait que certaines personnes voilaient le cadran de la machine en signe de deuil et supprimaient également sa sonnerie, mais son époux était mort depuis déjà trop longtemps pour qu'elle se plie à ces coutumes. À La Bescade, la pendule était bien vivante, et tous appréciaient cette nouvelle compagnie qui ponctuait leur quotidien. Ses bruits mécaniques étaient plus agréables que son silence. Parfois, Jeanne, Juliette ou Louis surprenaient Marie-Thérèse dans ses conversations avec l'engin, mais ils ne faisaient aucun commentaire.

La présence de cette horloge, enfermée dans son sarcophage de bois, était réconfortante. Avec de l'imagination, sa silhouette semblait structurée comme celle d'une femme. Son cadran était surmonté d'une fantaisie de cuivre en guise de coiffure ; on apercevait son buste au travers de la vitre ; ses hanches renflées accueillaient le mouvement du balancier ; sa vie interne correspondait à ce tic-tac qui, selon certains, signifiait tantôt « oui », tantôt « non », symbole d'une étincelle infatigable. Travaillée en bois de merisier, reposant sur quatre pieds fins, elle avait un air de princesse avec son jupon décoré d'un bouquet de roses.

Une porte donnait accès à son cadran, l'autre à ses entrailles qui dissimulaient les poids que l'on devait remonter tous les huit jours environ. Son système comprenait deux mécanismes, l'un pour donner l'heure, le second pour sa sonnerie. Se prenait-elle parfois pour la maîtresse de maison, distribuant délicieusement ce tic-tac infini ?

Lorsqu'elle avait rejoint les siens au hameau de La Bescade, Marie-Thérèse était venue avec son chat, fidèle compagnon de cette vie qui s'effilochait. Désormais, elle avait aussi sa pendule et se sentait encore moins seule. Les autres souvenirs matériels ne comptaient guère. Les meubles qu'elle avait accumulés avec son mari avaient été distribués à des voisins. Leur maison avait trouvé un nouveau locataire. La grand-mère avait fait savoir qu'en se rendant chez sa petite-fille, elle ne souhaitait plus ressasser le passé, mais plutôt s'offrir une ultime étape, paisible, faite de partage et d'avenir.

D'ailleurs, La Bescade allait prendre de nouveaux atours, une allure plus belle que jamais. Quatre générations allaient s'y côtoyer, de Marie-Thérèse à Jean-Paul, une peuplade si l'on peut dire, mais en mieux organisée.

Louis ne revoyait que rarement sa famille ; les espoirs nourris le jour du baptême s'étaient bien vite évanouis. Un jour, il dit à Juliette :

— Il faut que j'aille chez ma mère, à Boissillac. Je prends ma moto, je ne serai pas très long.

— Ne veux-tu pas que je t'accompagne avec Jean-Paul ? osa-t-elle.

Il fit non de la tête. Elle n'insista pas.

Les quelques kilomètres furent rapides à parcourir, Louis connaissait le chemin par cœur. En cette fin février, peu de gens traînaient dehors et tous s'affairaient dans les granges et les ateliers pour réviser le matériel agricole.

En arrivant, il fut surpris de découvrir près du hangar un engin calciné, ressemblant à une carcasse de voiture.

Il n'y accorda pas davantage d'attention et se dirigea vers la maison. Louis frappa à la porte et sa mère ouvrit rapidement, elle semblait attendre quelqu'un. À sa vue, elle se figea.

— Entre, Louis, tu tombes bien ! Assieds-toi, je te prépare quelque chose de chaud.

— Mais tu ne m'embrasses pas, maman ?

— J'ai la tête tourneboulée. Si tu savais...

— Dis-moi d'abord ce qui se passe. Es-tu malade ?

— C'est pire, mon fils, c'est pire !

— Explique-toi, enfin, s'il te plaît !

— Es-tu passé devant le hangar ?

— Oui, j'ai aperçu un véhicule calciné.

— C'est ce qui reste de la voiture de ton père !

Elle changea soudainement de sujet :

— Comment va le petit Jean-Paul ?

— Il va très bien, Juliette aussi. Mais raconte-moi ce qui se passe ici.

— Mon pauvre, mes belles-filles se sont disputées pour ce qu'il ne leur appartient pas encore : notre ferme ! Oui, tu entends bien ! Notre ferme !

— Mais comment ça ?

— C'est la Gisèle, la fiancée de Jacques ! Une profiteuse ! Elle a embobiné ton frère : elle lui a dit que la voiture qui aurait dû te revenir lui avait été promise par ton père.

En entendant ces mots, Louis resta sans voix.

— C'est tellement pénible à raconter, j'en tremble encore. Personne ne voulait lui donner raison et, comme par hasard, on a retrouvé l'auto derrière le hangar complètement carbonisée.

Louis baissa la tête, abasourdi par le récit désastreux de sa mère.

— Ne t'en fais pas pour la voiture. Avec Juliette, nous nous en passerons très bien. Tu sais, nous aimerions venir vous voir plus souvent mais il y a toujours des imprévus à La Bescade, aujourd'hui je suis parvenu à m'échapper. Mais où sont mes frères ? Et comment va Jacques ? Comment a-t-il réagi à ce qu'a fait Gisèle ?

— Ils sont partis faire un tour tous les deux, afin de discuter de leur avenir à Boissillac. Tout cela est bien triste.

— Et toi, maman, comment vas-tu au milieu de tous ces problèmes ? Comment va ta santé ?

— Je m'accroche, en attendant des jours meilleurs. Mais allez, s'il te plaît, donne-moi davantage de nouvelles de mon petit-fils !

— Jean-Paul est merveilleux, et puis, tu imagines, il a deux grands-mères pour lui tout seul, il se fait chouchouter. Tu devrais venir le voir si tu en as la force, ou bien nous viendrons ici avec lui dès qu'il fera plus beau. Nous devions déboucher le mousseux tous ensemble en son honneur, mais je crains que la période ne soit pas à la fête.

— Mon pauvre Louis, je suis si fatiguée de toutes ces disputes !

— Avec le temps, tout va s'arranger, maman.

— Sans doute, mais cette fois-ci la crise a atteint des sommets. Au fond de moi, je continue de croire en des moments plus paisibles, mais, depuis que ton père n'est plus là, je peine à rester optimiste.

Touché par la tristesse de sa mère, Louis tenta de lui remonter le moral :

— Un de ces jours, je viendrai te chercher pour t'emmener à La Bescade, si, bien sûr, tu n'as pas peur de grimper sur ma moto !

— J'ai encore l'âge de m'accrocher à toi, mon garçon. Et ce sera un bonheur de pouvoir embrasser mon petit-fils.

Les larmes lui vinrent aux yeux, et Louis jugea qu'il était temps de s'en aller. Il prit sa mère dans ses bras, le cœur serré. En repassant devant le hangar béant, il regarda encore une fois la carcasse noircie et fumante.

Le chemin qui rejoignait la départementale n'était pas agréable. Quelques nids-de-poule le surprenaient encore, d'autant que les suspensions de sa moto n'étaient plus toutes jeunes. Louis essayait de ne pas trop penser à la discussion qu'il venait d'avoir avec sa mère, mais il savait qu'il ne pourrait pas cacher ces événements à Juliette.

La mort brutale de son père avait tant bouleversé la vie des Deltheil qu'il ne pouvait sûrement pas en mesurer encore toutes les conséquences. La jalousie réciproque de ses futures belles-sœurs était une nouvelle épreuve.

Parfois, il lui arrivait de se sentir coupable, de se dire que tout ce branle-bas de combat à Boissillac était lié aux choix qu'il avait faits. Mais l'intransigeance de son père lui avait été insupportable. Juliette avait été son salut, sa liberté, et il savait que rien au monde n'aurait pu lui barrer la route de leur avenir commun.

La Bescade respirait le bonheur, une tout autre atmosphère qu'à Boissillac. Cette visite dans sa maison d'enfance avait beau avoir altéré son humeur, Louis savait qu'il devait prendre sur lui pour ne pas gâcher la gaieté que communiquait Jean-Paul à son entourage.

Il ralentit à l'approche du hameau. Il gara sa moto dans la grange, jeta un œil sur la ferme. Ici, le calme régnait, tout reposait sous un soleil un peu engourdi, voilé. Il s'était fait à l'endroit, au jardin et aux terres attenantes, au bâti, à cette grange accolée à la maison. Avec, bien à l'abri à l'intérieur, famille, femme et enfant !

Il s'assit sur un billot de bois pour reprendre ses esprits. Que se passait-il dans sa tête ? Décidément, voir sa mère si soucieuse et affaiblie l'avait perturbé. Désormais, La Bescade était sa vie, mais comment faire une croix sur le reste ? Sa mère paraissait désespérée d'assister aux déchirements des siens, dans cette maison où Louis avait toujours vécu avec ses deux frères. Là où, avec le temps, son père s'était révélé autoritaire, voire agressif, doté de ce caractère archaïque propre à certains paysans de la région. Mais venant de son père, Louis ne l'avait pas accepté.

« Ai-je eu de la chance de rencontrer Juliette ? De fonder avec elle une nouvelle famille ? Oui, bien sûr ! Mais en même temps, là-bas, dans cet autre chez-moi, la femme qui m'a mis au monde se trouve en fâcheuse posture, coincée entre mes frères et leurs compagnes. Les belles promesses du jour du baptême, celles des retrouvailles et de l'entente revenue, où s'en sont-elles allées ? »

Soudain, on le tira de ses réflexions :

— Alors Louis, tu rêves ? Qu'est-ce qui ne va pas ?

Jeanne l'avait aperçu et s'inquiétait de le voir amorphe et immobile, assis sur cette vieille souche où parfois l'on fendait le bois. Il leva la tête et tenta d'avoir l'air moins abattu.

— Oui, j'étais dans mes pensées et je ne me suis pas rendu compte que le temps passait. Tout va bien, je vous rejoins.

Dans sa tête tournaient les images de la voiture brûlée, tas de ferraille réduit en cendres.

— Comment ça va à Boissillac ? Ta mère se porte-t-elle bien ?

— Je préfère en parler plus tard. Où est mon petit Jean-Paul ?

— Il ne s'est pas envolé, rassure-toi, il est dans les bras de sa maman, je les ai vus il y a une minute à peine. Mais tu n'as pas l'air en bonne forme.

Il détourna le regard et se leva pour se diriger vers la maison. Jeanne n'insista pas. Juliette lui fit signe et ouvrit la porte. Il s'avança vers elle et vers son fils. Il le prit dans ses bras et l'admira comme il aimait le faire souvent.

— Il n'y a pas une bise pour moi ? demanda Juliette, jalouse que son homme accorde davantage d'attention à leur enfant plutôt qu'à elle.

— Tu ne serais pas un peu possessive, par hasard ?

— Si, je le suis !

Louis retrouva son sourire, un instant soulagé des ennuis qu'il avait rapportés de Boissillac.

— Il aura bientôt trois mois, si je sais encore compter. Ça grandit vite, un bébé.

— Et nous vieillissons tous d'autant ! Comment va ta mère ? Tu as pu la voir ?

— Tu ne vas pas en croire tes oreilles ! La famille se désagrège et ma mère ne supporte plus toutes ces disputes.

Elle n'osa pas le questionner davantage. La suite arriva toute seule.

— Déjà, en attendant que mes frères trouvent un arrangement entre eux, ma mère est la seule patronne de la ferme, elle porte cette responsabilité sur ses épaules. Cela l'épuise, même si un domestique les dépanne pour le plus gros. Mais apparemment, la situation n'est pas près d'évoluer.

— Mais enfin pourquoi ? Que s'est-il passé ?

— Depuis mon départ et surtout depuis la mort de mon père, Gisèle tente de s'imposer ! Comme moi, l'aîné, je suis parti, elle se dit qu'il y a désormais une place à prendre pour elle et Jacques.

— Tout ça ne présage rien de bon !

— Figure-toi que, pour se venger, elle a mis le feu à la voiture de mon père, celle qui devait nous revenir.

— Mince alors, cela aurait été notre premier luxe ! réagit Juliette, faussement consternée.

Louis éclata de rire.

— Il nous reste la moto ! Et elle est bien à nous ! Un jour, j'irai chercher ma mère avec, à Boissillac, je le lui ai promis.

— Oublions ces tracas, mon cher mari, nous ne manquerons pas de travail ici. Bientôt la famille pourrait s'agrandir encore, oui, une belle famille, avec un magnifique père. Regarde, tu n'as pas lâché ton fils depuis que tu es revenu !

— Je boirais bien quelque chose, Juliette, la soif me brûle la gorge.

— Tu as de ces expressions ! Alors viens, il doit y avoir un seau d'eau fraîche à la maison.

Dans les bras de Louis, Jean-Paul souriait et babillait. Son père lui dit alors, le plus sérieusement du monde :

— Tu sais, mon fils, il ne faut pas prêter l'oreille à tout ce qui se passe à Boissillac.

Ayant rejoint la salle principale, ils s'assirent autour de la grande table. Louis reprit la parole :

— Il y a du désordre dans la grange, je vais y passer un moment en attendant midi.

— C'est une excellente idée, cela va t'occuper l'esprit ! Le meilleur moyen pour oublier toutes ces histoires, c'est de travailler.

— Tu as parfaitement raison, c'est ce que mon père m'a toujours dit !

Louis savait pourtant qu'il ne parviendrait pas si facilement à mettre de côté les ennuis de sa mère et de ses frères. Plus il tentait de s'en détacher, plus ça revenait l'agacer, le tourmenter. Parfois, il posait l'outil dont il se servait et là, silencieux face à l'ouvrage, il s'interrogeait. Était-il nécessaire qu'il s'en mêlât ? Ce n'était plus son affaire, certes, mais il demeurait tout de même l'aîné des Deltheil !

La charrue brabant double avait besoin de vérifications, d'entretien des socs par-ci, de graissage par-là. Louis lui donna des soins bien au-delà du nécessaire. « Toi, au moins, tu seras fin prête pour la plantation des pommes de terre qui ne va pas tarder. »

La famille au complet se retrouva pour le repas, avec les deux grands-mères. Marie-Thérèse surveillait les plats qu'avait préparés Jeanne avant de se rendre aux travaux extérieurs. C'était une excellente fermière !

La tablée respirait le bonheur. Dans son landau, Jean-Paul se faisait remarquer par des bruits, des cris. Louis, certes, était plus contrarié que d'ordinaire, mais il dirigeait toute son attention vers son fils, le pilier de leur avenir, pour ne pas penser à la situation qui s'envenimait ailleurs, là-bas, à Boissillac.

2

Depuis l'arrivée de Marie-Thérèse dans la demeure de Juliette et de Louis, la famille s'était organisée. Jeanne s'occupait du matin au soir de bien des travaux, surtout de la cuisine. Elle surveillait aussi sa mère, dans sa solitude de veuve, et certains jours, lorsque de mauvais souvenirs surgissaient, elle lui apportait son soutien. Marie-Thérèse se sentait désormais à la charge de sa famille, ralentie dans ses activités. Elle se contentait de veiller sur Jean-Paul, le descendant unique, auquel elle offrait toute sa douceur et sa protection.

Avec Jeanne, elle parlait souvent du bon vieux temps, celui qui vous obsède lorsque vous vieillissez, et qui prend des airs de paradis perdu. Un soir, alors qu'elles s'étaient couchées, après avoir clôturé la journée sans surprise apparente, Marie-Thérèse éprouva le besoin de se confier à sa fille :

— Jeanne, j'ai quelque chose à te dire, j'y pense depuis très longtemps.

— C'est grave, ou cela te tracasse au point de ne plus pouvoir te retenir ?

— Un peu des deux. Je vis ici depuis quelques mois, auprès de vous tous qui n'êtes que gentillesse envers moi.

Elle se tut quelques minutes puis reprit :

— J'ai un peu d'argent de côté, comme on dit. Je voudrais que Juliette et toi, qui n'avez pas toujours été très heureuses, vous puissiez en profiter, en remerciement de m'avoir si bien accueillie.

Jeanne écoutait en silence. Qu'allait donc lui proposer sa mère ? Pourquoi cette attitude soudaine ? Peut-être voulait-elle se faire pardonner ce qui avait causé tant de mal lors de la naissance de Juliette ?

Marie-Thérèse chercha ses mots de longues minutes encore. Avant qu'elle ne rouvrît la bouche, Jeanne osa lui dire :

— Ta petite-fille ne t'a pas proposé de venir ici en échange de quoi que ce soit.

— Je le sais très bien, Jeanne, mais je suis une personne de plus à charge maintenant, une vieille dame. Ah ! Si mon Auguste était encore là…

Marie-Thérèse soupira. Elle ne pouvait pas prononcer un mot de plus au sujet de son défunt mari, les larmes lui montaient aux yeux.

— Voilà ce à quoi j'ai pensé, reprit-elle. Dans mes affaires, j'ai un portefeuille contenant une liasse de billets, toutes nos économies.

— Tu nous avais caché ce trésor, maman.

— C'étaient nos économies, celles d'une vie, à ton père et à moi. Rappelle-toi, nous ne dépensions guère, juste le nécessaire, et encore ! Aujourd'hui, je le regrette un peu. Oui, nous aurions pu vous gâter davantage, Juliette et toi.

L'émotion inondait ses yeux et faisait trembler ses pauvres mains.

— Maman, ne te mets pas dans des états pareils !

— Ne crains rien, ce n'est que du bonheur en retard. Voilà à quoi j'ai pensé. L'idée, bien sûr, n'est pas de gaspiller cet argent.

Jeanne s'attendait à tout.

— La maison et sa dépendance ne datent pas d'hier. L'ensemble serait bien plus beau et agréable si les joints de la maçonnerie pouvaient être refaits à neuf ! Ça pourrait avoir de la gueule !

— Mais maman, comment tu parles !

— J'essaie de me rajeunir comme je peux ! Mais je suis maladroite. Bref, qu'en penses-tu ?

— C'est une excellente idée ! Sauf que tout ça coûte cher, maman, les maçons ne travaillent pas pour rien.

— Je pense que Louis est capable de s'en charger. En tout cas, te voilà avertie ! Demain, au repas de midi, je leur ferai part de mon idée ! Je ne peux plus la garder pour moi ! Assure-moi au moins que tu ne seras pas contre, sinon je te garantis que tu n'auras pas un sou après mon enterrement !

— Maman ! Maman !

Jeanne se leva pour embrasser sa mère. Elle ne savait que dire, et Marie-Thérèse accepta cette affection peu commune entre elles.

— Ce n'est pas si souvent que tu m'embrasses ainsi !

— J'ai pris de mauvaises habitudes, mais ce n'est pas parce que je ne manifeste pas mes sentiments qu'ils n'existent pas.

Elles rirent toutes les deux.

— Il faut maintenant que je retrouve ce sacré portefeuille. À force d'en prendre soin, je ne sais plus vraiment où je l'ai caché. Il doit être dans la valise marron que j'ai glissée sous le lit, regarde donc si tu le trouves au milieu des chiffons.

— Et si on te l'avait volé, maman ?

— Mon Dieu, ne dis pas ça, ça me tuerait sur-le-champ !

— Allons mettre la main sur ce sacré trésor !

Après quelques minutes de recherches, le portefeuille fut trouvé.

— Le voilà, maman ! Il était vraiment bien caché, il sent presque l'humidité.

— Ah, je suis soulagée, merci. Regarde combien il peut y avoir à l'intérieur, je ne m'en souviens pas. J'aimerais connaître la somme exacte avant de faire ma proposition aux jeunes.

— À toi de compter, maman. C'est ton affaire, tu es maîtresse du jeu !

— Mon Dieu, tu me fais peur quand tu parles ainsi.

— Ne t'inquiète pas, c'est une très belle idée que tu as eue !

— Tu crois que… ?

— Oui, j'en suis certaine, maman !

Plusieurs jours passèrent et Jeanne pensa que sa mère avait oublié ses projets. Un soir, alors que le repas était terminé, que chacun songeait à rejoindre sa chambre, Marie-Thérèse se manifesta.

— Juliette et Louis, j'aimerais vous remercier de m'avoir si bien accueillie dans votre maison, en pension, si je puis dire. Et vous faire part d'une décision que j'ai prise.

— De quoi parles-tu, grand-mère ?

— Avec Auguste, nous avions quelques économies. Nous ne pensions qu'à ça d'ailleurs, tout au long de notre vie, en bons Auvergnats que nous sommes.

— Nous sommes tous pareils, il n'y a pas de mal à ça.

— Votre maison, avec sa dépendance bien accrochée à elle, constitue un bel ensemble. Mais les joints se dégradent par endroits. Bientôt, cela pourrait la fragiliser.

Tous faisaient silence, attendant la fin de l'annonce.

— J'ai décidé de vous aider en réglant les travaux qui s'imposeront tôt ou tard.

— Mais grand-mère, nous n'avons pas besoin de vos économies pour y remédier.

— Louis, si vous vouliez bien entreprendre ces travaux, petit à petit, ce serait autant de gagné pour votre maison. J'ai de quoi payer les matériaux, ne me refusez pas cette occasion de vous faire plaisir, à tous ici, sans oublier le petit Jean-Paul. Jeanne m'a déjà donné son accord, alors ne perdez pas de temps. À moi, il n'en reste guère.

Juliette demeurait silencieuse. Soudainement, elle s'approcha de sa grand-mère et l'embrassa follement. Louis fut plus discret, presque gêné par cette déclaration.

— Je ne sais que dire devant tant de générosité, concéda-t-il. Merci, mille fois, mais laissez-nous le temps de réfléchir.

— Si ma proposition vous fait plaisir, ne vous posez pas de questions. Imaginez la propriété dans sa nouvelle tenue, belle, rajeunie. Le soleil sera encore plus heureux de venir lui rendre visite.

En retenant ses larmes, Juliette bredouilla :

— J'aurais aimé que grand-père..., puis elle éclata en sanglots.

— Nous n'oublierons pas de sitôt cette soirée, dit Jeanne.

— Et moi non plus, ajouta Marie-Thérèse. Il me semble que c'est la première fois que je fais quelque chose de bien pour vous.

La pendule manifesta par deux fois son accord. La grand-mère jeta un regard vers l'horloge et sourit :

— La comtoise a tout entendu et elle acquiesce. Vous voyez, il n'y a plus qu'à accepter ma proposition.

Tous sourirent à l'idée que l'engin ait pu écouter leur conversation et donner son avis. Comme la famille ne savait plus quoi ajouter, ils finirent par aller se coucher. Que se disaient alors Jeanne et Marie-Thérèse dans leur chambre ? Que se passait-il dans celle des jeunes, près de leur petit Jean-Paul ? Pour sûr, ils devaient être sous le choc de cette annonce.

— Quelle surprise, s'étonna Juliette. Dire que ma grand-mère avait des sous bien dissimulés dans ses affaires sans que ma mère en sache rien ! À moins qu'elle aussi n'ait été dans le secret.

— Nous avons là de quoi rénover la maison et n'en faire qu'un seul ensemble. Peut-être pourrons-nous le modifier un peu, qu'en penses-tu ?

— Pourras-tu vraiment te charger de tout ce travail ? Il y a aussi la ferme, les champs, les animaux…

— Je travaillerai de l'aube jusqu'à la nuit s'il le faut, mais nous y arriverons. C'est de notre avenir à tous qu'il s'agit maintenant !

Dans l'autre pièce, mère et fille, moins volubiles, s'apprêtaient à s'endormir, mais certainement avaient-elles aussi besoin de converser :

— Tu as réussi un joli coup de théâtre ce soir, maman.

— Je ne pouvais pas supporter l'idée que cet argent soit utilisé un jour pour je ne sais quoi. J'ai préféré prendre les devants.

— Et comme tu as bien fait, ton comportement t'honore !

— Le passé est effacé, c'est aux jeunes maintenant de travailler. Je me sens mieux et j'espère bien dormir. Tu m'as aidée, ma fille, en ne contrariant pas mes plans, et j'ai le cœur plus libre.

— Alors bonne nuit, maman.

— Bonne nuit, ma fille.

Contrairement à ce que Louis affirmait à sa femme, les travaux d'amélioration de la ferme le tracassaient. Il était convaincu de pouvoir y arriver mais il avait peur que le temps lui manque. Par moments, il regardait la bâtisse de long en large, comme on fixe un casse-tête, et Juliette se doutait bien qu'il n'était pas aussi serein qu'il voulait le lui dire. Louis pensa à une solution : demander de l'aide à ses frères. Mais à Boissillac et entre les Deltheil, l'heure ne semblait pas être à la solidarité. Que faire ? Il se rendrait chez sa mère, seul.

Dans la propriété, rien n'allait. Devenus concurrents pour la succession de leur père, les deux frères ne se parlaient guère. André, le cadet, souhaitait prendre de nouvelles responsabilités à la ferme avec sa femme Colette, mais cette dernière s'en était allée chez ses parents pour quelques jours. Quant au benjamin, Jacques, sa Gisèle avait elle aussi déguerpi jusqu'à ce que la situation redevienne raisonnable.

Dans ce contexte, la mère de Louis portait la tristesse sur son visage, dans son regard, dans tout son comportement. Lorsqu'elle aperçut son aîné débarquer de nouveau seul, alors qu'il lui avait promis de lui amener Juliette et Jean-Paul, des larmes glissèrent de ses yeux.

— Tu n'es pas accompagné ?

— Non, maman. Mais que se passe-t-il encore ici ?

— Entre donc un instant.

Peiné de constater que rien ne s'était arrangé entre ses frères, Louis ne parla pas de l'objet de sa visite.

Germaine Deltheil lui exposa tous les détails.

— Gisèle et Colette ne cessent de se disputer. Gisèle se sent rejetée. Face à Colette, elle ne fait pas le poids, comme du temps de ton père. Jacques aime trop Gisèle et lui passe tous ses caprices !

— Du temps de mon père, tout allait bien, il me semble ?

— Il était plus exigeant avec toi qu'avec les autres. Tu es l'aîné, tu étais le successeur désigné, celui qui devait être dur, exigeant, sévère. Le maître ! Ce n'est pas toujours facile d'être à la tête d'une entreprise familiale !

— Dans cette maison, il n'y a plus que toi, André et Jacques, si je comprends bien. Mais où sont-ils aujourd'hui ?

— Je les ai vus partir par là, dit-elle, en montrant du doigt un bout du terrain.

— Je vais tâcher de les trouver. J'avais un service à leur demander mais je ne sais pas si c'est une bonne idée. Certes, ils sont venus le jour du baptême, et à l'église en plus, mais j'ai la sensation qu'ils me haïssent pour de bon.

Sa mère écarta les bras et les laissa retomber sur ses hanches.

— Mon pauvre…

Louis trouva ses frères au bord du champ, en pleine discussion. Ils furent surpris de voir arriver leur aîné.

— Je viens de la maison, maman m'a prévenu que vous étiez par ici. Qu'est-ce que vous faites ?

— Nous faisons ce que nous pouvons, et nous ne sommes pas d'accord sur grand-chose. Nos femmes nous ont quittés et chacune a son caractère.

— Tu sais Louis, c'est ta faute si tout s'est déglingué à Boissillac. Le père avait besoin de nous trois, et tu nous as laissés tomber.

Louis ne voulait pas polémiquer sur cette affaire. Il coupa court à la conversation mais, en s'éloignant, il voulut jouer sa dernière carte et revint sur ses pas.

— Nous ne pouvons pas rester indéfiniment dans cette situation. Vous avez votre vie à Boissillac, j'ai la mienne avec ma femme et mon garçon. Plutôt que de se détester, ne vaudrait-il pas mieux parler de nos différends tous ensemble, calmement, nous trois et maman ? Voudriez-vous bien essayer ?

Au retour, sa moto bondissait comme un cheval fou. Agacé jusqu'au bout des pieds, Louis semblait se venger sur son engin qui lui obéissait au doigt et à l'œil. Soudain, il prit un virage trop vite et il parvint de justesse à éviter la chute, sans comprendre comment. Ouf !

Il devait se calmer. Il ralentit et tout devint plus facile. Cette perte de contrôle l'avait effrayé. Il repensa à Jean-Paul et à sa Juliette, et ses angoisses s'éloignèrent.

À son arrivée, il eut hâte de serrer sa femme et son fils contre son cœur.

— Tout s'est passé comme tu le souhaitais ?

— Pas tout à fait, non. Mais l'avenir devrait nous dire bientôt si nous avons toujours de la famille à Boissillac, ou si nous pouvons faire une croix dessus.

Juliette préféra ne pas poser d'autres questions. Il ne l'avait même pas informée du sujet précis de sa visite mais elle resta discrète, sachant bien que, tôt ou tard, Louis lui parlerait de son expédition.

— Juliette, lui dit-il, nous avons un travail énorme à entreprendre. Te rends-tu compte de l'ouvrage ? Refaire les joints en ciment et en sable de tout le bâtiment !

Elle l'observait silencieusement, pleine de confiance en lui. Elle savait qu'il trouverait la solution et conduirait la tâche jusqu'à son terme. Il avait déjà entrepris avec brio de réhabiliter quelques surfaces oubliées du domaine. Soudain, il déclara à Juliette :

— Non seulement nous y parviendrons, mais ensuite nous créerons un jardin d'agrément, voire un parc, autour de notre immeuble.

— Tu parles d'un immeuble, Louis !

— Il faut bien rêver, mon amour. Nous n'aurons pas qu'un enfant et le mot « immeuble » a dépassé ma pensée, ce n'était qu'une image. Le don de ta grand-mère représente le gros lot de la loterie nationale et plus encore. Je sais que je rêve peut-être un peu trop mais il faut que ce rêve, nous le partagions !

— Nous le partagerons, mon cher Louis !

Le printemps s'installait et le soleil commençait à réchauffer la terre, les corps et les âmes. Déjà, Louis avait envisagé le début de ses travaux et, plus le chantier se préparait, plus il en mesurait l'ampleur. Un matin, vers six heures, il se leva, prit un café rapide et dit :

— Je dois voir mes frères, une bonne fois pour toutes. J'ai besoin de leur aide !

— Tu ne seras sans doute pas très bien reçu, l'avertit Juliette.

— Rien ne vient sans rien, comme disait mon père. Et sur ce point il avait raison. Il faut que je tente ma chance.

Juliette ne renchérit pas. Qu'allait-il se passer à Boissillac ? D'après elle, rien de bon, non, rien. Elle pensait que là-bas, Louis avait été « rayé de la carte ». Lorsqu'il arriva au hameau, tout paraissait calme, seuls les chiens l'accueillirent. Sans doute était-il trop tôt. La porte s'ouvrit devant lui et sa mère se présenta sur le seuil, surprise elle aussi mais toujours heureuse de voir son fils.

— Bonjour maman, je suis bien matinal, mais il fallait que je m'entretienne avec mes frères d'un projet pour notre maison.

— Entre donc, ils sont là.

— Bonjour à tous, excusez-moi de m'immiscer en plein milieu de votre petit déjeuner mais je voudrais vous parler.

— Et de quel sujet ?

— J'ai entrepris un gros travail de maçonnerie chez moi et j'ai besoin d'un coup de main, quelques jours par-ci, d'autres par-là. J'ai pensé que vous pourriez m'aider.

— Tu n'y vas pas de main morte toi, au moins. Tu as même un certain culot de venir nous demander un service !

— Assieds-toi, Louis, s'il te plaît, proposa Germaine, qui tentait de ramener le calme dans sa maison. Votre père n'est plus là mais je suis bien vivante, et je souffre de vous voir vous quereller ainsi.

— La situation est insupportable, ici ! s'énerva André, sans tenir compte de la remarque de sa mère. Et toi, tu oses venir nous demander de l'aide alors que tu sais très bien que…

— Oui, André, je sais. Je sais ce qu'avait dit notre père, je sais que pour vous je ne suis plus rien, que je vous ai trahis. Mais pour moi, vous êtes toujours mes frères, et aujourd'hui j'ai besoin de votre aide.

Un grand silence s'installa dans la pièce où Louis venait de tenter, avec courage, de renouer officiellement avec André et Jacques.

— J'ai conscience que, pour vous, faire un pas vers moi est difficile. Mais ce serait une bonne chose pour nous tous et surtout pour notre mère. Réfléchissez et donnez-moi votre réponse. Je préfère tenter de consolider une famille plutôt que de la laisser en ruine. C'est peut-être le moment d'ouvrir notre cœur. Jusqu'à ce que je me marie et parte m'installer à La Bescade, tout allait très bien ici. Souvenez-vous.

— Oui, tout allait très bien, répéta la mère.

Les frères ne disaient rien.

— Je repasserai vous voir. À moins que vous ne veniez nous rendre visite, voir mon petit Jean-Paul, votre neveu.

Germaine le raccompagna sur le pas de la porte.

— Au revoir, mon fils.

— Au revoir, maman.

Que s'était-il passé dans la tête de Louis pour qu'il tentât de s'imposer de nouveau à Boissillac ? Demander de l'aide à ses frères était-il une astuce pour les attirer chez lui, alors qu'ils n'y avaient encore jamais mis les pieds ? Lorsqu'il raconta cette entrevue à Juliette, elle le regarda tendrement, amoureusement même, admirative.

— Tu n'es vraiment pas un mauvais homme, mon cher mari, ni un rancunier. Je souhaite de tout cœur que tes enfants te ressemblent.

— Juliette, pourquoi dis-tu « tes enfants » ?

Elle s'approcha tout contre lui et lui confia ce qui n'était encore qu'un espoir. Elle pensait qu'elle était enceinte.

— Et tu m'avais caché cette nouvelle ! Ta mère le sait ?

— Pas encore, mais nous le lui dirons le moment venu. Tu es ma priorité !

Il la saisit à bras-le-corps et la souleva en tournoyant, tant sa joie était grande. Un maillon supplémentaire dans sa famille, que demander de plus ? Alors, enlacés face à leur propriété, ils semblaient l'observer d'un autre œil. Si la famille s'agrandissait encore, la maison serait-elle assez spacieuse ? Il ne devait pas penser qu'à la réfection des murs et à leur embellissement. Il fallait voir plus loin !

— Pour débuter, commençons par le ravalement de la façade, se raisonna Louis. Qui veut aller loin ménage sa monture !

Juliette, ravie que son homme soit ainsi heureux, fantasma aussi d'autres aménagements. Prudente, elle préféra les garder pour elle.

Louis se rendit chez un maçon qu'il connaissait pour demander conseil sur ces futurs travaux.

— Ce n'est pas si difficile. Il te faut du sable, de la chaux, du ciment et beaucoup de courage. Tu devras brosser les pierres et dégager les espaces entre elles, celles dont les joints se sont creusés avec le mauvais temps. Ensuite, tu seras prêt à commencer !

— Il me faudra un échafaudage et quelques planches aussi, je me les procurerai par chez moi.

— Pour tes joints, je pourrai te fournir l'essentiel, fais-le-moi savoir.

Louis savait maintenant qu'il pourrait donner à l'ensemble une allure remarquable, grâce à la générosité de Marie-Thérèse Dachère. Quand il lui annonça que les travaux allaient débuter, elle s'en réjouit intérieurement mais ne voulut pas laisser paraître la moindre trace d'orgueil. Son défunt mari, d'où il était, aurait apprécié son geste, assurément. Son sang courait encore dans les veines de ses descendants !

Le printemps s'installait et le soleil commençait à réchauffer la terre. La partie ouest, la plus exposée à la pluie, fut choisie comme point de départ du chantier. Louis se souvenait de la demande faite à ses deux frères et le temps était venu de connaître leur réponse.

Faisant parfois bien les choses, le hasard provoqua leur rencontre au marché de Murat. André et Jacques proposèrent de venir lui donner un coup de main quelques après-midi par semaine, avant les travaux agricoles d'été. Le passage des nuées, la veille, avait laissé comme une promesse de pluie.

— Nous protégerons la partie à travailler, dit Louis. Ne vous inquiétez pas, vous ne serez pas trempés.

— Ça va, Louis, nous ne sommes pas en sucre.

La boutade déclencha de francs sourires.

3

Cette rencontre fortuite entre les trois frères se déroula dans un bistrot de Murat. Le lieu rassemblait les paysans des fermes voisines. Ils venaient s'y enquérir des prix de leurs produits, des tendances du marché, mais aussi échanger toutes sortes d'histoires et de commérages qui, souvent arrosés d'un coup de rouge, leur donnaient un ton badin, surtout en l'absence des femmes. D'ailleurs, le nom de l'enseigne était sans équivoque : *Le Bon Canon* !

— Comment va maman ? demanda Louis. Je pense souvent à elle mais avec tout le travail qu'il y a à La Bescade, je ne vais pas la voir autant que je voudrais.

— Elle se porte du mieux possible, répondit Jacques. Papa lui manque. On la voit souvent s'éloigner vers les champs avec son chien, pour rester seule, et nous respectons ce besoin qu'elle n'ose formuler devant nous. La famille, c'est toute sa vie, et papa en était le socle.

— Avec le temps, tout cela va sans doute s'arranger.

— Tu penses ? s'interrogea Jacques.

— Allez, parlons d'autre chose ! Tu ne devais pas te marier, toi ?

— La paix ne règne pas encore à Boissillac, tu sais. Je vais devoir moi aussi être patient, laisser faire le temps.

— En parlant de temps, merci encore, mes frères, d'avoir accepté de m'aider à crépir ces vieux murs, dit Louis. Sans vous, cela aurait été bien difficile. Vous occuper des bêtes est déjà très éprouvant, je sais ce que c'est, et j'apprécie d'autant plus votre générosité. Croyez-moi, si un jour je peux vous rendre la pareille, je le ferai ! En attendant, faites-moi signe quand vous êtes disponibles et nous nous nous mettrons à l'ouvrage. Vous verrez, mes murs de pierre auront un jour fière allure, grâce à vous !

— Nous devons t'avouer que nous ne connaissons ni tes murs ni même l'endroit où tu vis.

— Je sais, ce n'est pas très loin d'ici, pourtant. Il vous suffira de suivre cette direction, indiqua Louis. Il n'y a pas d'autre hameau dans le coin, vous ne pourrez pas le manquer.

— Très bien ! Alors disons que nous serons là lundi prochain.

— Prépare le travail et nous t'aiderons autant que possible, mais souviens-toi que nous ne sommes pas maçons !

— Ne vous inquiétez pas ! Merci encore, et saluez maman de ma part !

Ainsi démarra une nouvelle relation entre les trois frères. Serait-elle pérenne ? Louis raconta à Juliette sa surprenante rencontre. Elle en fut ravie.

— Tu vois, Louis, tout arrive ! Votre entente paraissait impossible mais tu as persévéré, et vous voilà maintenant réunis, une famille à nouveau.

— C'est vrai, mais ne nous emballons pas, voyons d'abord ce que ça donnera. L'important est de se mettre au travail, et ça commence par se faire livrer le sable et la chaux.

Il observa attentivement la bâtisse, sa couleur et ses pierres de toutes sortes.

— As-tu des inquiétudes particulières ? demanda Juliette.

— Je ne l'avais jamais examinée si précisément. Je découvre qu'elle a de multiples nuances, avec ses pierres colorées, du beige au pain brûlé, en passant par des teintes brunes, rougeâtres ou encore bleu grisâtre, plus classiques.

— Un vrai mélange. Toutes ces couleurs me font penser à un tissu bariolé, comme le foulard que tu m'as offert un jour et que j'ai toujours dans notre armoire.

— Il faut les imaginer avec un autre œil. Les joints recouvriront les sillons creusés par les intempéries, ils les refermeront.

— Tes paroles sont de la poésie.

— Arrêtons de rêvasser ! Tiens, voilà ta mère et ta grand-mère qui approchent.

— Vous êtes bien pensifs, tous les deux, lança Jeanne. Y aurait-il un problème ?

— Nous admirions les couleurs de ces pierres que nous n'avions jamais vues aussi variées, et nous faisions des projections sur ce que le chantier allait donner.

— Autrefois, on construisait des murs avec ce que l'on avait sous la main, raconta Marie-Thérèse. Parfois, les pierres provenaient de vieilles maisons démolies, ou abandonnées à la mort de propriétaires sans descendance, ça arrive.

— Quant à la toiture, poursuivit Louis, elle a l'originalité d'avoir ces tuiles plates en terre cuite, irrégulières, parfois encombrées de mousse. Tout cela me plaît beaucoup.

— Aucune date de construction n'est inscrite, remarqua Juliette. Ce qui ajoute sans doute à sa beauté mystérieuse.

— Parfois, la date est gravée au-dessus de la porte de la grange, leur apprit la grand-mère. Parfois sur l'habitation elle-même. Quelquefois aussi, personne ne prend soin d'écrire quoi que ce soit.

— Les belles et riches constructions sont datées, dit Louis. Mais il ne s'agit pas ici d'un château. Je crois que la date de naissance de notre demeure restera un mystère et c'est très bien ainsi. Il y a plus important.

Écoutant ces remarques, Jeanne ne put s'empêcher d'ajouter :

— Lorsque l'ensemble sera remis à neuf, nous en reparlerons. Je sais d'avance que vous allez nous transformer tout ça en une merveille d'originalité, j'ai l'œil pour ce genre de choses. Alors, vous vous ferez remarquer dans le pays et il faudra sans doute se renseigner davantage sur l'histoire de ce lieu.

— Maman, n'exagères-tu pas ?

Juliette riait de voir sa mère tenir de tels propos, certes sincères mais bien amusants. Elle savait qu'elle avait du bon sens et le manifestait à leur manière. Qu'aurait dit son grand-père ?

— Demain, nous commençons ! annonça Louis. André et Jacques seront là et je leur suis très reconnaissant de leur aide.

Les trois femmes se regardèrent sans un mot, chacune avec ses pensées, comme si elles attendaient que l'une des deux autres parlât la première.

C'est Juliette qui rompit le silence.

— Jean-Paul ne va pas tarder à se réveiller, c'est bien son heure. Je file et je vous retrouve avec lui.

Jeanne et Marie-Thérèse s'éloignèrent à leur tour de la maison. Que se racontaient-elles ? Elles faisaient quelques pas, heureuses de ce moment, réunies comme bien avant que leur jeunesse ne s'envole.

— Le temps coule tellement vite, dit Marie-Thérèse. Lorsque je regarde le petit Jean-Paul, je prends un sacré coup sur la tête. Il me semble que je n'ai rien vu passer, ni ma jeunesse ni ma vie avec Auguste. Me voilà orpheline de ma propre existence.

— Tu te fais du mal pour rien, maman. Tu es avec moi, avec ta petite-fille et ton arrière-petit-fils ! Profites-en ! Combien de personnes aimeraient avoir ne serait-ce qu'une petite part de tout cet amour dont tu es entourée ? Nous t'adorons tous, que veux-tu de plus ?

Jeanne passa le bras sous celui de sa mère, régla son pas sur le sien. Une sérénité soudaine les gagna toutes les deux. Entre elles, il y avait quelques signes de ressemblance, jusque dans le lent balancement de leur allure.

Louis, un bras appuyé contre le mur de la maison, les avait regardées s'éloigner. À quoi pensait-il ? Il se dirigea vers le bâtiment voisin, dans l'étable située sous la grange. Comme bien d'autres granges, elle était basse de plafond, et pour l'instant il ne pouvait rien à cela. « Lorsque nous aurons rafraîchi la maison principale, se dit-il, si tout va bien, il faudra trouver un moyen d'agrandir cette étable pour loger d'autres bêtes. »

Il se souvint alors que Juliette lui avait confié un secret. Jean-Paul ne serait plus seul très longtemps. Il faudrait aussi penser à loger plus de monde, tout son monde. Machinalement, il se gratta la tête. « Je me demande combien nous serons au final ! » Il sourit. Il était heureux avec Juliette. Ensemble, ils pouvaient imaginer tant de projets.

Brouettes, pelles et truelles s'activaient au domaine. Le mortier était prêt à rejoindre les fissures. Chacun des trois frères se démenait pour venir à bout des travaux. Jour après jour, les trois Deltheil se retrouvaient sur le chantier qui avançait de mieux en mieux. Dans un élan de solidarité, ceux de Boissillac assuraient leur traite du matin, de très bonne heure, faisaient la route jusqu'à La Bescade, œuvraient aux côtés de Louis, puis retournaient chez eux pour la traite du soir, vers la fin de l'après-midi. Parfois, Jeanne semblait retenir son souffle devant la bâtisse, tant les travaux avançaient rapidement. Les jeunes hommes ne perdaient pas la moindre seconde et effectuaient ces allers et retours sur la moto d'André.

Un soir, à l'heure du souper, Juliette ne put s'empêcher de commenter :

— Vous travaillez comme des professionnels avec tes frères. On dirait que vous avez le feu aux fesses !

Après la rigolade qui suivit ces propos, Louis expliqua :

— Le temps des foins approche et ne nous attendra pas. Suivra celui des moissons, et il ne faudra plus badiner : chacun à ses terres. C'est pour ça que mes frères sont aussi déterminés que moi. Je suis bien heureux qu'ils aient accepté de nous aider. Ces nouveaux joints semblent parfaits. Ils donnent à la bâtisse un cachet particulier, c'est très beau. Merci encore, chère grand-mère

Marie-Thérèse, de notre part à tous. Vous laisserez ici votre empreinte.

La grand-mère ne put retenir ses larmes. Elle aurait voulu reparler du passé, de l'attitude de son mari Auguste vis-à-vis de Jeanne, s'excuser pour tout ça. Mais elle se ressaisit et sourit, simplement heureuse des bons mots de Louis.

C'est alors que Juliette prit la parole :

— Je vais profiter de ce moment de joie pour vous annoncer une autre bonne nouvelle. Jean-Paul ne sera pas fils unique. J'attends un deuxième enfant.

Sans se consulter, tous applaudirent de concert. Louis, qui n'avait pas obtenu de confirmation officielle de son épouse, la prit dans ses bras. Il l'embrassa plus que généreusement.

— Je remercie le ciel pour cette si grande nouvelle, s'enthousiasma Marie-Thérèse. La famille s'agrandit, que pouvons-nous demander de plus merveilleux !

— Moi, je sais, réagit Louis, une bonne bouteille !

— Voilà bien le moins que l'on puisse faire, sourit Jeanne. Je vais monter en grade, doublement grand-mère ! Je suis très heureuse, ma fille, oui, très heureuse.

— Allez, trinquons, dit Louis. J'espère que ce sera un deuxième garçon !

— Moi, mon cher mari, je voudrais une fille ! Oui, une fille, que je pourrai gâter comme il se doit.

Tous furent attendris par le souhait de Juliette, qui poursuivit :

— Une fille, oui ! Mais après, un autre garçon !

— Alors là, il faut trinquer une seconde fois, s'exclama Louis.

Un grand bonheur s'emparait de La Bescade et de la nouvelle famille de Louis Deltheil. Une idée vint soudain à l'esprit de la mère de Juliette, malgré le brouhaha de la joyeuse conversation.

— Louis et Juliette, ne pensez-vous pas qu'il faudrait remercier comme il se doit André et Jacques pour toute l'aide qu'ils nous apportent ?

— J'y ai déjà pensé, dit Louis. Mais je ne sais pas ce que nous pourrions faire.

— Inviter ta mère et tes frères pour un repas, ou un simple goûter, voyons ! En plus, ils connaissent si peu Jean-Paul. Cela permettrait une bonne fois pour toutes de ne plus penser au passé. Il nous a fait assez de mal comme ça, ne croyez-vous pas ?

— C'est une très bonne idée !

Juliette n'avait rien dit et Louis la regardait.

— Serais-tu d'accord, Juliette ? Ils méritent bien cette attention ?

Lorsqu'elle répondit, après les avoir fait languir quelques instants, tous les yeux étaient fixés sur elle.

— Voilà une excellente idée qui reformera notre famille ! Il faudra aussi inviter les belles-filles.

— Ça me convient parfaitement, annonça Louis.

Pour lui, tout paraissait simple. Il ne s'autorisait pas à être rancunier. Ça ne lui ressemblait guère. Certes, il aurait pu rester éloigné des siens, accepter leur courroux, mais à quoi bon ? Ces chamailleries n'apportaient rien à personne.

C'est ainsi qu'il proposa à ses frères de venir goûter un jour avec leur mère et leurs femmes, à leur convenance, chez lui, à La Bescade.

— Nous en parlerons à maman, ce serait un bon moment.

— Vous m'avez tant rendu service pour ce chantier, il ne s'agirait que d'un bien maigre remerciement. Vous n'envisagez pas de travaux à Boissillac, par hasard ? Des réparations quelconques ? Je viendrais volontiers vous rendre la pareille.

— Nous n'avons rien de prévu pour le moment, sinon quelques petites tâches d'intendance que l'on remet toujours au lendemain. Tu sais ce que c'est, Louis.

— Oui, mais n'hésitez vraiment pas, pour quoi que ce soit !

— C'est entendu ! Et merci pour ton invitation. En attendant, nous avons encore du pain sur la planche. D'ici quelques semaines, nous devrons tous nous consacrer entièrement à nos terres.

L'idée de Jeanne fut donc acceptée par tous. D'un coup, tout redevenait simple entre les deux familles. Personne n'imaginait qu'une ombre puisse venir obscurcir ces bons sentiments, et, pendant les derniers jours de maçonnerie, on ne parla plus du projet de se rencontrer comme prévu. Un après-midi, n'y tenant plus, Louis demanda à André et à Jacques si l'invitation avait conquis tous les Deltheil de Boissillac. La réponse tarda, si bien qu'il devina un embarras.

— Y aurait-il un problème ? demanda-t-il.

— Colette, ma femme, ne se sent pas à l'aise, dit André. C'est au sujet de la voiture qui devait te revenir, celle qui a brûlé. Elle se sent en partie responsable et n'a pas le courage de te faire face.

— Quant à Gisèle, justement, enchaîna Jacques, elle n'a toujours pas remis les pieds chez nous.

Louis posa sa truelle, ne sachant que dire. Au bout d'un moment, il se reprit :

— Je dois vous avouer que je ne m'attendais pas à ça. Je suis déçu, mais je me dis qu'avec de la bonne volonté, nous parviendrons peut-être à tous nous réunir ici bientôt.

— Je ne suis pas certain que tout s'arrange si facilement, rétorqua André. Tu sais, à Boissillac, disons qu'il y a toujours des problèmes d'organisation familiale à régler.

Louis demeura coi, cherchant tout de même une solution possible.

— Venez au moins avec notre mère pour fêter la fin des travaux, cela nous ferait plaisir à tous. Et puis Juliette, sa mère et sa grand-mère nous feront une bonne tarte pour clôturer le chantier. Je suis convaincu que maman ne peut pas nous refuser ce plaisir, elle sera heureuse de voir Jean-Paul et de discuter avec les femmes de La Bescade.

André et Jacques gardèrent le silence, et Louis ne parvint pas à savoir si cela était de bon ou de mauvais augure.

Plus la fin des travaux approchait et plus l'enthousiasme de Louis se faisait sentir.

— Plus que deux jours et tout sera terminé ! Nous avons fait du bon travail. Je dois dire qu'au départ, j'étais sceptique. Mais j'avais tort, je le reconnais aujourd'hui.

— Ta maison n'est plus la même, maintenant, dit Jacques. On dirait une bâtisse toute neuve. Quand tu auras terminé la partie adjacente, ça deviendra un vrai domaine.

— Merci encore, et sachez que si Colette et Gisèle se décidaient à venir voir le résultat, Juliette et moi en serions très heureux.

Ils ne répondirent pas, tétanisés par la gêne. Juliette, Jeanne et Marie-Thérèse ne posèrent aucune question, tout en regrettant la situation. Tous exprimaient leur joie devant la nouvelle allure de la maison.

— Si Auguste avait pu voir ça, il aurait été très heureux, fit remarquer la grand-mère. Hélas, c'est à nous de l'être pour lui.

Au même moment, la pendule sembla elle aussi manifester sa joie en sonnant six heures. À l'écart des autres, Louis ne put s'empêcher de parler à Juliette :

— Il a dû survenir quelque chose à Boissillac, l'attitude de mes frères est troublante. J'aimerais vraiment savoir ce qui se trame entre eux et leurs compagnes.

— Nous le savons déjà, Louis. La disparition de ton père, ton départ, tout cela a rebattu les cartes. Il y a des ambitions nouvelles, des jalousies.

— Je plains ma mère de se retrouver au milieu de ce malaise.

Il laissa passer quelques instants, puis reprit :

— Pourquoi André et Jacques seraient-ils venus me prêter main-forte pour les travaux s'ils en avaient encore après moi ?

— Mais non, au contraire, ils ont certainement voulu se faire pardonner leur mauvais comportement envers toi.

— Tu as raison, sans doute, mais je n'en suis pas tout à fait convaincu.

— Attendons la venue de ta mère, cela nous apportera peut-être du nouveau. Tous ses garçons seront réunis, pour une fois.

La discussion s'arrêta là. Les travaux s'achevaient et tous comptaient sur ce moment si particulier en famille. Le dernier né des Deltheil, Jean-Paul, tenait sa place en attendant la venue d'un frère ou d'une sœur. Le bonheur inondait les lieux, celui qui vous tombe dessus et que l'on a envie de choyer pour qu'il ne disparaisse pas. À La Bescade, il y avait aussi beaucoup d'amour en réserve, à l'image des fontaines inépuisables des campagnes, qui apportent la vie à tous, aux bêtes et aux hommes confondus, même aux végétaux !

À tort ou à raison, certains disaient que cette eau était depuis toujours la force des montagnes, son lien avec le ciel, tracé par la pluie et les orages. Les vieux aimaient perpétuer ces légendes, répéter ce qu'ils avaient entendu de la bouche de leurs ancêtres ou, à défaut, raconter ce qu'ils tenaient pour vraisemblable. Chez Louis et Juliette, on était plus terre à terre.

— Ça valait la peine ! dit André, le jour où les travaux furent terminés. Ta maison est désormais plus originale que la nôtre, à Boissillac.

— À vous d'entreprendre la même chose, et, comme promis, je viendrai vous aider !

— Ça ne rendrait pas comme ici. Ces tuiles d'un brun vieilli donnent beaucoup de cachet. Quand tu entreprendras l'autre partie, fais-nous signe !

— Je n'y manquerai pas.

— Nous vous disons à demain, saluèrent les frères. Nous reviendrons avec maman, ce sera un événement !

André avait raison. Il était même inutile d'affirmer à haute voix que la maison avait retrouvé un charme particulier tant la vérité était criante.

— Je verrais bien quelques rosiers ici, qu'en pensestu ? dit Louis à Juliette.

— Tu deviens romantique, mon cher mari ! Oui, cela me plairait. Et l'autre partie des murs, c'est pour quand ?

— Je le ferai seul, petit à petit, si tu m'en laisses le temps.

— Ne t'inquiète pas, ajouta-t-elle en se tenant le ventre. L'été va arriver et autre chose aussi.

Ils rirent de bon cœur, en parlant de l'après-midi du lendemain, tandis que l'heure de la traite approchait.

Jeanne avait préparé deux tartes aux pommes, prélevées dans la réserve. Juliette et Marie-Thérèse veillaient aux détails et la table fut agrandie grâce aux rallonges, qui ne servaient jamais d'habitude. La grande cafetière bleue fut également de sortie ainsi que les tasses à café. La pendule annonça, comme elle savait le faire depuis des lustres, l'approche des visiteurs.

— Mais comment êtes-vous venus ? s'inquiéta Louis.

— Les voisins nous ont amenés jusqu'au croisement, à six cents mètres, et ils viendront nous chercher au retour, ils ont insisté, répondit Germaine.

— Nous n'avons plus de voiture, ajouta André, embarrassé, alors pour l'instant nous nous arrangeons.

— Nous vous attendions, dit Louis. Je suis heureux de vous voir ici, entrez donc !

Juliette s'approcha la première de sa belle-mère et l'embrassa.

— Vous voilà enfin chez nous, et c'est avec plaisir que nous vous recevons, lança-t-elle. Bonjour André, bonjour Jacques !

Puis toutes les femmes se groupèrent autour de Jean-Paul, leur merveille. Marie-Thérèse se sentit parfaitement à son aise dans cette famille enfin rassemblée.

— Il a tellement changé depuis le jour de son baptême ! constata Germaine, les yeux humides. Mon premier petit-fils. Qu'il est beau, merci, mes enfants !

Puis, s'adressant à ses deux autres fils :

— Voilà ce qu'il vous reste à faire !

L'un acquiesça de la tête, le second ne manifesta aucune réaction.

— Prenons place autour de notre table, invita Louis. Ma foi, c'est la première fois qu'elle réunit tant de personnes.

— Je vous ai apporté un modeste gâteau, dit Germaine. Je voulais moi aussi participer à ce bon moment et voir cette belle maison dont m'ont parlé mes fils.

Jeanne annonça le café et Louis sortit une bouteille d'eau-de-vie de derrière les fagots, comme on dit ici. Les silences des premiers instants s'étaient évanouis et la bonne humeur régnait dans la maison. La tarte et le gâteau rencontraient un franc succès.

Les hommes décidèrent de sortir, sans doute afin de laisser les femmes à leurs bavardages. Une famille se réunissant si rarement a bien des sujets à aborder.

— Faisons un tour vers les pâturages, proposa Louis, ça nous dégourdira les jambes, à nous qui sommes toujours au travail. Surtout vous deux qui vous êtes donné tant de peine supplémentaire pour ma maison.

Ils marchaient suivis du chien qui, lui aussi, avait besoin de prendre l'air. Puis Louis se lança :

— Alors, que se passe-t-il de nouveau à Boissillac ? Auriez-vous besoin de mes bras, par hasard ?

Dans un premier temps, André et Jacques ne répondirent pas. Puis leur langue finit par se délier :

— À Boissillac, tout ne va pas si bien que ça, commença Jacques.

— Que se passe-t-il donc ? Racontez-moi ! J'espère qu'il ne s'agit pas de la santé de notre mère.

— Non, rassure-toi, c'est bien autre chose.

André prit à son tour la parole :

— Notre père nous a laissés dans le pétrin, si j'ose dire.

— Comment ça ?

— Lorsque tu as quitté la maison, comme tu le sais, il a pris des décisions contre toi en ne te reconnaissant aucun droit sur l'héritage des biens de notre famille.

Une fois de plus, un silence s'installa, qui mit du temps à se dissiper, à l'image du brouillard sur les paysages avant que le soleil ne s'en mêle. Louis se grattait la barbe, les deux autres dirigeaient leur regard vers l'horizon. Que se tramait-il encore ?

— Est-ce la raison pour laquelle Gisèle a décidé de te quitter ? osa Louis, qui tentait de découvrir le sens des propos de ses frères.

— Il y a un peu de ça, admit Jacques, mais pas seulement.

— La force revenant à la loi, nous sommes dans le pétrin ! conclut André.

4

André voulut parler plus clairement. Le sujet était si ardu qu'il n'arrivait pas à trouver les mots justes. Avec Jacques, ils s'étaient longuement préparés à les prononcer, mais cela ne rendait pas la tâche plus facile. Louis devint très inquiet, les fixant à tour de rôle.

— Je savais bien que quelque chose clochait dans votre attitude. Nous avons bien travaillé ensemble pendant des jours, et voilà qu'aujourd'hui vous ne parvenez pas à me parler ! Maman serait-elle atteinte d'une grave maladie ?

— Non, nous te l'avons déjà dit, il ne s'agit pas de ça.

— Alors ouvrez vos gueules une bonne fois pour toutes ! s'emporta Louis.

Il devenait impatient, pressentant un piège de leur part ou une nouvelle terrible. Les deux frères se regardaient, hésitant encore à s'exprimer. Louis comprit qu'André et Jacques allaient lui faire d'importantes révélations. Il bouillonnait.

Soudain, Juliette arriva. Surprise de les voir sur le qui-vive, elle leur demanda avec le sourire :

— Que complotez-vous ? On dirait une messe basse ! Quand vous aurez fini, revenez vite. Il y a du bon café pour terminer cette journée magnifique. L'heure tourne et vos voisins ne vont pas tarder, votre mère est déjà sur le départ.

— Nous avons parlé de tout et de rien, la rassura André. Nous évoquions le bon vieux temps et certains souvenirs sont parfois longs à remonter. Il ne faut omettre aucun détail.

— Oui, tout ne tient parfois qu'à un détail, renchérit Jacques.

— Je ne comprends rien du tout, répliqua Juliette. Mais on vous attend. Je vous l'ai dit, votre mère s'impatiente.

— Elle a toujours été ainsi, papa le lui reprochait souvent.

— Ce n'est pas le moment de parler du père ! tonna Louis.

Dans la maison, un dernier café fut servi et Germaine Deltheil ne lâchait pas la pendule des yeux. Les gens habitués à être à l'heure ont cette impatience qui en agace certains.

— Vous avez une si belle pendule.

— C'était la nôtre, dit Marie-Thérèse, elle a déménagé, comme moi. Elle parle toutes les heures et toutes les demi-heures, elle n'a que ça à faire. C'est le sort des vieux.

Retrouver la bonne humeur de la maison calma un moment les frères. Ceux de Boissillac rejoignirent leur moyen de transport et, une fois rendus, André, sa femme et Jacques parlèrent de leur projet, avorté par manque de courage.

— Et vous vouliez lui demander quoi exactement, à Louis ? interrogea Germaine.

— Tu le sais bien, maman. Nous avons des ambitions pour la ferme mais, avec cet imbroglio d'héritage à répartir, rien n'est facile. En réalité, nous n'avons pas pu aborder le sujet, tant il est délicat.

— Louis ne sait pas encore ce que vous voulez faire, il faut lui en parler clairement.

C'est alors que Colette s'adressa vertement à sa belle-mère :

— Maman, vous savez bien de quoi il s'agit ! Nous voudrions rénover la ferme, la modifier avec votre accord. Louis, votre fils, aurait-il malgré tout droit à la part que lui a refusée son père ?

Germaine baissa la tête, ne sachant que répondre. Elle n'avait pas oublié les mots de son mari lorsque Louis avait décidé de partir travailler ailleurs.

— Oui, car pour le moment j'en suis encore la propriétaire, je crois. Comment voulez-vous exclure Louis du partage ? La loi l'interdit !

— La solution est claire, il faudrait qu'il renonce à l'héritage.

— Vous me surprenez, mes enfants !

— Nous l'avons aidé pour sa maison en pensant l'amadouer. Mais, en fait, nous n'avons jamais eu le courage de lui révéler la véritable raison de notre aide.

— Approchez une chaise, demanda Germaine. Sinon je vais m'écrouler en vous écoutant. Vous êtes ses frères et voilà que vous voulez vous aussi l'évincer de la famille ?

— Ça avait été décidé par notre père !

— Nous voilà plongés dans une affaire bien difficile à résoudre, résuma la mère. C'est à moi d'y réfléchir, et je dois vous dire aujourd'hui que je n'ai pas de solution. Il va falloir que je consulte un homme de loi. Pour l'instant je ne sais qu'une chose, c'est que l'on ne peut déshériter un enfant !

— Colette te l'a dit, enchaîna Jacques. André et moi, nous voudrions réhabiliter la ferme, moderniser nos bâtiments, notre matériel, l'habitation même, pour envisager un avenir serein, y installer durablement nos familles.

Germaine demeurait silencieuse, la tête penchée sur ses mains, croisées sur sa poitrine.

— Je comprends mieux vos préoccupations maintenant. D'un côté, ça me fait plaisir et, de l'autre, vous voir vous opposer à Louis est insupportable. Lui aussi a une famille, un enfant et bientôt un autre.

— Oui, mais il a sa maison à lui, presque refaite à neuf, poursuivit Jacques. Nous devrons emprunter pour notre projet, mais il nous faudrait compter aussi sur sa part d'héritage pour nous lancer. Sans elle, nous n'aurions pas suffisamment d'argent. Tout tomberait à l'eau !

— Je comprends, mais tout ça ne nous avance guère, dit Germaine. Vous comptez convaincre Louis de renoncer à son héritage ? De quel droit ? Vous n'y pensez pas !

Colette parut manquer d'air.

— Je sors un moment, je vous laisse parler entre vous. Moi, je n'aime pas Louis, et ça ne date pas d'aujourd'hui !

— Fais comme tu veux mais ça ne résoudra pas le problème ! lui lança la mère.

— Ces deux-là, on ne les rabibochera pas, dit Jacques. Je suis sûr qu'elle a aidé Gisèle à brûler la voiture.

— Je vous rappelle que nous n'avons aucune certitude sur celui ou celle qui a mis le feu à cette voiture, l'interrompit la mère. Personne n'a souhaité que les gendarmes s'en mêlent.

— Colette veut tout commander ici, poursuivit Jacques. Elle a même fini par faire fuir ma Gisèle.

— J'espère qu'elle reviendra un jour, mon frère, dit André, sincèrement peiné.

— Si ça doit se faire, ça se fera, affirma Germaine. Mais il y a visiblement plus urgent à régler.

Après quelques secondes de flottement, elle s'adressa à André :

— Si au moins vous faisiez un enfant avec Colette, comme tout le monde, cela changerait un peu l'atmosphère pesante de cette maison !

— Le médecin nous a certifié qu'il était peu probable que cela arrive. Que veux-tu, c'est comme ça !

— Et si ça venait de toi ? Y as-tu pensé ?

— Non, maman, ça ne vient pas de moi. Je te le confirme !

Un grand silence tomba sur eux, si lourd que l'on entendait le tic-tac du balancier de la comtoise. Même les deux chiens n'osaient pas bouger.

La compagne de Jacques, Gisèle, avait appris à bien se tenir dans cette famille, peuplée de forts caractères. Étant la dernière arrivée, elle s'était installée à Boissillac, quand bien même ils n'étaient pas mariés, et s'était intégrée tant bien que mal. Une situation rare. Et puis un jour, elle avait quitté la maison des Deltheil, mais pas Jacques, ce dernier en était convaincu, et il attendait des nouvelles.

Deux semaines s'étaient écoulées lorsqu'un homme d'une soixantaine d'années s'approcha doucement de la ferme des Deltheil. Discrètement serait plus juste. Il attendit un long moment au loin, jusqu'à ce qu'il repérât André, seul, près de l'étable. Le visiteur lui fit signe de le rejoindre.

À la manière dont ils se saluèrent, on sentait qu'ils s'étaient déjà rencontrés. La discussion ne dura que quelques minutes avant qu'ils ne se séparent. L'homme s'éloigna aussi furtivement qu'il était venu et André retourna à ses occupations. Des jurons s'échappèrent de l'étable. Il hurla si fort que le chien s'éloigna, craintif, face à l'attitude soudaine de son maître. La bête l'attendit assise près de la porte, à l'extérieur.

Un événement inhabituel venait de se dérouler chez les Deltheil. Un de plus. Le visage d'André s'était fermé comme à double tour. Tous l'avaient remarqué mais personne n'osait le questionner. Le repas de midi se passa sans un mot. À la fin, il prit la parole :

— Je dois m'absenter cet après-midi. Je rentrerai pour la traite, ne vous inquiétez pas pour moi, je vais bien.

Colette voulut intervenir mais sa belle-mère lui fit signe de ne rien dire, en mettant un doigt devant sa bouche. Parfois, malgré la curiosité ou l'appréhension, le silence est le moyen le plus sûr de ne pas envenimer les choses, surtout dans une famille où plusieurs générations cohabitent.

André se changea, se fit propre et, résistant aux questions brûlant les lèvres de sa femme, il dit :

— À tout à l'heure, je reviens au plus vite. Je ne prends pas le chien.

— Mais..., tenta Colette.

— Jacques ne va pas tarder à revenir d'Aurillac, éluda André. Vous ne serez pas seules très longtemps.

Colette n'avait encore jamais vu une telle expression sur le visage de son mari. Elle rejoignit sa chambre et regarda s'éloigner son homme par la fenêtre. « Que lui arrive-t-il ? Ce n'est pas dans ses habitudes de me parler ainsi. » Sa belle-mère vint l'entretenir de diverses choses afin de la distraire, tandis que Jacques rentrait de son déplacement à Aurillac, sur sa moto.

On s'empressa de l'avertir du comportement surprenant de son frère.

— Mon frère fait ce qu'il veut, après tout.

— Mais il est parti à pied, dit Germaine. En principe il prend sa moto, comme toi. Il est peut-être allé acheter une voiture. Ça fait un moment que ça le tracasse, cette histoire de voiture.

Le fait qu'André disparaisse à pied en tourmentait plus d'un.

Le temps passa. Au bout de trois bonnes heures, André refit son apparition. Allait-il leur révéler sa destination secrète ? À peine rentré, sans un mot, il remit ses vêtements de travail et reprit ses occupations, comme si de rien n'était, le visage encore plus fermé qu'auparavant.

— Pourrais-tu me dire ce qui se passe ? lui demanda son frère, seul à seul. Tu as dû faire un bon bout de chemin, à voir l'état de tes affaires et de tes chaussures.

— Non, je t'expliquerai plus tard.

— À moi tu peux en parler, je suis ton frère, et nous n'avons jamais eu de grands secrets l'un pour l'autre.

— Celui-ci est indicible, mon pauvre ami. Il me faudra quelque temps pour m'en remettre. Je vais essayer de ne laisser rien paraître, mais je compte sur toi pour ne plus me poser de questions sur cette sortie d'aujourd'hui. Le moment venu, tu seras le premier informé, je te le promets, mais motus d'ici là ! Aux plus curieux, tu pourras dire qu'on m'a proposé d'acheter un petit nombre de bêtes.

Ils se serrèrent la main et reprirent leur travail. André tenta d'effacer son air abattu et servit la même excuse à Colette et à sa mère. Elles ne furent pas dupes mais n'en laissèrent rien paraître.

À Boissillac, les jours et les semaines défilèrent sans que rien se produisît d'extraordinaire. Tout aurait continué ainsi si la mère n'avait demandé un jour où en était cet achat de bêtes dont elle n'entendait plus parler.

— Ça ne m'intéresse plus, les bêtes n'étaient pas comme je les aurais souhaitées. Et puis elles étaient trop chères. N'en parlons plus, à moins qu'on ne revienne me proposer une autre affaire.

— Tu changes bien vite d'avis, mon fils !

Le dialogue était impossible. Pour l'éviter, André s'en allait seul dans son coin, vers ses terres, ressassant toujours le même sujet, celui qui l'avait bouleversé et le tracasserait encore sans cesse. Parfois, il arrivait tout de même à parler d'autre chose :

— Il faudrait vraiment acheter une nouvelle voiture. Nos motos ne suffisent pas.

— Je peux t'en trouver une, réagit Jacques. Je connais quelqu'un qui voudrait vendre la sienne, si ça t'intéresse.

— On pourrait aller la voir. Mais je ne veux pas y mettre beaucoup d'argent, je te préviens.

— Tu es bien un Auvergnat. Tu sais ce que l'on dit de nous ?

— Oui, un sou, c'est un sou ! Un chou, c'est un chou !

Les deux garçons rirent, un moment de connivence.

— André, qu'allons-nous décider concernant Louis ? Il faudrait en reparler avec maman et creuser les différentes possibilités, au cas où il y en aurait.

— Tout ça tombe très mal.

Comprenant qu'un autre sujet encombrait l'âme de son frère, Jacques n'insista pas. Il s'occuperait de questionner sa mère de son côté. André et lui avaient toujours l'intention de trouver une issue à leur projet. Comme le suggère l'adage : « Faut bien se lancer un jour ! »

Germaine Deltheil, qui n'avait pas perdu la tête le moins du monde, sentait bien que ce sujet reviendrait tôt ou tard. Aussi se renseigna-t-elle auprès du notaire qu'elle connaissait depuis longtemps et qui vint un jour lui rendre visite à titre amical. Il lui résuma la situation : en tant qu'épouse du défunt, elle avait droit à 25 % de la valeur du bien, le reste serait partagé, à parts égales, entre ses trois enfants.

Germaine lui apprit ce que son mari avait indiqué bien avant son décès, à savoir qu'il déshériterait Louis, ce dernier ayant décidé de quitter le domicile familial.

— La loi dit qu'au décès du père, tout enfant hérite d'une part de ses biens.

— André et Jacques souhaitent faire tourner l'exploitation tous les deux, comme ils le font depuis que Louis s'en est allé. Ils aimeraient emprunter de l'argent afin de moderniser le domaine. Nous devons trouver une solution pour cette affaire. Pouvez-vous, s'il vous plaît, y réfléchir et me proposer une option qui irait dans le sens de leur projet ?

— Il faudrait songer à une donation, mais en aucun cas je ne peux en exclure votre fils Louis. Une discussion entre les trois frères est nécessaire. S'il revenait à la ferme, tout serait bien plus simple.

— Je ne crois pas que cela soit possible. J'étudierai toute proposition viable, quitte à repousser l'héritage. L'essentiel est que tout soit bien précisé dans un acte notarié.

— Ce serait dommage de ne pas en faire profiter vos enfants, il s'agit tout de même d'une certaine somme.

Dans le monde paysan, on rechignait depuis des lustres à évoquer ces histoires d'argent, on préférait ne pas en parler, comme si elles avaient quelque chose de honteux. Ainsi, bien des décès survenaient avant qu'une solution ne soit trouvée, et les héritages traînaient en longueur.

Avant que l'homme de loi ne franchisse la porte, Germaine lâcha, une colère noire dans le regard :

— Et si je ne faisais rien, maître, oui, si je ne décidais rien, qu'adviendrait-il ?

— Je comprends que vous soyez déçue, répondit-il. Laissons passer un bout de temps, la patience libère parfois de nouvelles idées. Nous en reparlerons.

Jacques arriva tout sourire.

— Je vous ai trouvé une voiture, je crois que c'est celle-là qu'il nous faut !

— Alors ne gâche pas notre plaisir, accouche !

— C'est une Renault 4, en très bon état. Quatre places, de quoi nous convenir !

— Et combien faut-il débourser pour ce carrosse ? demanda Germaine.

— Deux cent mille francs ! Pour ce prix, le garagiste reprend l'ancienne.

— Voyez ça tous les deux, avec André. Si ça vous convient, c'est moi qui la paie !

— Mais maman…

— Laissez-moi vous faire plaisir tant que j'ai encore quelques sous.

Les garçons se mirent d'accord et le marché fut conclu. Il y aurait de nouveau une voiture à la ferme de Boissillac.

— Il faudra que quelqu'un m'emmène voir Louis et Jean-Paul. Maintenant que nous avons une voiture, nous pouvons nous déplacer comme tout le monde.

— Tout le monde ne possède pas une voiture, maman.

Elle esquissa un sourire aussi mince qu'une feuille de salade. En ces temps tourmentés, l'achat de ce nouveau véhicule avait apporté un brin d'enthousiasme.

— Je m'absente cet après-midi, annonça André, le visage fermé.

Pour seule réponse à son intervention : un silence pesant. « Celui-là a des problèmes, pensa Germaine. Qu'est-ce qui lui arrive ? » Afin de ne pas se faire trop de souci, elle convoqua immédiatement une pensée heureuse, et ce fut le visage poupon de son petit-fils qui lui vint en tête. Vivement l'arrivée de son petit frère ou de sa petite sœur. Louis travaillait durement dans sa ferme, avec femme et enfant. Pensait-il à sa mère parfois ?

Un matin, tandis que le soleil était levé depuis plusieurs heures et que bêtes et hommes en avaient fait autant, une silhouette connue, même si elle ne s'était pas montrée depuis quelque temps, réapparut à Boissillac. Germaine était devant la maison. Elle la regarda approcher. Gisèle arrivait doucement vers la bâtisse et, lorsqu'elle fut assez proche, la propriétaire des lieux lui dit, avec un sourire calme :

— Tu as choisi un jour de soleil pour revenir. Jacques sera très heureux de te revoir. Nous t'attendons tous depuis longtemps.

Elle ne lui fit aucun reproche, pas même une remarque désagréable. La revenante leur avait pourtant causé bien des torts.

— Les hommes sont par là mais entre donc, tu vas m'aider à préparer la soupe !

— J'espère que je n'ai pas perdu la main.

— Ces choses-là ne se perdent pas à la campagne, surtout si on y a été heureux.

Germaine, comme simple invitation, lui tendit la main et l'entraîna dans la maison. Gisèle voulut parler mais elle fut arrêtée dans son élan.

— Tu es revenue, il n'y a rien à ajouter. Ta place t'attendait.

L'accueil de Germaine scia les jambes de Gisèle. Elle avait préparé des mots, qu'elle avait rabâchés en chemin pour ne pas les oublier, et puis voilà que rien ne se passait comme prévu.

— Comment va Jacques ? osa-t-elle demander.

— Tu le sauras dans quelques instants.

Il n'y avait plus qu'à aider Germaine à préparer le repas de midi.

— Comment va Colette ?

— Tu l'apprendras aussi sans tarder. Elle est bien là, quelque part, autour de la maison. Elle t'a certainement aperçue. Vous avez beau vous faire la guerre, vous ne pouvez pas vous passer l'une de l'autre, pas vrai ?

Gisèle acquiesça.

5

Germaine semblait satisfaite de ce retour et ne posa pas de questions inutiles. « On dirait que, de nos jours, les habitudes changent chez les jeunes, pensa-t-elle. Mais je ne sais qu'une chose, c'est qu'il ne faut pas s'en mêler. Les indiscrétions ont fait s'écrouler des familles entières. » Lorsque les hommes arrivèrent pour passer à table, leur surprise fut grande de trouver trois femmes en cuisine.

— Oh ! Oh ! Il y a du nouveau ici, dit André. Bon Dieu que ça fait plaisir !

— Alors, les vacances sont terminées ? lança Jacques à Gisèle.

Leur attitude avait de quoi déconcerter. Dans cette maison, il pouvait se produire bien des surprises et, en fin de compte, tous s'en accommodaient. À peine si Colette avait tourné la tête.

Spontanément, Gisèle s'adressa à André :

— Tu as l'air bien triste.

Celui-ci s'empressa de changer de sujet :

— Ton retour va nous faire du bien, cela me fait vraiment plaisir que tu sois revenue.

Puis, ne sachant quoi ajouter :

— Maman, la Renault 4 fonctionne parfaitement. Je vais pouvoir te promener jusque chez Louis, tu pourras voir ton petit-fils.

— Voilà une excellente idée ! D'autant que j'ai à lui parler. Ce sera aussi le moment de vous réunir, mes trois garçons, nous avons à discuter ensemble de notre avenir à tous !

Le silence emplit la pièce, comme il le faisait si souvent à Boissillac. Aussi, Germaine ajouta :

— Je suis heureuse de vous voir toutes les deux, les filles, ça me manquait. Ne recommencez plus, s'il vous plaît, sinon il faudra encore se démener pour vous rabibocher. Comment trouvez-vous la soupe ?

— Toujours aussi parfaite !

— Mon souhait serait qu'un jour, je la trouve toute prête, voyez-vous. J'en ai tellement préparé. Votre père lui-même ne s'est jamais aperçu de ma lassitude.

— Ne vous inquiétez pas, nous nous occuperons bien de vous, dit Gisèle.

— Je tiens à vous l'annoncer à tous officiellement, poursuivit Germaine, revenant à la charge. Je ne déshériterai personne. À vous de m'aider en prenant cela en compte, car le notaire semble avoir bien du mal à trouver une solution. Moi non plus je n'aime pas vous voir séparés, mais vous ne serez plus jamais réunis sous le même toit, à la ferme, c'est un fait ! Il faut l'accepter.

— La solution la plus simple, conclut André, c'est de continuer comme avant, en attendant que le ciel nous envoie ses lumières.

— Le ciel se fout pas mal de nos affaires, rétorqua Jacques. Alors allons voir Louis, et parlons-lui comme nous venons de nous parler.

— De toute façon, nous n'avons pas d'autre solution, cette situation est inextricable, confirma André.

— Quoi qu'il arrive, cette terre nous a tous nourris et elle pourra nous nourrir encore des années, dit Jacques. Comme toujours, il nous faudra faire preuve de patience et d'intelligence.

— C'est bien vrai, mais il ne faut pas s'arrêter de manger pour autant, intervint Germaine. Le café et le dessert nous attendent.

Germaine Deltheil faisait de son mieux pour contenter tout le monde. Elle savait que l'arrangement souhaité ne viendrait pas de sitôt. Tant d'histoires circulaient dans les campagnes à propos de fermes et de terres à céder, les biens les plus précieux des paysans. Elle ne pouvait imaginer ce qui encombrait l'esprit d'André. Le voyant une fois de plus perdu dans ses pensées, elle lui demanda :

— Tu ne vas pas bien mon fils, je te connais suffisamment pour le sentir. Tu n'as pas d'ennuis de santé, au moins ?

— Tout va bien, rassure-toi, j'ai juste un peu la tête ailleurs.

— Tout va bien avec Colette ? Vous ne voulez pas me faire un petit-fils, enfin ? Ça me plairait bien ! Il y aura bientôt deux enfants à La Bescade, et toujours aucun ici. Il serait bien que Jacques et Gisèle y pensent aussi.

— Chacun ses affaires, moi, j'ai déjà assez des miennes.

La conversation s'arrêta là. Germaine respecta l'air mystérieux de son fils. À son âge elle pouvait comprendre que chacun ait ses secrets. Elle aurait simplement aimé que la vie revienne à Boissillac. Des enfants courant dans les chemins, les champs et les prés, grandissant comme les blés en plein été. Qu'y avait-il d'anormal à souhaiter cela ? Elle devait penser à autre chose, se dégager le cerveau, comme disaient les gens d'ici.

N'y tenant plus, elle demanda à André et à Jacques de l'accompagner chez leur frère, sans Colette ni Gisèle. Son notaire ne lui ayant pas fourni de solutions simples et compréhensibles, mais plutôt « emberlificotées », elle voulait que ses trois héritiers s'entretinssent.

La Renault 4 ne passait pas inaperçue dans les chemins cantaliens, sinueux et tortueux à souhait, imaginés pour les attelages de bêtes bien plus que pour les véhicules à moteur, qui n'existaient pas encore à l'époque où ils avaient été tracés.

— Quel âge ça lui fait, à ce petit ? demanda soudainement André.

— Tout de même, s'agaça Germaine, ne pas connaître l'âge de son neveu ! Jean-Paul vient d'avoir six mois.

— Excuse-moi, maman. Tu as raison, je devrais le savoir. Ça y est, nous arrivons, regardez plutôt la nouvelle maison de Louis avec sa façade flambant neuve.

— C'est vrai que ça change, c'est magnifique, dit Germaine. Avec ce soleil, cela encore plus beau que la dernière fois.

Tous avaient les yeux rivés sur la bâtisse si joliment rénovée, jusqu'au toit qui semblait être assorti au reste.

— C'est comme une femme bien maquillée, compara Jacques.

— Il faudra que j'y pense, répondit Germaine du tac au tac, avec un sourire en coin.

— J'aperçois Mme Dachère qui vient vers nous, dit André.

— Voilà une visite qui nous fait plaisir ! s'enthousiasma Jeanne. Ici, nous avons parfois l'impression d'être coupés du monde. Les jeunes sont occupés dans le pré d'en bas, voulez-vous que nous y allions ensemble ?

— Je préfère les attendre et profiter de mon petit-fils, dit Germaine.

— Nous allons à leur rencontre et nous vous rejoindrons plus tard, décidèrent les garçons.

Marie-Thérèse, Germaine et Jeanne papotaient autour du petit Jean-Paul qui commençait à faire le pitre et à faire rire son entourage. Les garçons, eux, avaient donc rejoint Louis et Juliette. Rapidement, dans le ton de la conversation, Juliette devina qu'elle était de trop. Elle trouva un prétexte pour aller retrouver les femmes.

— Je n'ai pas grand-chose à vous offrir, regretta Louis. Juste de l'eau de la fontaine d'un peu plus bas, près des arbres.

— Ça nous ira, le rassura André. Avec cette chaleur, nous n'allons pas nous pinter *miladiou*[1] !

Assis tous les trois près de la fontaine, il leur fallait maintenant en venir à l'affaire qui les préoccupait. André, le cadet, prit la parole. Il fit un point sur l'héritage et son partage, décidément bien difficile à régler au regard de la situation familiale.

1. « Mille dieux ! » en occitan.

— Notre mère a vu le notaire et la situation est complexe. Louis, il n'est pas question de te déshériter, comme le père l'avait annoncé. Cependant, nous ne savons pas comment procéder car nous aimerions, avec Jacques, moderniser la propriété sans pour autant t'en priver.

— Effectivement, il n'est pas question que je renonce à cet héritage, ma part reviendra un jour à mes enfants, c'est de droit. Mais je comprends votre envie, vos besoins, je les encourage même.

— Propose-nous un arrangement, Louis, si jamais il te vient une idée. Tu as ta ferme maintenant, une famille et des enfants, nous l'avons bien compris et nous respectons cela. Mais il faut bien que Boissillac survive.

— Qu'en dit maman ?

— Elle souhaite que l'on s'entende. Elle aimerait nous voir tous réunis de temps à autre. Elle sait que Boissillac t'appartient autant qu'à nous mais elle aimerait que la ferme continue de tourner, et surtout que nous arrêtions de nous diviser.

— Alors nous sommes tous d'accord !

— Tout ça me donne une soif! dit Jacques. Je vais plonger ma tête dans la fontaine.

— Il va le faire, le bougre, sourit André, je le connais bien !

Ce moment de rire les détendit. Comme lassés de ces affaires d'héritage, les trois frères parlèrent de leur femme, de leur vie, de leurs travaux, et oublièrent pour un moment le motif de leur rencontre.

— Tu t'en sors bien, Louis. La ferme est en bon état, ça se voit au premier coup d'œil.

— En plus on prend soin de moi, comment oserais-je me plaindre ? Parfois, je repense à Boissillac, la maison de notre enfance. Je me rappelle aussi le jour où j'ai pris la décision d'aller ailleurs, peut-être pour mieux respirer, ce qui a déplu à notre père.

Les deux autres demeuraient silencieux. Ils se souvenaient de ce moment, de cette décision, mais à cette époque ils étaient loin de se rendre compte des conséquences qu'elle aurait.

— Êtes-vous certains que le règlement de cet héritage soit si pressé ? demanda Louis soudainement.

— Nous voudrions moderniser l'ensemble au plus vite, lui répondit André. Ça nous faciliterait l'obtention de crédits, notamment pour le sanitaire. Nous sommes deux ménages à Boissillac, les femmes méritent un peu plus de confort.

— N'y aurait-il pas moyen de voir les choses différemment ? Faites estimer ma part par le notaire, en tenant compte que, depuis quelques années, je ne suis plus à la charge des parents.

— Tu voudrais que l'on mette ta part au chaud, en quelque sorte ?

— Une toute petite part, oui, pour mes enfants !

À cet instant, André eut un moment de faiblesse. Il resta silencieux. À quoi pensait-il, lui qui n'avait pas encore de descendants ?

Plus tard, les trois hommes firent route vers la maison, pour y retrouver les femmes.

— Elles ont dû s'en raconter, des affaires, sourit Jacques. Une fois rassemblées sans les hommes, vous pensez bien !

Ils éclatèrent de rire, puis Louis demanda :

— Êtes-vous content de cette Renault 4 ? Avec cette couleur jaune, on vous voit venir de loin. Ce sont des voitures très pratiques, on peut même y transporter des volailles ou des légumes pour les marchés.

— C'est maman qui l'a payée, nous avions un peu honte.

— Mais comme toujours, vous vous êtes laissé faire !

— Que veux-tu, on ne se refait pas, nous, les Auvergnats.

Cette rencontre se termina par un café de plus. Jean-Paul était le centre du monde. Ils se promirent de se revoir de temps en temps. Louis et Juliette furent invités à Boissillac.

— Je suis si heureuse de cette journée, annonça Germaine, j'espère que vous avez pu discuter.

— Ne t'inquiète pas, maman, dit Louis. Quoi qu'il soit décidé, nous demeurerons trois frères. Quant aux belles-sœurs, nous ne pourrons pas vivre sans elles !

Cette annonce soulagea tout le monde, tous voulaient y croire. Et s'il avait pu s'exprimer davantage, Jean-Paul aussi aurait applaudi. Puis le « taxi jaune » repartit sous le regard des habitants de La Bescade. En s'éloignant, les visiteurs contemplèrent encore un peu le beau travail des maçons Deltheil. Germaine ne disait rien mais, dans son cœur, elle pensait à Jean, son mari. Lui aussi aurait été heureux.

Après leur départ, Juliette s'empressa de demander à Louis :

— Avez-vous bien discuté ?

— Oui, ils étaient venus pour ça.

— Et alors ? Tu peux m'en dire davantage, même si cela ne me regarde pas trop ?

— Nous avons parlé tranquillement, sans nous disputer. La situation à Boissillac a peu évolué mais nous avons imaginé différentes possibilités pour l'héritage. La situation semble très complexe, même le notaire n'a pas vraiment de solution à nous apporter. Nous nous sommes aussi dit que rien ne pressait.

Jeanne et Marie-Thérèse, qui avaient entendu les propos de Louis, demeuraient silencieuses. Elles savaient que « partout importun devrait être chassé » !

— Qu'en penses-tu, toi, mon cher Jean-Paul ? s'enquit Louis.

L'enfant babilla et tous rirent de bon cœur.

Le mois de juin arriva et avec lui l'été. Fenaisons et moissons furent rapidement faites et, déjà, les meules attendaient près de la grange, à côté des batteuses et de la locomobile. Ce n'était pas une immense récolte mais c'était la leur, faite à la sueur de leur front.

Juliette tenait parfois son ventre, l'avenir se manifestait. Les châtaigniers fleurissaient et répandaient leur puissant parfum. En septembre, les cèpes décoreraient les sous-bois et les ramasseurs s'en donneraient à cœur joie. On en mettrait plein les bocaux, sans compter ceux qui sécheraient au soleil en attendant de rejoindre les greniers et les marchés. Sans nul doute, Jean-Paul aurait un frère ou une sœur en fin d'année. La vie poussait de toutes parts sur ces terres.

Dès qu'il avait un moment, Louis travaillait encore aux finitions du chantier. Il restait toujours quelque chose à faire. Quelle ne fut pas sa surprise lorsqu'il vit arriver un nouveau visiteur.

— Oh ! Bonjour, monsieur le curé, quel bon vent vous amène par chez nous ?

— Le même qui semble vous freiner à venir chez moi. Enfin, dans notre église, je veux dire.

Étonnante réplique !

— Comment va la famille, Louis, depuis le baptême ?

— Ne serions-nous pas revenus à l'église depuis ce jour merveilleux ?

— Hélas, je crains bien que non. Mais vous savez, les rumeurs vont vite. J'ai entendu dire qu'il y aurait bientôt un nouveau chrétien dans notre paroisse, n'est-ce pas ?

— Vous allez bien boire quelque chose, mon père. Allons à la maison, nous aurons le temps de parler un moment, vous me raconterez les rumeurs qui vont bon train dans le pays. Moi, je ne suis au courant de rien.

Il fallait bien se détendre de temps à autre. À l'intérieur, Juliette vaquait à son ménage, en compagnie de sa grand-mère.

— Vous connaissez Marie-Thérèse Dachère, je pense.

— Depuis bien longtemps, et je dois vous dire que lorsque j'ai été nommé dans cette paroisse, ils m'ont accueilli très aimablement, elle et son mari.

— Au moins, les anciens avaient du savoir-vivre, plaisanta Louis. Nous, les jeunes, sommes un peu plus sauvages. Mais sachez que nous vous apprécions et vous respectons tout autant, monsieur le curé.

Celui-ci inclina la tête en déclarant :

— Je n'ose pas penser au proverbe : « Apprenez que tout flatteur vit aux dépens de celui qui l'écoute. »

— N'y voyez là aucun mot désagréable de ma part.
— Je n'en doutais pas le moins du monde.
— Ah, voici justement mon épouse avec notre fils.
— Prendrez-vous un café ? demanda Juliette.
— Bien volontiers, mais je ne voudrais pas abuser. Vous attendez un nouvel enfant à ce qu'il se dit dans la paroisse.
— Oui, Jean-Paul ne sera bientôt plus seul. C'est pour fin novembre.
— Et Dieu sera content !

Louis participa aux discussions un moment, mais son temps était compté. Il laissa les femmes à leur curé. Auprès de Juliette et de la famille Dachère, désormais également la sienne, il s'épanouissait. Mais il ne pouvait s'empêcher de s'inquiéter pour ceux de Boissillac. D'autant qu'il avait en tête la mine étrange de son frère André qui par moments semblait désespéré. Y aurait-il un souci caché dans son couple ? Il y en avait dans bien des familles. Peut-être était-ce Colette qui s'inventait des histoires ? Peut-être André aurait-il voulu lui aussi avoir des enfants ? Le voir avec Jean-Paul le rendait peut-être jaloux, frustré. Ce n'étaient là que de simples hypothèses, rien n'ayant jamais été formulé en ce sens.

Concernant l'héritage de Boissillac, Louis préférait attendre, ne pas se faire trop de souci. Quand ses frères auraient pris une décision, ils reviendraient vers lui. Il serait alors temps de leur donner ou non son accord.

À La Bescade, la belle maison faisait la fière dès le lever du soleil. On aurait pu penser qu'il se plaisait mieux ici qu'avant, et qu'il réservait ses plus beaux rayons à cette ferme. Les rêves adoucissent toujours la pensée des humains et Juliette avait les mêmes que Louis.

Elle attendait son deuxième enfant dans une sérénité absolue. Jean-Paul, qui ignorait qu'il devrait bientôt partager l'amour de ses parents, semblait le plus heureux des bambins, avec trois femmes pour le dorloter. Parfois, il tournait ses yeux vers la pendule qui sonnait les heures, tendait ses petites mains vers elle.

À Boissillac, Colette et Gisèle se parlaient davantage. Se confiaient-elles leurs secrets ? Nul n'aurait pris ce pari, mais une confiance solide était revenue entre elles. Elles avaient appris, par des mauvaises langues, que l'une et l'autre avaient été présumées responsables de l'incendie de la voiture des Deltheil.

— Mais qui a pu inventer une telle calomnie ? s'emballa Colette.

— Je n'en sais rien mais ce bruit a couru dans les parages, certaines femmes me l'ont raconté ! confirma Gisèle. Tu te rends compte ? Porter contre nous de telles accusations ?

— Qui pourrait nous en vouloir à ce point ?

— Chère Colette, il faut que je t'avoue quelque chose. Te souviens-tu du gars de Murat que nous avions embauché pour l'été, Gaston ?

— Oui, bien sûr, un peu bizarre et les mains baladeuses.

— C'est bien lui. Il m'avait proposé de le rencontrer en cachette, je lui plaisais tant.

— Le salaud ! Il m'a fait la même proposition, et il m'a dit que si je n'acceptais pas, il trouverait un moyen de se venger.

— Ne cherchons plus l'incendiaire, c'est sûrement lui ! Il a dû répandre ces rumeurs pour nous faire porter le chapeau.

— Un jour nous le retrouverons et nous nous vengerons !

Cette promesse ne devait pas tomber dans l'oubli. Le temps n'efface rien. Et les femmes ont bonne mémoire.

6

À Boissillac, on ne parlait plus d'héritage. Il semblait ne plus y avoir d'urgence, maintenant que les difficultés avaient été mises au jour. À bien y réfléchir, on pouvait attendre que chacun fût dans de meilleures dispositions d'esprit pour prendre des décisions, il n'y avait pas mort d'homme. Quant à l'emprunt que souhaitaient faire Jacques et André, leur mère se porterait garante ! Voilà que la famille, devenue soudain raisonnable, envisageait des lendemains plus sereins.

Cependant, une ombre assombrissait le quotidien des Deltheil. André se montrait de plus en plus tourmenté. Un jour, alors qu'il se trouvait seul en compagnie de sa mère, il lui dit en la regardant dans les yeux :

— Maman, il faut que je te parle, seul à seule.

— Ça ne va pas, André ? Qu'est-ce qui se passe ? Je te sens triste depuis quelque temps. Tout le monde s'inquiète ici.

— Ce que je vais t'apprendre va beaucoup te surprendre, comme ça m'a surpris moi-même. J'étais à mille lieues d'imaginer une telle situation.

— Serais-tu souffrant ?

— Non, maman. Il y a quelques semaines, j'ai eu la visite d'un homme. Un homme que j'ai connu il y a cinq ans environ.

— Et alors ? Il te veut du mal ? Parle au lieu de me faire languir, d'autant que les autres ne vont pas tarder à revenir. Serait-il celui qui voulait te vendre des bêtes ?

— Oui, en tout cas c'est ce que j'avais inventé, ne sachant que vous dire.

Germaine le regardait curieusement. Elle craignait toujours le pire, comme toutes les mères.

— Alors voilà. Maman, j'ai un enfant.

— Dieu du ciel, mais que m'annonces-tu là ?

Elle baissa les yeux, comme vaincue par l'impensable. Qu'était-il en train de lui avouer ? Voulait-il lui réclamer quelque chose ? Lui faire du mal ? Elle croisa les bras sur sa poitrine comme pour se protéger, faire barrage à cette nouvelle.

Clouée sur place, elle reprit tout doucement une respiration plus normale.

— Tu m'as bien dit que tu avais un enfant ? C'est bien ça ? Je ne suis pas folle ?

— L'homme qui est venu me rendre visite il y a quelques jours est M. Pierre Lafontie, des Retourches.

— Et alors ? Je ne le connais pas, qu'a-t-il à voir là-dedans ?

— C'est le père d'Éliane, que j'ai fréquentée il y a longtemps, bien avant de rencontrer Colette.

Germaine Deltheil ne savait pas où poser son regard pour éviter celui de son fils.

— Alors, comme ça, tu m'annonces du jour au lendemain que tu as un enfant ! Tu penses à ta femme ?

— Quand Pierre Lafontie est venu me voir, je n'y ai pas cru. Et puis il m'a raconté ce qu'a vécu Éliane, tout en me rappelant que lui et sa femme m'avaient chassé de chez eux, avec interdiction d'approcher leur fille, que je n'ai d'ailleurs jamais revue. Pour moi, tout était fini, et j'ai épousé Colette.

— Tu l'as aimée, cette petite ?

— Oui, maman, j'étais amoureux d'elle et je crois que c'était réciproque. On s'est aimés comme des fous.

Germaine attendait la suite, impatiemment. Secoué par des sanglots, André avait bien du mal à continuer.

— Éliane a mis au monde un petit, ou du moins une petite, appelée Mireille. C'est ma fille, mais je ne connaissais pas son existence avant ces dernières semaines. Éliane n'a jamais avoué le nom du père à personne et l'a élevée toute seule. Puis elle a été atteinte d'une terrible maladie, une maladie dont on ne guérit pas.

— Elle est morte ?

— Oui, maman.

Germaine prit la main de son fils et la garda dans la sienne un moment. André ajouta alors :

— Au cours de sa maladie, elle a écrit toute son histoire dans un cahier, en certifiant que Mireille était mon enfant.

— Il t'a montré ces preuves ?

— Non, mais il les conserve afin que personne ne puisse salir la mémoire de sa petite-fille unique, Mireille. C'est un beau prénom. Ne trouves-tu pas, maman ?

Germaine était abasourdie par ces révélations. Sans s'en rendre compte, elle laissa échapper ces mots pleins de compassion :

— La pauvre petite !

Ils entendirent du bruit, s'interrompirent et tentèrent de ne rien laisser paraître.

— Que vous racontez-vous donc, tous les deux ? dit Colette. Des secrets, pardi ?

— La curiosité est un vilain défaut !

André essaya de retrouver une mine normale. « Après tout, il fallait bien qu'un jour ou l'autre cela se sache mais peut-être n'aurais-je pas dû le divulguer si rapidement. » Au fond de lui, il se sentait mieux, même s'il n'avait pas encore tout révélé. « Demain sera un autre jour. » La formule lui convenait assez bien, elle le soulageait au moins pour le reste de la journée.

Il allait devoir maintenant se rendre aux Retourches, comme le lui avait demandé M. Lafontie. Là-bas, il y avait une fillette qu'il n'avait jamais vue ni même imaginée avant ces dernières semaines. Comment leur rencontre allait-elle se passer quand le moment serait venu ? La route serait longue, comme les nuits à venir.

Le surlendemain, Germaine Deltheil rejoignit André dès qu'il fut seul.

— Il faut que tu m'en dises davantage. Tu ne m'as pas raconté ce que M. Pierre Lafontie te voulait exactement, bien que j'aie déjà ma petite idée.

— Nous avons discuté de Mireille et des dernières volontés de sa mère. Dans son cahier, qui fait en quelque sorte office de testament, non seulement Éliane donne mon nom mais elle demande aussi qu'on me dise la vérité après son décès.

— Son père ne savait donc pas que c'était toi ?

— Au début de la grossesse de sa fille, il avait des doutes me concernant. Mais comme elle n'a rien avoué, le mystère a gagné du terrain et a fini par l'emporter.

Puis André ajouta, des larmes dans les yeux :

— Mireille a désormais cinq ans. Éliane s'est occupée d'elle jusqu'à son dernier souffle.

— Tu as un enfant, rabâcha Germaine. Par ricochet, cela veut dire que je suis grand-mère d'une petite-fille !

Happé par ses pensées, André déclama :

— Quand la mécanique froide du silence fonctionne, on peut s'attendre à tout.

— Cette affaire te donne de l'imagination, mon fils !

— Je vais aller aux Retourches, je ne pourrai pas vivre sans l'avoir vue.

Après un silence qui parut interminable, Germaine lâcha :

— As-tu pensé à Colette dans tout ça ?

— Bien sûr, maman. De grandes épreuves m'attendent, j'en suis conscient. Mais je dois me comporter en homme !

— Tu es quelqu'un de courageux, mon fils. Le ciel va se couvrir, il y aura des orages. Puis, comme depuis que le monde est monde, les nuages, vidés de leur agressivité, finiront par s'ouvrir. L'éclaircie arrivera et le bleu du ciel s'installera de nouveau.

Elle murmura ensuite à son fils, au creux de l'oreille :

— Qu'il me tarde de serrer dans mes bras ma nouvelle petite-fille !

— Tu vas me faire pleurer, maman.

— Jamais je n'aurais pu imaginer que tout cela nous arrive. Depuis l'autre jour, je me demande si je ne suis pas folle. Sans compter les remous que cela va causer dans toute la famille.

— Je suis désolé.

— Ne dis pas des choses comme ça. Tout cela est peu ordinaire, mais nous allons très bien nous en sortir.

Voyant que son mari avait sans cesse la tête ailleurs, Colette ne put s'empêcher d'interroger sa belle-mère :

— André n'est plus le même ces jours-ci. Sauriez-vous ce qu'il a, par hasard ?

— Non, je ne suis au courant de rien, ma fille.

— Vous savez, dans quelques jours, je lui annoncerai une nouvelle à laquelle il ne s'attend pas du tout.

Germaine craignait le pire, car le ménage se querellait souvent.

Un après-midi, André annonça qu'il devait se rendre chez un paysan, sans donner plus de détails. Ce genre de visite était courante dans les campagnes, mais cela mit de nouveau la puce à l'oreille de Colette. André n'y fit pas attention, il était déterminé. Quoi qu'il arrive, il devait se rendre aux Retourches.

La Renault jaune fila à travers champs. Pierre Lafontie l'attendait à l'endroit convenu. S'adressant à lui directement et sans manières, voire sans amabilité, André Deltheil demanda :

— Alors, vous avez quelque chose à me montrer, monsieur Lafontie ?

— Je sais que la situation est difficile mais je vous prie de garder votre calme, et de lire quelques pages de ce cahier. Je vous le confie quelques minutes. Restons dans la voiture, s'il vous plaît.

André se maîtrisait du mieux qu'il pouvait en tournant les pages du document. Il était comme pétrifié par les mots qu'il lisait, tracés de la main d'Éliane. Il se détendit enfin et, face à cette vérité, il dit très calmement qu'il reconnaissait les propos écrits là, sous ses yeux.

— J'ai encore à l'esprit cette aventure que nous avons partagée avec votre fille. Nous nous aimions à la folie et vous m'avez chassé de son cœur, violemment.

Pierre Lafontie baissait les yeux.

— Ma femme est morte elle aussi, finit-il par expliquer. Nous élevons désormais Mireille avec ma sœur mais je n'arrive plus à vivre avec cette idée que son père est vivant et qu'elle ne le connaît pas.

— Auriez-vous une photo de Mireille, s'il vous plaît ?

— Oui, à la dernière page du cahier, regardez-la donc.

— Mon Dieu ! Qu'elle est belle !

André ne quittait pas la petite des yeux, qui commençaient à s'embrumer.

— Vous pouvez la prendre, j'en ai une autre à la maison. Mais je dois conserver le cahier, vous comprenez ?

André glissa méticuleusement le cliché dans son portefeuille et il emporta ses pensées agitées sur la route de Boissillac. Il semblait maintenant ligoté, ficelé par cette situation. Il s'arrêta sur une partie plus large du chemin, rouvrit son portefeuille et là, entre ses mains, contempla cette petite créature si fragile, aux yeux clairs, si seule et si belle, dont il était le père, lui qui n'avait toujours pas d'enfant avec Colette malgré ses espoirs. « Que va-t-on faire de toi qui n'as plus que ton grand-père au monde ? Maintenant que je sais ton existence, tu fais, que tu le veuilles ou non et jusqu'à preuve du contraire, partie de ma vie. »

Le « taxi jaune » arriva à son port d'attache. Le conducteur posa sa main sur sa poitrine et, percevant l'épaisseur du portefeuille, dit tout haut : « Il ne me reste plus qu'à te rencontrer ! » Le visage de Mireille ne quittait plus son esprit. André n'avait pas d'enfant et elle représentait l'indéfinissable, comme une terre promise. Des forces insoupçonnables lui venaient : il parlerait à sa femme !

Il rentra chez lui. Il se sentait maladroit, seule sa mère l'observait d'un air étrange. Lorsqu'ils se trouvèrent tous les deux une petite minute, il lui montra discrètement la photo de Mireille. Puis entendit une voix dans son dos :

— Tu as pu faire ce que tu voulais, André ? les interrompit Colette.

— Oui…

— Parce qu'aujourd'hui, je vais annoncer une grande nouvelle quand nous serons tous à table !

Ces paroles ne semblèrent pas s'imprimer dans la tête de son mari. Colette en avait l'habitude. L'inquiétude de Germaine quant à cette annonce avait elle aussi diminué depuis la veille. Ce genre de « nouvelle » concernait parfois un détail de rangement, le déplacement d'un meuble, une idée de décoration, qui bien souvent, en plus, ne se réalisait pas.

Elle n'avait en tête que l'affaire de son fils. Fallait-il qu'il l'annonce maintenant à sa femme ? Devrait-elle l'y aider sans jouer l'intruse ? Ça bouillonnait dans son cerveau ! Fascinée par les yeux clairs de Mireille, elle songeait sans cesse à la photo qu'André lui avait montrée. « Je suis anéantie », marmonnait-elle.

Le travail de la journée des paysans s'acheva et tous se réunirent autour de la table pour le dîner. Jacques et Gisèle aidaient de leur mieux au service. Le chien aussi attendait près de la table sa tranche de pain, ou un os qu'il irait ronger dehors. Il était vingt heures.

— Qui prendra un apéritif ? demanda Colette.

— Qu'arrose-t-on ce soir ?
— Germaine Deltheil, vous allez devenir grand-mère !
Celle-ci s'agrippa à la table, n'y comprenant plus rien.
— Mon cher André, tu vas devenir papa ! Nous avons mis du temps, mais cette fois ça y est, un héritier est en route !

Après un moment de panique pour certains et de joie pour d'autres, Colette ajouta :

— À la santé du petit Deltheil ! N'es-tu pas heureux, André ? Montre-nous un peu plus d'enthousiasme, tu n'as pas l'air dans ton assiette.

— Tout va bien, rassurez-vous. Je suis très heureux, j'espère que ce sera un garçon !

Germaine tenta de sourire à cette belle annonce qu'elle attendait depuis longtemps.

— Il ne manque plus qu'à Jacques et Gisèle de se marier et d'agrandir à leur tour la famille !

— Nous y avons déjà pensé, ajoutèrent les jeunes, vous nous montrerez comment on s'y prend.

La joie prenait enfin le dessus dans cette maison, voilée par le secret. Germaine regardait de temps à autre André, sans trahir ses confidences.

— Vous avez raison, annonça Jacques. Peut-être le temps est-il venu de nous marier. Louis attend un nouvel enfant, toi aussi, André, nous allons finir par faire tache dans la maison Deltheil, qu'en penses-tu, maman ?

Germaine avait à peine entendu. Elle semblait totalement ailleurs. Jacques dut lui reformuler leur envie pour qu'elle s'exclame :

— C'est très bien, mes enfants ! Vous dire que je ne le souhaitais pas serait mentir. Boissillac va devenir une ruche, il faudra sans doute pousser les murs un jour.

— Je tâcherai de vous faire de beaux petits-enfants moi aussi, ajouta Gisèle. Nous irons annoncer ces bonnes nouvelles à La Bescade tous ensemble.

Germaine se sentit tout à coup très fatiguée et demanda à rejoindre sa chambre.

— Je me sens si lasse ce soir. Vous voudrez bien me pardonner cette attitude, pour une fois.

— Nous comprenons, maman, ne t'inquiète pas.

« C'est trop pour une femme comme moi, une vieille femme à qui l'on annonce tant de choses à la fois ! C'est une explosion de vie qui cogne dans ma pauvre tête. Demain il fera jour, pour l'instant j'ai besoin de silence. »

Dans la pièce de vie, ils parlèrent moins fort. Comme Germaine, tous pensaient à l'avenir qui paraissait si riche.

Que se passait-il aux Retourches ? Pierre Lafontie regrettait-il sa décision d'avoir tout raconté à André Deltheil ? Sa sœur, qui n'avait plus guère d'entrain pour s'occuper de la petite Mireille, ne connaissait même pas l'existence du cahier qu'avait laissé Éliane.

— Il faudrait la confier à un établissement capable de l'élever, de lui donner une bonne éducation, dit-elle à Pierre. Mon pauvre frère, nous n'avons plus l'âge d'élever un enfant, fût-elle ta petite-fille.

— Je sais bien tout ça, j'y pense depuis longtemps. J'ai pris une décision.

— Et que vas-tu faire ?

— Tenter de la confier à son père.

— Mais qui est-ce ? Tu le sais, toi ?

— Oui, mais je ne l'ai jamais dit afin que les mauvaises langues ne répandent pas leur fiel dans tout le pays.

— Et moi, je fais partie des mauvaises langues ? lança-t-elle le regard plein de rage. Ne me suis-je pas occupée d'elle depuis la mort de sa pauvre maman ?

— Je t'ai déjà remerciée cent fois pour ce que tu fais, chère sœur. Maintenant, il va falloir que nous nous habituions à la vie sans elle. Quelle tristesse ! Je vais avoir l'impression de voir Éliane partir une deuxième fois. Tu sais, j'ai voulu la protéger, mais je me suis sans doute mêlé de sa vie alors que je n'aurais pas dû. J'ai cru bien faire, pourtant j'avais tort.

— Que me racontes-tu là ?

— Ne parlons plus de tout ça, tu veux bien.

— M'occuper de Mireille m'épuise mais, finalement, je me demande ce que je vais faire de mes journées quand elle sera partie. Tu vas encore me réserver les basses besognes, c'est ça ?

— Je te rappelle que la ferme nous appartient à tous les deux, à parts égales. Et rien ne changera de ce côté-là. Je t'en donne ma parole !

— Ça me fait une belle jambe.

— Tu préfères qu'on la vende ?

— Tu fais ça, je te tue !

Pierre Lafontie avait provoqué sa sœur et elle s'était rebiffée.

— Va préparer un café et calmons-nous, dit-il. Cela ne sert à rien de s'énerver !

Aux Retourches, il était rare que surviennent de telles conversations mais, ici comme ailleurs, les événements peuvent bousculer les habitudes. Alors que sa sœur ronchonnait à côté du fourneau, Pierre se rendit près du lit de Mireille où l'enfant faisait la sieste. Il approcha le vieux fauteuil usé, se pencha vers elle et la regarda dormir. Dans sa tête, les mots défilaient comme si elle pouvait les entendre et surtout les comprendre. « Je veillerai toujours sur toi, ma chérie, même si ton papa te souhaite près de lui, même si tu t'éloignes vers ce père qui t'ignorait jusqu'à aujourd'hui. Tu lui appartiens plus qu'à moi s'il veut bien te reconnaître comme son enfant. Désormais, cela ne tient qu'à lui. Mais cela n'effacera pas ce temps béni où tu nous as donné tant de bonheur. »

— Tu la veilles comme si elle n'avait que quelques mois, mon cher frère.

Il détourna la tête.

— Mais tu pleures ?

— Laisse-moi tranquille !

7

Lors du dîner pendant lequel elle avait annoncé sa grossesse, Colette Deltheil avait surpris tout le monde. La nouvelle fit encore plus oublier les discussions concernant l'héritage. Mais Germaine, la grand-mère, s'était éclipsée dans sa chambre. Elle n'arrivait pas à penser à autre chose qu'à ce secret que lui avait révélé son fils. Comment ferait André pour se sortir de ce pétrin ? Il lui faudrait bientôt parler à Colette.

Le lendemain, se levant comme les autres jours, il fit semblant d'être heureux et on l'entendit même parler aux bêtes à l'étable. Sa femme vint le chercher à l'heure du café et le serra contre elle. André accepta cette tendresse même si son esprit voguait ailleurs, vers les Retourches, où son autre enfant dormait encore.

Plus les jours passaient, plus il se sentait déchiré. Une détermination démesurée grandissait en lui, à laquelle il finit par ne plus pouvoir résister : il voulait voir Mireille, la regarder de ses yeux, quoiqu'il lui en coûtât. Dans l'après-midi, il trouva un prétexte et s'en alla à pied, d'un bon pas, avec les longues enjambées d'un homme pressé. Au bout d'une heure, la maison des Lafontie se dessina au loin. Il s'arrêta, respira profondément et se décida à parcourir les derniers mètres.

Pierre Lafontie l'interpella :

— Vous voilà donc ! Vous n'avez pas pu résister à l'envie de la voir ?

— Vous avez raison. Il y a des forces qui vous cueillent et contre lesquelles on ne peut pas lutter.

— Elle est au jardin, avec ma sœur qui ne la quitte jamais. Je vous accompagne ? On peut les voir de loin si vous préférez, dans un premier temps.

Ce fut ainsi qu'André découvrit Mireille, *sa* Mireille désormais, il en était certain. Comme à l'affût, il la dévora des yeux, retenant sa respiration, ses gestes. Elle jouait avec celle qu'elle appelait « mamie » et qui veillait sur elle comme une mère.

— Elle est si belle ! Elle a les cheveux clairs comme sa maman. Je voudrais lui parler, monsieur Lafontie, la toucher et...

— Doucement, André, doucement.

Habillée de noir, comme presque toutes les femmes de la campagne, la sœur Lafontie parlait affectueusement à la petite qui tentait de cueillir des fleurs d'œillet de poète le long de l'allée.

— C'est pour mamie, ces jolies fleurs ?

Et Mireille les lui tendait du bout de ses petits doigts. André, sous le charme, n'osait pas bouger. Sa toute petite fille était vêtue d'une robe rose un peu courte et à petits carreaux, froncée à mi-hauteur. Ses chaussettes tombaient sur ses chaussures. Elle ressemblait à une poupée, ces poupées que l'on tentait de gagner en achetant des billets de loterie dans les foires. Ses yeux se voyaient à peine, cachés par des mèches de cheveux qui tombaient sur son visage. Qu'importe, André était sous le charme de cette petite aux souliers terreux.

— C'est donc ma fille.

— Oui, c'est ta fille. Je te la présenterai la prochaine fois, si tu veux.

André ne décrochait pas son regard de Mireille. Pierre dut le tirer par le bras pour l'éloigner.

— Je ne vais penser qu'à elle, monsieur Lafontie, impossible de faire autrement désormais.

— Comment vas-tu annoncer ça à ta femme ?

— Je ne sais pas encore mais il le faut. Que le ciel me vienne en aide !

— Tu sais, cet enfant ne pourra bientôt plus compter que sur toi. Avec ma sœur nous sommes vieux et veufs. On se chamaille fréquemment. Nous pensons mettre notre propriété en fermage, nos voisins aux Retourches sont intéressés. Bien sûr, nous continuerons à l'habiter en cultivant notre jardin mais nous ne nous voyons pas élever une enfant dans ces conditions.

— Vous avez déjà pensé à tout, à ce que je vois.

— J'ai eu le temps de m'en poser, des questions. Pourquoi ma fille a-t-elle eu un enfant si jeune ? Pourquoi t'ai-je chassé de sa vie ? Pourquoi est-elle morte ? Pourquoi ? Pourquoi ? À force de questions, des solutions jaillissent.

— Et alors, pourquoi m'avez-vous chassé, monsieur Lafontie ?

— Je n'en sais toujours trop rien aujourd'hui.

Un grand silence prit la place qui lui était offerte. Ce genre d'instants dont on peine à sortir, touché en plein cœur, en pleine âme. Pierre les en extirpa :

— J'aimerais que tu te rendes bien compte de ce qu'Éliane a traversé. C'était terrible, tu imagines : une jeune femme, une jeune maman, condamnée à une mort inéluctable, avec une enfant sans père.

— Mais je crois que…

— Il faut encore que je te fasse lire quelque chose. Reviens un de ces après-midi, car le document ne doit pas sortir de la maison. Après, tu décideras du sort de Mireille en toute connaissance de cause.

— Entendu, monsieur Lafontie. Merci.

— Sauve-toi, nous sommes trop malheureux pour parler davantage !

André jeta un dernier coup d'œil à Mireille qui racontait des histoires à sa « mamie ». Puis il repartit vers Boissillac en pensant à sa fille qui désormais l'obsédait. Il se demandait aussi comment il allait annoncer tout cela à sa femme. Il s'arrêta soudain, choisit un talus relevé, sans humidité, et s'y assit. Il laissa aller ses jambes légèrement écartées puis repensa à sa discussion avec Pierre Lafontie.

« Quand je demande au ciel de me venir en aide, c'est sans doute exagéré ! Mais s'il existe vraiment un Dieu dans ce ciel, autant qu'il serve à quelque chose et vole à mon secours. Je vais être papa et voilà que j'ai déjà un enfant, ma femme n'est pas au courant, tout comme moi je ne l'étais pas il y a encore quelques semaines. »

André tenta d'imaginer la formule appropriée pour tout révéler à son épouse : « Voilà, Colette, il faut que je te dise quelque chose. » Ou bien : « J'ai appris dernièrement qu'avec une petite amie, mais il y a longtemps, rassure-toi… » Voire plus directement : « L'enfant que tu attends n'est pas mon premier… » Ces introductions ne seraient pas suffisantes pour la mettre dans le bon état d'esprit et il le savait. Ces formules lui permettaient juste de se rassurer un peu, de se donner du courage.

À Boissillac, tout semblait normal, mais Colette attendait avec impatience le retour d'André.

— Tu en as mis, du temps, mon cher mari. Où étais-tu ?

— C'est un secret, répondit-il sur un ton badin. Il faut bien en avoir parfois, non ? Tu as les tiens, j'ai désormais les miens, ne t'inquiète pas. Où est ma mère ?

— Par là, je crois, ou peut-être dans sa chambre. Tu sais bien qu'il lui arrive de disparaître, comme son fils d'ailleurs.

— Oui, mais elle réapparaît toujours.

André aurait voulu raconter au plus vite à sa mère son entrevue avec Pierre Lafontie. Il avait besoin de se confier. Depuis qu'il lui avait tout avoué, elle était le coffre-fort de son secret dans lequel il en rangeait chaque nouvelle bribe. Colette tenta de poursuivre la conversation comme si de rien n'était :

— Je cherche un prénom pour notre enfant, dit-elle, enfin deux. Un pour un garçon, un autre pour une fille, au cas où. Qu'en penses-tu ?

— Tu es bien pressée ! Nous avons neuf mois pour trouver un joli prénom à cet enfant. Calme-toi un peu, laisse faire le temps. De l'eau coulera d'ici là dans les fontaines.

— Tu as l'air étrange, André. Tu ne sembles décidément pas si heureux que cela de cette nouvelle pourtant inespérée. Je croyais que seul Louis aurait des enfants dans cette famille, j'étais un peu jalouse, tu comprends ?

— Très bien, et je te pardonne, lança-t-il comme une échappatoire.

Les jours continuèrent leur chemin, les soucis aussi. Germaine Deltheil surveillait son fils d'un œil singulier et dormait mal. Elle n'avait jamais imaginé connaître pareille situation. Elle savait maintenant qu'André avait vu la petite Mireille et qu'il avait lu le terrible journal de sa mère. Il avait pleuré en le lisant, tout en évitant les passages trop pénibles, voire déchirants. « Mais comment va-t-on s'en sortir ? D'autant plus qu'André est devenu fou de sa fille ! »

Subitement, André décida de se rendre à La Bescade pour voir son frère Louis. Peut-être pourrait-il se confier à lui, son aîné ? Peut-être ce dernier saurait-il le conseiller ? Ils avaient fini par s'entendre sur le report de l'héritage, peut-être réussiraient-ils à discuter tout aussi sereinement de ce sujet si intime.

André arriva les mains vides, de crainte de paraître maladroit. Il ne savait pas quoi offrir à Louis, vraiment pas.

— Tiens, que me vaut cet honneur ? demanda Louis. Y aurait-il du nouveau à Boissillac depuis notre dernière réunion familiale ? La mère va bien ?

— Oui, elle va bien, c'est plutôt moi qui suis dans l'embarras, annonça André sans perdre de temps. Et je suis venu te voir, ainsi que Juliette, pour vous en parler.

— Est-ce si grave ?

— Oui, mais je te rassure, je n'ai commis aucun crime.

— Tu m'inquiètes, mon cher frère. Rentre donc, tu m'as l'air si ennuyé.

— Juliette, pourrais-tu te joindre à nous ? demanda le visiteur. Une femme peut parfois comprendre et admettre ce que d'autres ne peuvent pas.

— Tu es vraiment bizarre, André, rétorqua Juliette. Je vais te préparer un bon café avec une petite goutte…

— Non merci, pas d'alcool, la coupa André. Il va me falloir toute ma lucidité pour vous annoncer ce qui suit.

Louis et Juliette ouvrirent grand leurs yeux et leurs oreilles, immobiles. On aurait pu entendre une mouche voler.

— Connais-tu les Retourches, Louis ?

— Oui, je connais de vue Pierre Lafontie, il a une propriété bien modeste. J'ai même entendu dire qu'il souhaitait la céder en location.

— C'est bien ça.

Puis, prenant une grande bouffée d'air, André leur raconta son invraisemblable histoire. Des sourcils se levaient, des yeux se détournaient, comme pris au piège. Louis finit par poser une main réconfortante sur l'épaule de son frère.

— Sers-nous un autre café, Juliette, s'il te plaît. J'ai la gorge sèche.

Puis à André, pour détendre un peu l'atmosphère :

— Tu n'as pas d'autres catastrophes à nous annoncer ?

— Où en es-tu avec Colette ? osa Juliette.

— Elle ne sait rien encore. Seule notre mère est au courant. J'y ai réfléchi mille fois mais je ne sais pas comment lui annoncer cela, que j'ai une fille qui s'appelle Mireille et que je l'aime déjà alors que je ne la connais pas. Et puis il y a aussi la terrible histoire d'Éliane, ça non plus je ne pourrai pas le lui cacher.

— Voilà Jean-Paul qui se réveille, c'est parfait, comme ça, il verra son oncle, dit Juliette.

Elle avait parlé sans réfléchir et pensa qu'il était peut-être malvenu, dans ce contexte, de revenir dans la pièce avec un enfant. Après avoir lâché un profond soupir, André poursuivit son propos :

— Voilà ce que je voulais te dire, mon cher frère. Je désirais que tu le saches, je pense que j'avais besoin de me confier à quelqu'un d'autre. Autant dire que le sujet de l'héritage de notre ferme passe désormais au second plan, comme tu peux l'imaginer. Il faudra aussi que j'en parle à Jacques, sinon il va avoir l'impression d'être mis de côté.

— Et cette Éliane, alors ? demanda Louis. Je n'en avais jamais entendu parler. Vous étiez très proches ?

— En quelques semaines, Éliane était devenue pour moi le plus grand bonheur du monde. Lorsque son père m'a chassé et interdit de la revoir, ce fut comme un coup de poignard. J'aurais pu persévérer mais j'ai eu peur, un pauvre gosse pris la main dans le sac par un père protecteur. J'ai été couard.

Louis changea de place. Il vint s'asseoir près de son frère et lui passa de nouveau le bras autour des épaules.

— Dans la vie, tout peut arriver, dit Louis. Même une guerre d'où parfois on ne revient pas. Si on en revient, il faut se battre, se remettre de nos séquelles, réparer ce qu'il y a à réparer.

André ne répondit pas. Juliette refit son apparition avec Jean-Paul.

— Veux-tu le prendre un instant, André ?

Un tantinet emprunté mais volontaire, il prit le petit dans ses bras et lui dit :

— Bonjour Jean-Paul, j'ai beaucoup de chance d'avoir un neveu comme toi, j'espère que…

Ému, il ne put terminer sa phrase. Il pensait certainement à Mireille et à son enfant qui grandissait dans le ventre de Colette.

— Tu auras des cousins un jour, se reprit-il. Je te le promets !

André souriait, malhabile, comme le sont parfois les hommes pas encore père face à des nouveau-nés.

— Tu verras, les histoires de cousins réservent souvent des amitiés formidables, tout en perpétuant les liens familiaux. Il arrive que l'on se retrouve tous ensemble, une fois de temps en temps, surtout l'été. Ça s'appelle des « cousinades » !

Ces échanges avec son frère et son neveu plongèrent André dans une profonde réflexion. Il quitta La Bescade quelque peu troublé, mais fort de l'écoute et de la confiance de Louis, qui avait accepté de le soutenir dans cette épreuve. Parfois, il s'arrêtait, soufflait un bon coup puis reprenait sa route. Il parlerait à sa femme, il lui dirait la vérité, il n'avait pas le choix. Leur amour résisterait-il au tremblement de terre que l'existence de Mireille ne manquerait pas de provoquer au sein de leur ménage ?

Un soir, après le souper, alors que tous avaient rejoint leur chambre, André entreprit avec mille précautions d'informer son épouse. Lorsque les mots sortirent enfin de sa bouche, elle se mit à crier :

— André ! André ! Comment as-tu pu me faire un tel affront ? Est-ce bien vrai ? Jure-le-moi ! Tu m'as trompée ? J'ai honte, j'ai trop honte ! Va dormir où tu veux, mais je ne veux plus te voir, plus jamais !

Dans la pièce voisine, Germaine attendait, les mains jointes, sans bien savoir si elle priait inconsciemment ou s'il s'agissait d'un simple réflexe. André apparut soudain, le visage méconnaissable. Était-ce le chagrin ? Était-ce le regret d'avoir révélé une vérité si ancienne et qui n'avait rien à voir avec Colette ?

— Je vais dormir dans la grange ! annonça-t-il à sa mère.

— Non, André, tu n'iras pas là-bas. Tu n'es pas un animal. Assieds-toi près de moi. Ne me dis rien, calme-toi. Voudrais-tu boire quelque chose ?

— Non, maman, j'ai fait ce qu'il fallait. Louis me l'avait conseillé aussi. C'est une nouvelle terrible à annoncer. Je sais que, à partir d'aujourd'hui, je ne serai plus tout à fait le même homme.

— J'espère que Colette ne gardera pas de séquelle de cette agression, surtout dans son état.

— Une agression, dis-tu ?

— Oui, mon fils, tes mots ont dû la blesser jusque dans sa chair.

André laissa échapper quelques mots incompréhensibles. Après un long moment sans parler, Germaine le pria d'aller s'allonger sur son lit. Elle attendrait dans ce vieux fauteuil où elle aimait passer des moments de calme, l'hiver notamment, près des braises de la cheminée.

— Dans l'armoire, tu as une chemise de nuit de ton père. Il aurait été content que tu la portes !

Il sourit malgré ses soucis et se déchaussa, s'allongea tout habillé sur le lit sans chercher la chemise de nuit de son père, et rien ne le réveilla jusqu'à six heures du matin. Il eut honte de s'être oublié ainsi et s'excusa auprès de sa mère, qui avait passé la nuit dans son fauteuil.

— Je savais bien que tu en avais besoin, mon fils, une maman sent ces choses-là. As-tu croisé Colette ce matin ?

— Non, je me réveille tout juste, j'y vais.

— Ne la brusque pas !

Ce qu'il découvrit en entrant dans la chambre conjugale fut terrible. Colette lui fit comprendre qu'elle avait fait une fausse couche. Immédiatement, André alla chercher le docteur.

— C'est ta faute ! lui cria-t-elle alors qu'il franchissait la porte. C'est ta faute !

Jacques et Gisèle furent stupéfaits. La scène les rendit muets. Ils ne comprenaient plus rien à ce qui se déroulait sous leur toit. Gisèle pinça les lèvres. Elle voulut parler mais n'y parvint pas.

Le médecin de famille revint avec André en début d'après-midi. Après avoir écouté puis ausculté Colette, il leur confirma qu'elle avait fait une fausse couche, dont la cause pouvait très bien être un choc psychologique lié à une forte contrariété.

— Je ne veux plus voir mon mari ! hurla-t-elle. Plus jamais !

Le docteur fut convaincu qu'un drame familial s'était déroulé à Boissillac, et qu'il avait provoqué cette réaction de son corps. Il rassura Colette en lui affirmant qu'elle pourrait avoir d'autres enfants, ce qui, au lieu de la calmer, décupla sa colère. En guise d'au revoir, elle lui jeta un regard noir. Le médecin n'en prit pas ombrage, habitué qu'il était à visiter d'autres patients bouleversés par telle ou telle maladie.

Germaine entra dans la chambre et remit de l'ordre sans prononcer un mot. Elle changea les draps maculés de sang. Colette lui adressa tout de même un léger merci de la main et ce fut tout. Lorsque Germaine trouva son fils, elle lui dit :

— Ta femme s'en remettra. Elle est forte, elle oubliera cet incident. Le poids de cette vérité qu'elle a reçue en plein cœur a été trop lourd à encaisser. Je l'aiderai, ne t'inquiète pas. Elle est intelligente, elle va bien finir par comprendre que tu ne l'as pas trompée, que tu ne lui as en aucun cas manqué de respect, que tu es toi aussi victime de toute cette histoire. Je suis tranquille pour vous deux, elle s'apaisera et tout rentrera dans l'ordre.

Devenu silencieux, André fuyait le regard de tous les autres occupants de la maison.

— Je te prépare un café, lui glissa alors Gisèle. Tu en as besoin.

Cette attention le fit émerger de son nuage. Il était temps. Jacques le surprit aussi en lui tapant sur l'épaule de façon amicale, mais André ne trouvait plus les mots pour les remercier. Au bout d'un moment, il se rendit à l'étable où ne restaient que deux jeunes veaux, son frère ayant sorti les autres bêtes. L'air chaud de l'étable le rendit encore plus triste. Il s'assit sur une botte de paille et repensa à sa douce Mireille. Soudain, sa main rencontra la douceur d'un chat venu se lover contre lui.

— Je n'ai même pas une goutte de lait à te donner, mon pauvre. Chez moi, rien ne va plus depuis hier. Tout est ma faute et peut-être que je vais finir par dormir ici, dans cette grange. Tu me tiendras compagnie, n'est-ce pas ?

La porte mal fermée s'ouvrit et laissa apparaître Germaine.

— Mais enfin, à qui parles-tu, mon garçon ? À ce chat ? Allez, sors de là et va donc respirer le bon air pour te changer les idées !

La situation lui paraissait invraisemblable. Son couple vacillait. Il était certain d'aimer Colette mais il était aussi décidé à assumer la paternité de Mireille. Dans l'étable encore tiède de vie animale, il fut pris de panique. Il jura de toutes ses forces entre ses dents, utilisant des mots incompréhensibles, violents ou inventés, ceux qui s'abattent lorsque l'on est à bout.

Dans la maison, Gisèle s'était plainte à Jacques :

— Tu m'avais pourtant laissé entendre que ta famille était sans histoires...

— Moi-même, je n'étais pas au courant de cette affaire, lui répondit-il, agacé. Et si j'ai bien compris, André non plus. Il n'a appris l'existence de cette enfant qu'il y a peu de temps.

— Et toi, rassure-moi, tu n'as pas d'enfant caché quelque part, par hasard ? Si c'était le cas, je te tuerais !

— Je n'aime pas du tout tes menaces, Gisèle. N'oublie pas que c'est toi qui as disparu du jour au lendemain et que je t'ai pardonné.

La discussion tournait au vinaigre, quel vent mauvais soufflait donc sur cette famille ? Gisèle prit très mal la remarque et il y avait de quoi. Piquée au vif, elle annonça :

— Fort heureusement, la date de notre mariage n'a pas encore été annoncée.

— Tu parles sérieusement ?

— Oui, et nous prendrons tout notre temps !

— Es-tu devenue folle ?

Elle baissa la tête et devint muette. La plaisanterie se terminait bien mal. Que se passait-il dans la tête de Gisèle ? Était-elle apeurée par la tournure des événements à Boissillac ? Ou bien cachait-elle, elle aussi, un terrible secret ?

Le soir était venu assombrir davantage encore l'ambiance familiale. Colette ne se montra pas. On lui porta un en-cas tandis qu'André ne disait que quelques mots par-ci par-là, à l'économie.

Jacques tenta maladroitement d'améliorer l'ambiance. Il lança :

— La production de lait a été exceptionnelle, aujourd'hui.

— Enfin quelque chose de positif, rétorqua André.

La soirée s'acheva ainsi. André dormit encore une fois dans la chambre de sa mère et personne n'y trouva rien à redire.

8

Après trois nuits à dormir seule et trois jours à ne faire que quelques apparitions discrètes dans la maison, Colette se décida enfin à revenir auprès des siens. Elle s'excusa même pour son attitude. Sa belle-mère, Germaine Deltheil, faisait comme si de rien n'était mais elle la surveillait d'un œil bienveillant, comme elle l'avait promis à son fils. Elle prenait toute la mesure de ce que sa belle-fille avait enduré, émotionnellement et physiquement.

En catimini, Germaine lui avait rappelé que ce qui était arrivé à son mari, il y avait déjà quelques années, ne la concernait aucunement. Colette avait fini par comprendre tout ça. Seulement voilà, quand une idée entre dans la caboche d'une personne blessée, comment l'en faire sortir ? Selon Germaine, la patience et l'attention étaient les seuls moyens d'apaiser les angoisses et les doutes. André avait lui aussi adopté cette attitude compréhensive. Même s'il arrivait à Colette de faire des sous-entendus déplacés, ces mots glissaient sur lui comme l'eau sur les plumes d'un canard et il ne répondait rien.

Puis un jour, miracle ! Colette recommença à sourire. Ce fut un grand pas vers la paix. André revivait lui aussi.

En plus de contribuer à panser les plaies de son épouse, il pouvait de nouveau avoir la tête aux Retourches et à sa jolie Mireille. On aurait pu le surprendre, parfois, le nez en l'air et le regard perdu. Il eut même cette pensée atroce mais hélas réaliste : si Colette ne pouvait plus avoir d'enfant, au moins en avait-il déjà un.

De leur côté, Jacques et Gisèle ne parlaient plus de mariage et personne n'osait les entreprendre à ce sujet. Par un après-midi, au moment où la chaleur était à son paroxysme, Colette et André s'assirent côte à côte sur le banc de bois branlant de vieillesse, qu'il fallait souvent consolider mais dont personne ne voulait se séparer.

— Pardonne-moi de t'avoir dit d'aller dormir ailleurs, André. Avec tout ce qui m'est tombé d'un coup sur la tête, je ne savais pas comment réagir. J'étais perdue. J'ai paniqué.

— Ne t'inquiète pas. La vie n'est pas faite que de choses simples et toute cette affaire en est bien la preuve.

— Je n'ai jamais entendu pareille histoire. À croire qu'il s'agit d'un conte, qu'elle ne peut être vraie.

— Et pourtant si, un amour de jeunesse oublié, effacé de ma mémoire parce que les choses s'étaient terminées suite à l'intervention d'un père aimant trop sa fille. Une protection extrême, sans doute guidée par des peurs cachées.

— Comment s'appelait-elle ?

— Éliane Lafontie.

— Je ne sais que te dire.

— Alors ne dis rien et laisse-moi parler.

Il lui raconta toute l'histoire avec encore plus de détails : la mort d'Éliane, les confidences dans son carnet, la beauté de la petite Mireille. Colette regardait son mari, immobile de surprise, comme s'il parlait à une statue de pierre.

— Tu me bouleverses !

— J'imagine, ma chère épouse, mais tout cela est bien réel. Il existe aux Retourches une enfant de bientôt cinq ans, une orpheline que j'ai aperçue de loin, dans une allée de son jardin, avec une vieille femme tout habillée de noir. La petite s'appelle Mireille, et c'est ma fille.

Les yeux d'André se mouillèrent. Son regard se perdit au loin. Son cœur et toute son âme le propulsaient vers ce petit être qui était le sien. Il prit le visage de Colette entre ses mains et, le plus près possible d'elle, lui dit avec un timbre qu'elle n'avait encore jamais entendu :

— C'est ma fille et elle le sera pour toujours, Colette, et lorsque nous aurons des enfants, elle sera comme leur sœur.

— Oui, André.

— Un jour, je te le promets, tu pourras lire les cahiers que sa maman a laissés.

— Laisse-moi encore deux ou trois jours, le temps de me remettre et d'envisager l'avenir, et ensuite tu pourras aller aux Retourches sans te cacher, voir cette enfant qui vient de se trouver un père merveilleux. Puis nous essaierons de vivre encore mieux qu'avant.

André la serra dans ses bras, tout contre lui. Leurs deux cœurs battaient à l'unisson et ce fut l'heure de retrouver Germaine et les autres qui, subjugués de les revoir ainsi, main dans la main, n'osèrent dire quoi que ce soit. Jacques et Gisèle firent semblant de ne rien remarquer. André leur livra la vérité au grand jour, cette incroyable saga réservée habituellement aux romans-photos.

Malgré certaines réactions circonspectes, chacun retrouva sa place à Boissillac, où cette nouvelle histoire venait désormais s'inscrire dans le gros livre de la vie des Deltheil. André n'eut bientôt plus besoin de se justifier pour s'absenter et rejoindre la ferme des Lafontie. Colette le sentait apaisé lorsqu'il en revenait. Elle attendait qu'il lui parlât de cette merveille qui, d'après lui, était la plus belle enfant du monde. Il souhaitait que Colette la vît en chair et en os, afin qu'une paix définitive fût signée entre eux.

— Quand tu l'auras vue, tu comprendras.

— Je l'ai déjà vue en photo, André. Sois confiant, elle me plaira, ta petite Mireille !

Aux Retourches, les relations s'améliorèrent entre Pierre et André, et ce dernier put enfin approcher sa fille.

— Elle ne te craint pas, constata le grand-père. C'est déjà une bonne chose, un bon début. Qu'en pense ta femme ?

— L'annonce a été difficile, très difficile, comme vous pouvez l'imaginer. Mais je l'ai convaincue qu'il n'y avait aucun retour en arrière possible. Le cahier d'Éliane nous le prouve, Mireille est ma fille et je la reconnaîtrai comme telle devant la loi !

— Voilà tout ce que j'espérais, sans toutefois trop y croire. Il y a dans nos campagnes et ailleurs tant et tant d'histoires, de drames sans issue et au sein desquels de malheureux enfants ne trouvent jamais leur place.

Pierre tendit la main à André et une force incroyable passa dans cette poignée de main.

— Un jour, je me suis mal conduit envers toi, reconnut le vieil homme. Je te demande pardon une bonne fois pour toutes.

— Merci, monsieur Lafontie. J'accepte vos excuses, tout cela est du passé. Je voudrais embrasser Mireille, mais peut-être est-il encore trop tôt ?

— Attendons qu'elle se réveille.

Mais, à cet instant, Mireille apparut dans la pièce. Ses petites jambes faisaient des pas légers. Elle se déplaçait avec agilité. Elle fit mine de ne pas voir André.

— Tu ne veux pas dire bonjour à ce monsieur ? la questionna son grand-père.

Elle fit non de la tête, de manière très catégorique. Puis se justifia :

— Ma maman m'a dit de ne pas parler aux inconnus.

— C'est vrai, acquiesça Pierre, qui laissa la petite vaquer à ses occupations. Éliane était très protectrice. Elle l'avait mise en garde et lui avait recommandé de se tenir à distance des gens qu'elle ne connaissait pas.

— Et votre sœur aussi refuse de me parler ? demanda André, qui n'avait pas encore été présenté à cette femme.

— Non, pas du tout, elle t'a reconnu de loin l'autre jour. Lorsque tu es reparti elle m'a dit : « Je connais cet homme, oui, je le reconnais. Que voulait-il après tant d'années ? Il ne devait pas revenir, il me semble ! » Tu sais, ma sœur vieillit elle aussi mais elle m'aide beaucoup pour la petite et pour la ferme. Nos jambes ne nous porteront plus très longtemps, il est grand temps de passer la main et de mettre cette propriété en location. Nous aurons du lait et des œufs comme nous le voudrons, les produits du jardin à volonté et quelques sous de rente, de quoi subvenir à notre petit trésor en attendant que tu prennes ta décision.

— C'est tout décidé, je vais reconnaître Mireille comme ma fille. J'espère que vous et votre sœur n'y verrez aucun inconvénient.

— Bien sûr que non, au contraire. Mais si tu le veux bien, faisons ça en douceur. Viens d'abord avec ta mère, pour qu'elle voie sa petite-fille. Et puis un jour ta femme viendra aussi, si elle le désire.

André hocha la tête puis s'inquiéta :

— Comment va se comporter Mireille, y avez-vous pensé ? Il ne faudrait pas qu'elle se braque.

— Elle t'a déjà vu. Tu lui expliqueras que ta maman veut la voir, tout simplement. Les choses ne se feront pas du jour au lendemain, ce serait trop simple. Elle ne sait pas encore ce qu'est un papa, te rends-tu compte ? Mireille n'avait que sa maman et nous deux, « mamie » et « grand-père ». Elle a longtemps réclamé sa mère après son décès et nous avons tant souffert, maladroits que nous sommes dans de telles situations, si tu savais… !

En repassant devant eux, Mireille lui fit un petit signe de la main. Un geste furtif mais immense pour le cœur d'André. Lorsque Pierre Lafontie lui serra la main pour lui dire au revoir, André remarqua combien sa peau était rêche, dure, et à quel point les articulations de ses doigts étaient noueuses. C'était bien la main d'un ouvrier de la terre, comme lui, et cela lui donnait encore plus confiance.

En revenant à Boissillac, il eut comme d'habitude le temps de repenser à la frimousse de sa fille. Maintenant, il arrivait à dire spontanément « ma fille », en parlant de Mireille. Colette accueillit un homme heureux et tranquille.

— Comment va Mireille ?

— Elle ne m'a pas dit un seul mot. Elle a du caractère, cette petite, et ça me plaît. Elle devrait aussi vous plaire, à ma mère et à toi.

Quelques jours plus tard, André s'entretint avec sa mère et lui expliqua que Pierre Lafontie serait heureux de la rencontrer, sans doute une question de génération. Elle n'en fut aucunement contrariée et donna son accord. André prévint aussi Colette qui, pour le moment, préférait ne pas approcher celle qui prenait déjà tant de place dans le cœur de son mari.

— Qu'est-ce que je pourrais bien lui offrir ? demanda Germaine à Colette.

— Achetez-lui une poupée, comme Jean Valjean pour Cosette dans *Les Misérables* !

— En voilà une bonne idée, ma chère Colette. Ça m'enlève une épine du pied.

— Vous me direz comment elle est, cette petite ! Toute cette histoire m'émeut encore et je veux la digérer au mieux, pour André.

— Vous pourriez réessayer de nous faire un petit ! Ça nous en fera deux de plus, comme ça, quatre avec ceux de Louis ! Ah, si mon mari avait eu meilleur destin, il aurait pu voir lui aussi cette famille s'agrandir.

— On ne peut rien changer au passé, la consola Colette. Regardons vers l'avenir ! Et nous avons du travail !

— Pour ça oui ! Les terres ne demandent qu'à être ensemencées.

— Ces choses-là ne changent jamais.

Les jours passèrent et André s'interrogeait sur les démarches à entreprendre pour reconnaître officiellement sa fille, maintenant qu'il était certain de ne plus changer d'avis.

— Tu devrais te rendre à la mairie de Murat, lui conseilla sa mère. Il y aura bien un officier d'état civil pour te renseigner.

La démarche lui parut compliquée et pourtant, un matin, André suivit le conseil de sa mère et prit la direction de la mairie. Arrivé sur place, il respira un grand coup et poussa la porte. Sur son cœur, dans la poche de sa veste, il y avait son portefeuille et la photo de Mireille. De temps à autre, il le touchait de la main pour vérifier qu'il était là.

À Boissillac, Germaine Deltheil continuait de rassurer Colette, avec toute son affection. Elle faisait de son mieux pour mettre le couple dans les meilleures dispositions pour l'avenir.

— Loin de moi l'idée de te dicter ta conduite, bien au contraire. Je pense cependant qu'il est important que tu soutiennes André dans sa démarche. Il a besoin de toi mais n'osera jamais te le demander après tout ce que vous avez traversé. Cela confortera votre futur commun, et lorsque vous aurez à votre tour un petit Deltheil, tout ira pour le mieux.

— Merci de vos conseils, chère mère. J'en aurai toujours besoin, et de vous également.

Les deux femmes se prirent dans les bras et s'embrassèrent. Le cours de la vie est une grande rivière et parfois il nous est donné des ponts pour la traverser. Pendant ce temps, à la mairie, André était confronté aux explications de l'officier d'état civil. Après avoir écouté attentivement sa requête, celui-ci lui dit :

— Êtes-vous certain de bien vouloir établir un acte de reconnaissance de paternité ?

— Oui, monsieur.

André transmit ensuite les divers renseignements nécessaires à l'établissement de cet acte qui se présentait ainsi :

Mairie de Murat

Acte de reconnaissance n° 18

André Deltheil, né le 17 octobre 1889 à Boissillac, commune de Murat. Cultivateur à Boissillac, Cantal,

A déclaré reconnaître pour sa fille Mireille Lafontie, mise au monde le 31 juillet 1914 par Éliane Lafontie, née le 14 avril 1896 aux Retourches, commune de Murat, et décédée le 3 février 1919.

Étant mineur, l'enfant portera le nom de sa mère jusqu'à ce qu'il puisse et veuille accepter celui du déclarant.

Ce dernier a été informé du caractère divisible du lien de filiation naturelle.

Lecture faite et invité à lire l'acte, le déclarant a signé avec nous, Antoine Robert de Turlerant, officier de l'état civil.

André quitta la mairie avec deux exemplaires certifiés de cette reconnaissance de paternité. Une grande émotion ainsi qu'un immense soulagement l'étreignirent, si fort qu'il dut s'arrêter quelques instants dans un bistrot pour reprendre ses esprits.

Il ne lui restait plus qu'à rentrer chez lui, informer les siens et les Lafontie. Il se doutait que son épouse l'attendrait, le cœur serré et les yeux quelque peu perdus, toujours ébranlée par cette vérité. Heureusement qu'il pouvait compter sur sa mère, solide et compréhensive, qui l'aidait beaucoup à surmonter cette épreuve avec Colette. « J'ai fait mon devoir d'homme, de père. Mireille est à moi, à nous tous, à Boissillac. Je l'aime comme un fou, comme j'ai aimé sa mère ! »

Colette l'attendait sur le pas de la porte.

— Viens t'asseoir un moment, lui dit-elle. Tu m'as l'air ailleurs.

— Oui, je suis au paradis !

Germaine se joignit à eux et comprit qu'ils allaient vivre un moment solennel. Lorsque André montra la reconnaissance de paternité aux deux femmes, elles semblèrent lire une page sacrée, un passage secret de la Bible.

— Je voudrais enfin connaître Mireille, annonça Colette. Dorénavant, elle fait partie de la famille.

— Quel miracle ! s'enthousiasma Germaine. Allez-y donc tous les deux, dès que possible. En passant en ville, prenez la poupée que je voulais lui offrir.

— Merci de me laisser ce geste, souffla Colette. Je le ferai avec un immense plaisir. Je l'achèterai moi-même, ne vous inquiétez pas.

— Dites donc, il y a encore des mystères dans cette maison ! lancèrent en chœur Gisèle et Jacques, qui arrivaient vers eux. Pourrait-on en savoir davantage ?

André leur raconta sa matinée à la mairie de Murat et la décision de Colette. Il leur montra à eux aussi l'acte de reconnaissance de paternité. Cette journée se poursuivit dans la joie et sous le soleil. Le puzzle familial s'échafaudait lentement mais sûrement, maintenant que le hasard n'était plus le maître du jeu.

Le comportement des uns influença celui des autres. Jacques et Gisèle se sentaient soudainement hors jeu et cette sensation ne leur convenait pas. La famille s'agrandissait sans qu'ils en fussent les acteurs. N'y tenant plus, Jacques clama haut et fort que leur mariage était redevenu d'actualité, et qu'il se ferait sans doute avant la fin de l'année.

— Voilà une excellente nouvelle, mes enfants ! s'enflamma Germaine. Mais cette fois-ci ne revenez pas sur votre décision, je ne pourrai pas le supporter ! Priez plutôt la Vierge de Murat pour que tout se déroule du mieux possible.

En prononçant ces mots sincères, le regard de Germaine croisa celui de Gisèle. La jeune femme, caractérielle, n'avait pas toujours tenu ses promesses. Elle n'avait pas bronché mais savait que cette mise en garde lui était adressée.

Germaine avait donc cédé sa place à Colette pour cette visite aux Retourches. Une délicate attention, intelligente. La grand-mère savait que l'avenir appartiendrait bientôt aux jeunes et que Colette jouerait un rôle plus important qu'elle dans la vie de Mireille.

André et sa femme durent passer par Murat pour faire leur achat. Ils eurent quelques difficultés à trouver ce cadeau, en dehors de la période de Noël. Puis, comme par surprise, dans une ruelle n'en finissant pas de monter, une poupée originale accrocha leur regard, dans une petite vitrine.

— Regarde, André, crois-tu que celle-ci pourrait lui plaire ?

— C'est à toi de choisir. Tu sais, moi, les poupées... Je suis sûr que tu as du goût pour ce genre de choses, alors fais ce que bon te semble !

— Oui mais là, c'est très important, il ne faut pas que je me trompe. Ce cadeau est pour Mireille, celle qui un jour portera notre nom !

— Ne t'inquiète pas, elle lui plaira, c'est certain !

Le taxi jaune continua sa route et prit le chemin des Retourches.

— C'est ici que vit Mireille, dit André en arrivant, avec une émotion dans la voix qu'il ne parvenait pas à retenir.

Colette n'ajouta rien, touchée elle aussi. La petite n'était pas sa fille mais elle s'était préparée à la rencontrer et à lui ouvrir son cœur. André la soutenait du regard et, lorsque l'enfant apparut, sa femme s'arrêta brusquement.

— Comme elle est jolie, c'est une vraie poupée vivante !

Mireille leur tourna vite le dos et s'enfuit vers la maison sans que son grand-père puisse la stopper dans son élan.

— N'aie pas peur, Mireille, ne reconnais-tu pas ce monsieur ? lui lança-t-il.

Elle revint et se colla aux jambes du vieil homme, apeurée.

— Dans quelques minutes, tout ira mieux, dit Pierre en s'adressant aux Deltheil. Vous savez, les visites sont rares par ici.

— Monsieur Lafontie, je vous présente ma femme, Colette.

— Enchanté, madame. Quel bon vent vous amène ?

— Demandez à André !

— Si c'est pour voir la petite, j'en suis ravi, vraiment. Désolé, elle est un peu farouche.

— Nous ne voudrions pas lui faire peur. C'est juste que Colette désirait la rencontrer au plus vite, car nous avons une grande nouvelle à vous annoncer.

— Diable, entrez donc, proposa Pierre. J'ai tout mon temps, le futur fermier est déjà en train de travailler. Nous avons conclu le bail dont je t'avais parlé, André.

Assise sur un bout de vieux fauteuil, près de la cheminée, la sœur Lafontie tenait Mireille dans ses bras. L'enfant s'y était réfugiée.

— Tu reconnais ce monsieur ? demanda de nouveau Pierre.

L'enfant acquiesça timidement.

— Avec son épouse, ils sont venus te voir.

André lui dit alors :

— Tu vas bien, Mireille ? Colette t'a apporté un cadeau, rien que pour toi. Tiens, elle va te le donner.

Colette s'approcha tout doucement de l'enfant, s'accroupit pour se mettre à sa hauteur, puis lui sourit tendrement.

— C'est pour toi, rien que pour toi.

Mireille n'avait plus d'yeux que pour le paquet.

— Veux-tu que je l'ouvre pour toi, Mireille ?

Elle hocha la tête, quelque peu intimidée par cette femme qu'elle ne connaissait pas.

— Qu'il fait sombre chez nous, constata Pierre. Attendez, je vais ouvrir ces rideaux pour vous donner un peu plus de lumière.

Mireille tenait toujours le paquet, bien serré dans ses bras, sans l'ouvrir.

— Elle est un peu craintive depuis que…

— Moi, je n'ai plus de maman ! cria-t-elle soudain. Elle est partie et m'a laissée toute seule !

— Je suis là pour t'aider à ouvrir ce paquet, c'est tout, lui répondit Colette, sans se désarçonner. Veux-tu ?

Voyant que cette femme, toujours accroupie face à elle, ne cessait de lui sourire, Mireille finit par lui dire :

— Oui, je veux bien.

Colette commença à défaire le paquet mais laissa la petite terminer la besogne. Ce fut un premier lien établi, un lien silencieux mais sûr.

— C'est une poupée !

— Tu la trouves comment ? Dis-moi ?

— Elle a une jolie robe et des petits souliers.

Elle la serra contre elle et sourit à Colette.

— Je suis contente qu'elle te plaise, tu t'occuperas bien d'elle ?

— Oh ! Oui, merci !

Devinant que les visiteurs souhaitaient entamer avec son frère une discussion plus sérieuse, la sœur Lafontie proposa à Mireille :

— Viens avec moi ! Tu vas montrer les fleurs de ton jardin à ta poupée, elle va être surprise. Et puis il va falloir lui donner un nom, elle ne peut pas rester sans nom.

— Oui, mamie, elle est si jolie. Je voudrais que ma maman la voie aussi.
— Cherchons-lui d'abord un prénom, est-ce que tu as une idée ?
— Moi, je ne sais pas, mais toi, mamie, tu sais ?
— Nous allons y réfléchir toutes les deux.

À l'intérieur, André se préparait à annoncer la nouvelle à Pierre mais cela se révéla plus difficile qu'il ne l'avait imaginé. Après quelques minutes de silence, il sortit son fameux papier et le montra sans rien dire au grand-père de Mireille.

Celui-ci chaussa ses lunettes, s'assit et prit connaissance du contenu. Il le relut au moins deux fois.
— C'est bien un document officiel au moins ?
— Oui, c'est signé d'un officier de l'état civil de Murat.

Le vieil homme se leva et embrassa André et Colette.
— C'est un véritable miracle ! Merci ! Merci ! Merci !

Puis, les yeux mouillés, il appela sa sœur. Sans pour autant le crier malgré son envie, il lui glissa à l'oreille, afin que Mireille ne l'entendît pas :
— Mireille a désormais un papa ! C'est officiel ! Regarde !
— Et aussi une maman, ajouta André. Ma femme Colette.
— Mais comment annoncer ces extraordinaires nouvelles à Mireille ? s'interrogea Pierre.
— Le plus simplement du monde, répondit sa sœur. Mireille, viens près de nous, nous avons un secret à te confier.
— Je ne veux que ma poupée.

— Viens là, assieds-toi près de moi, lui demanda sa mamie.

Elle la serra contre elle.

— Ma chère Mireille, à partir d'aujourd'hui tu as un papa. C'est André, qui est là, devant nous. Tu as aussi une deuxième maman, cette dame qui t'a apporté la poupée.

Mireille serra sa poupée encore plus fort. Que se passait-il dans sa petite tête ?

— C'est bien vrai ? questionna-t-elle.

— Oui, c'est bien vrai, répondirent André et Colette. Pour commencer, nous viendrons te voir très souvent, le plus souvent possible. Tu nous raconteras comment ça se passe avec ta poupée ?

Elle opina du chef, sans se rendre bien compte de ce qui venait de lui arriver. Elle tournait ses grands yeux tantôt vers l'un, tantôt vers l'autre. Puis il fallut se dire au revoir. Elle leur fit un petit signe d'une main, l'autre ne lâchant pas la poupée.

— Je vous remettrai le cahier d'Éliane à votre prochaine visite, dit alors Pierre à André, avant de lui donner une vigoureuse poignée de main.

Il se ravisa, leur demanda de patienter quelques minutes puis revint avec le fameux cahier dans les mains.

— Gardez-le, c'est surtout à vous qu'il était destiné.

— Merci mille fois, monsieur Lafontie.

André tremblait lorsque ses mains saisirent la grosse enveloppe contenant les écrits de la mère de Mireille. Tous se sourirent.

— Que Dieu vous bénisse ! lâcha Pierre Lafontie.

9

Colette et André revinrent comme d'un pèlerinage vers le taxi jaune. Ils s'y assirent et demeurèrent un moment silencieux. Le paysage qu'ils voyaient à travers le pare-brise ne semblait pas les intéresser. André confia la grosse enveloppe à Colette :

— Dans ces pages, tu as toute la vérité sur ma paternité, écrite par Éliane Lafontie, la maman de Mireille. Tu pourras les lire de bout en bout. Je te préviens, certains passages sont terribles, tu feras comme tu voudras, mais au moins tu as tout ce qu'il te faut pour vérifier mes dires.

— Désormais, Mireille est notre fille, lui répondit simplement Colette. Et j'espère pouvoir l'aimer comme telle.

Elle était pâle. Sa main était posée sur son ventre.

— Moi aussi, j'ai quelque chose à te confier ! Ne devines-tu pas ce que j'ai à te dire, là, en regardant ma main ?

André s'empressa de l'embrasser et entendit sa femme poursuivre :

— Nous aurons deux enfants prochainement, le tien, le mien, enfin les deux nôtres. Le petit à venir sera le frère ou la sœur de Mireille. La famille de Boissillac s'agrandit à toute vitesse, ne trouves-tu pas ?

— Je suis tellement heureux, Colette ! déclara André. Allez, il serait temps que je démarre et que nous allions porter toutes ces bonnes nouvelles. Au fait, la poupée que tu as choisie est très belle.

— En route !

Aux Retourches, Mireille ne lâchait plus son nouveau jouet. Elle lui parlait souvent, ce qui réjouissait les anciens.

— Maintenant que tu as un papa, tu vas être encore plus heureuse, ma petite Mireille. Il va beaucoup t'aimer.

— Et maman ? Quand est-ce que je vais la revoir ?

— La dame qui t'a donné la poupée est ta nouvelle maman, dit Pierre. Elle t'aime déjà très fort !

— Mais ce n'est pas ma maman.

— Comment vas-tu appeler ta poupée ?

Mireille était assise par terre, près de sa mamie, et semblait réfléchir au futur prénom de sa poupée. En réalité, nul ne savait où allaient ses pensées. Dans des cas comme celui-ci, les tout jeunes enfants ne s'expriment pas. Ils se réfugient dans ce trouble indéchiffrable de l'absence, surtout celle d'une maman.

Parfois, un détail les ramène à cette réalité angoissante, ça les obnubile. Il faut alors détourner leurs pensées, comme on le ferait avec un regard. Pour sûr, l'annonce des Deltheil allait laisser des traces qui feraient émerger de plus en plus d'interrogations de la part de Mireille.

Un prénom fut trouvé pour la poupée. Ce fut Liane, une partie du prénom de sa mère sorti de sa bouche spontanément. Comment y avait-elle pensé ? À moins que le hasard ne s'en soit mêlé ? Liane devint l'objet indispensable, dont elle ne se séparerait plus, et sûrement pour très longtemps.

Un soir, alors que la nuit était tombée aux Retourches, Pierre Lafontie dit soudainement à sa sœur :

— Certes, André Deltheil a reconnu Mireille comme son enfant, mais elle portera encore longtemps notre nom : Lafontie !

— Mais que vas-tu chercher là ? Tu sais bien qu'elle pourra porter le nom d'André si tel est son choix ! C'est son père !

— Oui, tu as raison. Je crois que je suis juste un peu triste qu'elle les rejoigne un jour à Boissillac.

— Ne t'inquiète pas, sa femme sera une bonne mère, je l'ai vu dans ses yeux. Et puis, nous n'en avons plus pour bien longtemps sur cette terre, cher frère. Mireille a besoin d'une famille jeune, de la même génération que sa pauvre maman.

— En attendant que cela arrive, continuons de nous occuper d'elle comme nous le faisons, et advienne que pourra ! Où est-elle d'ailleurs ?

— Dans son lit, en compagnie de Liane, pardi !

— Quel nom bizarre tout de même !

— Voudrais-tu une tisane ?

— Tu veux m'empoisonner, pas vrai ?

Ce furent les derniers mots tendres qui précédèrent leur sommeil. Parfois, ces deux-là plaisantaient comme des enfants, ce qu'ils avaient aussi été, bien longtemps auparavant.

À Boissillac, on ne parlait plus que de Mireille et de son arrivée prochaine, en chair et en os. Si belle, d'après André et Colette.

— Dire que cet enfant est la mienne, et que j'ignorais totalement son existence !

— Oui, c'est incroyable ! s'exclama Jacques.

— Tu te rends compte, j'ai été fou amoureux d'une fille il y a plus de cinq ans et puis, chassé par ses parents, j'ai dû m'en éloigner. Du jour au lendemain. Je n'ai jamais su que cette jeune femme attendait un enfant.

— Elle n'a jamais essayé de te contacter ?

— Jamais ! La vie est comme l'eau d'un ruisseau parfois, elle sort de son lit, ne suit pas la trace qui lui était destinée. Heureusement que son père a décidé de venir m'apprendre l'existence de ma chère enfant ! Avec Colette et vous tous, nous allons pouvoir l'aimer et la protéger, la pauvre orpheline.

— Je suis fier de toi, dit Jacques. Mireille est déjà ma nièce.

— À toi désormais de fonder ta propre famille. Mireille sera heureuse d'avoir plein de cousins, et je n'oublie pas ceux de La Bescade !

Germaine n'avait rien dit mais le sourire qu'elle offrit à André parlait pour elle. Elle aussi était fière de lui. Elle pensait déjà au jour où Mireille arriverait à Boissillac et, dans son cœur de grand-mère, elle souhaitait que cela ait lieu le plus tôt possible.

En attendant Mireille, la vie reprit son cours. Un soir, à table, Colette demanda le silence et fit sentir à toute la famille qu'elle avait quelque chose d'important à annoncer.

— Mireille n'arrivera pas seule à Boissillac. André et moi allons avoir un autre enfant, un frère ou une sœur pour la nouvelle venue, comme voudra le Bon Dieu !

Tous s'extasièrent, heureux, et Jacques dit avec assurance :

— Il serait temps que nous aussi ayons un petit ! Ça devient à la mode ici !

— Il faudrait tout d'abord que je le veuille ! rétorqua Gisèle.

Au lieu de les faire sourire, sa remarque eut l'effet inverse. Jacques en resta bouche bée. André vint à son secours :

— Il faudrait tout d'abord que vous vous mariiez, surtout ! Ce serait pas mal de commencer par là, tous les deux !

Germaine Deltheil apprécia cette bonne parole.

— Nous allons y réfléchir sérieusement, se rattrapa Gisèle.

Puis, s'adressant à Colette et à André :

— Quand ferons-nous la connaissance de Mireille ? Je ne sais pas pourquoi, mais j'ai hâte de voir cette jolie nièce de près.

— Nous irons la chercher au plus vite, à condition qu'elle veuille bien nous suivre. Nous devrons être très patients, elle est si fragile.

— Un jour, elle courra avec ses cousins comme tous les enfants du monde, et leurs rires nous ferons tant plaisir. Qu'y a-t-il de plus charmant dans nos campagnes que des cris d'enfants accompagnant les faneurs et les moissonneurs dans les prés et les champs ?

— Tu vas nous faire pleurer, maman, dit André. Mais tu as tellement raison !

— André, clama-t-elle soudain, je veux voir cette petite, et sans tarder ! Je ne supporte plus d'attendre.

— Tu nous accompagneras demain, avec Colette, si tu le veux.

— Et comment donc ! Je prépare une bonne tarte. Je ne peux pas y aller les mains vides. Que diraient ces gens ?

— Une tarte, c'est très bien, maman !

— C'est d'accord pour demain, alors. Vous n'imaginez pas ce que c'est pour une vieille femme comme moi de découvrir sa petite-fille. Non, vous ne pouvez pas imaginer, parfois il m'arrive de n'en point dormir.

Plus tard, Jacques s'entretint avec Gisèle. Il souhaitait un enfant dès que possible mais elle semblait freiner des quatre fers !

— J'avais l'impression que nous étions d'accord, Gisèle. Qu'est-ce qui a changé depuis nos dernières discussions ?

— Avec toute cette histoire, je ne suis pas prête. J'ai la sensation que toute l'attention du monde va désormais se porter sur cette Mireille, qu'elle va prendre toute la place dans la maison.

— Marions-nous d'abord, alors. Pour le reste, le temps fera son œuvre et la famille s'agrandira en temps voulu.

— Sache par ailleurs que je ne veux pas trente-six mioches ! J'aimerais que tu le comprennes !

— Nous reparlerons de tout ça plus tard. Pour l'instant, calme-toi, tu te fais bien du mal pour rien.

Crainte, jalousie, incertitude, souci de perdre sa place de petite dernière à Boissillac, voilà tout ce qui détraquait le comportement de Gisèle, et par ricochet celui de Jacques.

La Renault 4 se dirigeait une fois de plus vers les Retourches. Sur ses genoux, Germaine tenait la tarte qu'elle avait préparée. Elle ne disait pas un mot, si bien qu'André lui demanda :

— Tu vas bien, maman ?

— J'ai le cœur qui bat un peu plus fort que d'habitude mais je tiendrai le coup, rassure-toi.

— Ne craignez rien, reprit alors Colette, les Lafontie sont très gentils.

— Ce que je crains, c'est mon émotion. J'ai déjà vu naître des enfants, mais là, c'est différent.

En ce début d'après-midi, le hameau était calme et ensoleillé. La voiture se gara et ils en descendirent. Ernestine, la sœur Lafontie, apparut la première sur le pas de la porte et prévint d'un geste son frère.

— Viens voir qui est là !

Ce fut Mireille qui se présenta en premier. Derrière les jupes de sa mamie, elle montra son visage entouré de cheveux blonds.

— Tu la vois ? dit André. C'est la petite merveille !

Germaine plissa les yeux, comme si elle ne parvenait pas à bien la distinguer. Pierre Lafontie apparut à son tour et s'avança vers les visiteurs.

— Quelle belle surprise vous nous faites là ! Il fait si chaud que nous nous étions réfugiés à l'intérieur.

André présenta sa mère qui, embarrassée, leur offrit la tarte. Ernestine la prit et dit :

— Merci de votre gentillesse. Allons juste derrière, à l'ombre de l'abricotier, nous serons mieux pour parler.

André ne regardait que sa fille qui semblait les surveiller, lui et Colette. Alors qu'elle restait collée dans les jambes d'Ernestine, celle-ci lui rappela :

— C'est ton papa et ta maman, Mireille, tu les as déjà vus.

Elle disparut tout à coup et ne tarda pas à réapparaître avec sa poupée Liane. Colette s'accroupit et lui parla avec tendresse :

— Bonjour Mireille, je suis venu avec ton papa pour te présenter une autre mamie. Tu en auras deux maintenant.

Mireille regarda Germaine sans trop comprendre. Derrière la maison, un abricotier tordu au possible semblait les attendre près d'une table, rongée par les intempéries. Quant aux sièges, ils ne valaient guère mieux.

— Nous ne venons pas souvent ici, dit Pierre, on se plaît davantage côté soleil. Cet arbre ne donne presque rien mais nous nous sommes juré de ne pas nous en séparer.

Tandis qu'ils commençaient à discuter, Ernestine s'occupa de couper la tarte. Mireille se tenait contre Colette ; André trouvait cela magnifique.

— Tu vois, elle ne te craint pas, souffla-t-il à sa femme.

— C'est peut-être que je sais lui parler. Parle-lui, toi, doucement, tout doucement.

Comme il ne trouvait pas les mots, Pierre engagea la conversation avec Germaine.

— J'ai rencontré votre mari plusieurs fois lors de foires à Murat, nous avons même déjà trinqué ensemble. Il avait la réputation d'avoir un fort caractère, si je me souviens bien.

— Oui, un sacré caractère, répondit Germaine. Paix à son âme.

Pierre comprit qu'il valait mieux ne pas aller sur ce terrain-là. Germaine s'adressa alors délicatement à Mireille :

— Tu es belle comme un soleil, ma chère petite. Je sais que je vais t'aimer beaucoup, oui, beaucoup !

Mireille serra plus fort sa poupée contre elle, une manière de marquer une distance, sans doute sans méchanceté, ni même trop de crainte. Puis, tel un miracle, elle sourit à son père qui fut en une seconde l'homme le plus heureux du monde.

— Auriez-vous rêvé d'une plus belle surprise, madame Deltheil ?

— Je ne sais plus que vous dire, sinon que Mireille va bouleverser notre vie à Boissillac. Lorsqu'elle voudra venir, bien entendu.

— Je dois reconnaître que j'avais mal jugé votre fils, à l'époque. C'est un homme bien. Mireille a beaucoup de chance, oui, car nous nous faisons vieux, ma sœur et moi, et nous étions bien embarrassés concernant l'avenir de la petite.

— Lorsqu'elle sera chez vous, à Boissillac, elle pourra venir tant qu'elle voudra ici, ajouta Ernestine qui n'avait pas dit grand-chose jusque-là. Car si nous ne la revoyons pas, nous en mourrons !

Germaine se leva et prit Ernestine dans ses bras :

— Mireille sera toujours votre petite-fille, je vous le jure !

— Faudrait peut-être boire un coup, proposa Pierre. J'ai le gosier sec avec tout ça !

Mireille, qui ne lâchait toujours pas sa poupée, alla se coller contre Germaine pour le plus grand plaisir de cette dernière. Une grosse part de la tarte fut consommée alors que Mireille croisait les yeux de son père de plus en plus fréquemment, et lui souriait. Soudain, André se décida :

— Veux-tu venir me montrer les fleurs de ton jardin, Mireille, avec Liane ?

Mireille tendit sa petite main vers André et l'emmena dans le jardin sans quitter sa poupée. Subjuguée, Colette se demanda si elle ne rêvait pas.

À ce moment précis, le grand-père Lafontie déclara :

— Ça, c'est le sang qui parle !

Cette affirmation les stupéfia tous. Pierre venait de parapher une belle page de cette histoire sans pour autant s'en rendre compte.

— Mon mari se souviendra toujours de cette journée, dit Colette à Germaine.

Que se racontèrent père et fille dans les allées du jardin ? Certainement des secrets, comme dans un conte de fées. Puis il fallut rentrer, du travail les attendait. Dans la voiture, André avait de si bons moments dans le cœur qu'il chantonna et fit rire les deux passagères. À Boissillac, ils trouvèrent une maison vide, une maison de silence, si ce n'était le bourdonnement des abeilles et des guêpes, même le chien avait quitté les lieux.

— Nous avons fait un grand pas vers l'avenir aujourd'hui, dit André, mais je crois que ça n'a pas plu à tout le monde. J'espère que les jeunes ne font pas la tête.

— Toute cette histoire leur pèse, forcément, admit Germaine. Nous n'avons parlé que de ça ces derniers temps, la petite Mireille va devenir le centre du monde ici, ça fait naître des jalousies. Gisèle se montre agressive en ce moment.

— Un coup ils veulent se marier, un coup ils ne veulent plus, leurs envies tournent aussi vite que le vent, s'agaça André.

Puis il regarda tendrement sa mère et ajouta :

— Tu as marié deux fils sur trois, c'est déjà pas mal ! Et puis Jacques n'a pas quitté la maison, les choses vont se tasser. Gisèle est parfois capricieuse mais au fond je l'aime bien. Allez, n'oublions pas l'essentiel, notre petite Mireille !

— Oublier Mireille ? s'offusqua Colette. Jamais de la vie ! Elle va se greffer naturellement à notre arbre généalogique, sans bruit.

— Voilà qui est bien dit !

À peine furent-ils rentrés que Jacques et Gisèle réapparurent à leur tour. Ils ne posèrent aucune question sur Mireille, ce qui exaspéra Germaine.

— Eh bien, j'ai enfin vu ma petite-fille, elle me plaît beaucoup, je suis très heureuse. J'espère que vous la verrez prochainement.

Le couple ne répondit rien mais Gisèle sourit légèrement. Puis elle prit Colette par le bras, l'emmena loin des autres et lui glissa à l'oreille :

— Tu ne devineras jamais qui j'ai revu aujourd'hui.

— Je ne vois pas qui ça peut être ! Donne-moi un indice, raconte !

— C'est un homme qui a travaillé ici, à Boissillac, et qui nous a couru après, à toutes les deux.

— Tu parles de Gaston ?

— Oui, Gaston, ce coureur de jupons qui faisait tout pour que nous nous détestions l'une et l'autre. Cet homme horrible qui a incendié la voiture de Louis et nous a fait porter le chapeau. Il n'a même pas osé me regarder dans les yeux. J'ai eu l'impression qu'il s'enfuyait en me voyant.

— Ça tombe bien que tu m'en parles, Gisèle. J'ai quelque chose à te raconter à ce sujet. Mais d'abord, jure-moi que ça restera entre nous.

— Juré !

— Éloignons-nous, on pourrait nous entendre.

Elles firent quelques pas à l'extérieur, puis Colette se lança :

— J'ai voulu nous venger, je lui ai tendu un piège il y a quelques semaines. Un soir, alors qu'il rentrait chez lui avec son triporteur couleur sable, je l'ai attendu au bord du chemin, mais j'avais pris mes précautions.

— Tu as eu ce courage ?

— Oui, il le fallait. C'est pourquoi j'avais emporté le fusil de mon père, avec deux cartouches.

— Tu as osé ?

— Oui, et lorsque je l'ai aperçu, je me suis même dit : « Je te tiens, petit salaud ! » J'ai quand même eu un peu la trouille. Il s'est arrêté quand il m'a vue, tout content de croiser la petite Colette venue à sa rencontre.

Colette replongea dans ses souvenirs et poursuivit son récit :

— Il m'a dit : « Je suis si content de te voir ici, toute seule, avec moi ! Approche que je te serre de près. » Je lui ai répondu : « Du calme, Gaston, du calme ! Je me déshabille derrière ce buisson, tu attendras bien une minute ? » Puis, lorsqu'il m'a vue revenir habillée, le fusil entre les mains, il a compris qu'il allait se passer quelque chose d'imprévu, et sans doute pire encore. En le menaçant de mon arme, je lui ai ensuite demandé de placer deux bottes de paille à côté de son triporteur et de l'arroser avec les bidons d'essence qu'il transportait à l'arrière. Il m'a traitée de folle mais il s'est exécuté. Puis je lui ai tendu des allumettes en lui disant : « Allez, vas-y, puisque tu sais comment on fait ! »

— Tu m'impressionnes Colette, s'enflamma Gisèle. Je ne te pensais pas capable de choses pareilles !

— Pétrifié, comme un gamin pris au piège, il a regardé brûler son tas de ferraille en avouant que c'était bien lui qui avait mis le feu à la voiture de Louis. Crois-moi, il ne remettra plus jamais les pieds à Boissillac. Nous n'entendrons plus jamais parler de lui.

— Il a perdu sur tous les plans, résuma Gisèle. Surtout sur celui de nous séparer toi et moi. Merci pour ton courage, ma chère Colette ! Au lieu de nous diviser, cette affaire nous a liées. Mais es-tu sûre que nous en sommes bien débarrassées ? Je l'ai aperçu à Murat pas plus tard que cet après-midi !

— Sûre ! Il est parti à Paris chez un bougnat du pays qui a bien voulu le récupérer. Il vient de temps en temps revoir ses parents mais ne reste qu'un jour ou deux.

— Ce qui m'étonne, c'est que nos hommes ne se soient pas inquiétés davantage de cette affaire de voiture brûlée.

— Peut-être craignaient-ils d'apprendre qui de nous deux avait allumé l'incendie ?

10

Porteuses d'un nouveau secret, Colette et Gisèle devinrent des alliées dans cette famille Deltheil, même si l'union de Gisèle avec Jacques avait une fois de plus été repoussée. C'est un autre événement qui occupa les esprits en plein été.

Colette et André se rendirent aux Retourches pour faire une nouvelle annonce aux Lafontie à propos de Mireille. Certes, cela pouvait paraître précipité mais, dans leur tête, il voulait qu'il en fût ainsi. Déjà reconnue par André Deltheil comme son enfant, la petite devrait aussi porter son patronyme.

Pierre, Ernestine et leurs visiteurs s'étaient installés une fois de plus sous l'abricotier, leur « arbre confident » en quelque sorte.

— Alors Mireille va perdre notre nom ? C'est bien ça ? s'émut Pierre.

— Non, j'ai autre chose à vous proposer, le rassura André. Car d'une part je vous apprécie et, de l'autre, je sais que cela aurait fait plaisir à sa maman.

— Mais où voulez-vous en venir, au nom du ciel ? s'impatienta Ernestine.

— Va nous chercher à boire, dit son frère. Tout cela me donne soif.

Colette donna la main à son mari, comme pour l'encourager à faire son annonce.

— Votre petite-fille va s'appeler Mireille Lafontie-Deltheil !

Pierre regarda sa sœur :

— Tu te rends compte, Ernestine, notre petite va garder notre nom !

Ses yeux se mouillèrent de larmes, et, ne parvenant plus à parler, il sortit son mouchoir à carreaux tout froissé de sa poche pour s'essuyer les yeux. Le vieil homme venait de recevoir l'un des plus beaux cadeaux de sa vie, c'est ainsi qu'il l'exprima. Éliane vivrait à travers Mireille, qui porterait toujours son nom. Ernestine partageait ses sentiments.

— Heureusement que je suis encore là, dit-elle, sinon je crois qu'il en perdrait la tête tant le bonheur l'envahit.

Mireille ne semblait pas percevoir pas l'émotion qu'elle procurait aux autres. Ainsi, son cœur resterait soudé aux Lafontie, même si l'on commençait à se faire à l'idée qu'elle rejoindrait sans trop tarder Boissillac.

Les jeunes fermiers des Lafontie, leurs voisins les Loubrant, plaisaient aux propriétaires et réciproquement. Ils avaient un enfant, un garçon âgé d'une année de plus que Mireille. Il s'appelait Philippe et aurait bientôt un frère ou une sœur. Mireille et Philippe avaient pris l'habitude de jouer ensemble, soit chez l'un, soit chez l'autre. En tant qu'aîné, Philippe semblait vouloir protéger Mireille, ce qui enchantait tout le monde aux Retourches.

Plus l'échéance du départ de Mireille se rapprochait, plus on se demandait comment y préparer l'enfant. Colette eut l'idée d'inviter les Lafontie pour une première visite à Boissillac tous ensemble. L'occasion de partager une truffade, toujours appréciée par les Auvergnats. Ernestine se chargea d'avertir Mireille de cette escapade. Celle-ci accepta à une condition : pouvoir emmener son ami Philippe.

— C'est accepté d'avance, bien entendu ! répondit André que Pierre Lafontie venait de prévenir. Nous imaginons à quel point tous ces changements vont être difficiles pour Mireille. Alors faisons en sorte de veiller à ses besoins et à ses envies.

Déjà nostalgiques et un brin inquiet, Pierre et Ernestine discutaient souvent de cet avenir sans Mireille à la maison, le soir, avant de s'endormir.

— Et si elle refusait d'habiter à Boissillac ? Que ferions-nous, mon pauvre Pierre ?

Un après-midi, alors qu'ils jouaient dans le jardin, Mireille annonça à Philippe qu'elle aurait aimé qu'il se rende avec elle chez son père et sa mère. Surpris, le petit garçon en parla à ses parents, qui n'étaient au courant de rien et qui vinrent frapper chez les Lafontie.

Pierre les fit asseoir et les informa des événements récents survenus dans la famille.

— Mireille a un papa maintenant, et aussi une nouvelle maman. Sa mère, ma pauvre Éliane, a tenu son histoire secrète tout ce temps. Elle l'a relatée dans des cahiers qu'elle nous a destinés et dont nous avons pris connaissance après sa mort.

— Mireille souhaite vraiment que Philippe l'accompagne à Boissillac pour cette visite ?

— Oui, elle s'entend très bien avec lui et je pense que sa présence la rassure. À vous de décider, mais sachez que si jamais vous refusiez, nous ne vous en voudrions pas, ils sont si fragiles à cet âge. Cette demande nous a surpris nous aussi, pour tout vous dire, mais finalement nous pensons que ça l'aiderait vraiment.

— Si vous pensez que Mireille en sera heureuse, alors nous disons oui. Nous l'aimons aussi, cette petite, et puis nous avons vécu de près le drame de sa maman.

— Merci ! Merci ! Que pourrions-nous faire pour vous remercier ?

— Rien du tout, ne vous inquiétez pas, n'en parlons plus.

Lorsque les deux enfants se retrouvèrent, ils se firent les confidences que l'on peut se faire à cet âge.

— Je suis contente que tu m'accompagnes chez mon père. Tu resteras à côté de moi, j'ai un peu peur.

— Oui, je serai ton chevalier servant !

— C'est quoi un chevalier ?

— C'est comme un soldat qui doit protéger une personne importante, tu vois ?

— Mais moi je ne suis qu'une petite fille.

— Je serai toujours là, Mireille, je te le promets !

Ensuite ils se mirent à rire, et le cœur de Mireille ne craignit plus ce dimanche qui approchait.

À la surprise de Pierre, ce fut Ernestine qui commença à rechigner, puis refusa de se rendre à Boissillac.

— C'est ton affaire et pas la mienne, finit-elle par lui dire. Je vous attendrai à la maison, avec le chien !

— Alors voilà que le fils des fermiers m'accompagne et que ma sœur ne vient pas ! Quelle vie, *miladiou* ! jura Pierre.

Le dimanche en question, André arriva aux Retourches avec sa Renault 4. Dès que Mireille l'aperçut, elle courut prévenir son chevalier servant. Ses parents l'avaient quelque peu endimanché, ce qui fit sourire les adultes. Face à André, les deux gamins restèrent silencieux, alors celui-ci se lança :

— C'est donc toi qui accompagnes Mireille à Boissillac ?

— Oui, monsieur.

— C'est parfait, je suis son papa, elle a dû te le dire.

Philippe acquiesça d'un timide mouvement de tête.

Pierre Lafontie les observait de loin, puis il vint vers eux et dit :

— Les présentations sont faites, à ce que je vois. Entre donc, André.

Mireille regardait son père, troublée. Il ne s'approcha pas trop près, regrettant que Colette ne fût pas avec lui, elle qui savait si bien s'y prendre avec la petite. Les deux enfants se tenaient côte à côte et, tout à coup, André s'accroupit devant eux et tendit les mains vers sa fille :

— Es-tu prête à venir chez nous avec ton grand-père, ta mamie et Philippe ? Colette nous attend.

— Oui.

— Elle n'est pas bavarde, s'excusa Pierre. Mais ça viendra tout doucement. Ernestine nous accompagnera une autre fois, elle n'est pas dans son assiette aujourd'hui. Elle aussi est bouleversée par l'éloignement prochain de Mireille.

— Je comprends très bien.

À cet instant précis, Mireille prit Liane dans ses bras et la donna à Ernestine.

— Faut pas que Liane reste toute seule, lui dit-elle.

La voiture s'éloigna de la propriété des Lafontie et de celle des Loubrant, qui n'en faisaient plus qu'une depuis leur arrangement. Sur la banquette arrière, les deux enfants se donnèrent la main en cachette.

À l'avant, Pierre songeait à l'avenir de Mireille, sa chère petite-fille. Le destin leur avait fait vivre des malheurs mais des jours meilleurs se profilaient. Et, bien que le cœur des Lafontie en subisse certaines conséquences attristantes, ils savaient que c'était pour le bien de la petite.

Tout en conduisant, André Deltheil regardait le paysage défiler à travers la vitre.

— Il ne faut pas être triste, monsieur Lafontie. Je ne vous arrache pas la petite, bien au contraire. Avec Colette, nous sommes heureux de lui donner la vie à laquelle elle a droit, et il faut en remercier une fois de plus sa maman qui a eu le courage de vous livrer la vérité.

Lafontie ne répondit pas, trop bouleversé par ces propos. Son visage se tourna également vers l'extérieur.

— Voilà les bâtiments de notre ferme, annonça André à sa fille.

— C'est grand, dit Mireille.

— Rassure-toi, tu prendras vite tes repères. Regarde qui t'attend déjà.

— Germaine ! s'exclama la petite.

— Vous connaissez déjà, monsieur Lafontie, puisque vous êtes venu me voir ici.

— Oui, c'est une grande et belle propriété que vous avez là.

— Ma mère est toujours la propriétaire. Mon frère Jacques travaille avec moi tandis que mon aîné, Louis, est fermier à La Bescade. Vous savez tout désormais.

— Je ne suis jamais venu par ici, dit Philippe, ce n'est pas comme chez nous. Tout est si grand, les bâtiments surtout.

Mireille lui serra davantage la main qu'elle n'avait jamais lâchée.

Germaine se dirigea vers eux et tendit ses bras à sa petite-fille.

— Comme je suis heureuse de te voir ici ! Et toi aussi mon petit, qui es-tu ?

— Je m'appelle Philippe Loubrant. Avec Mireille nous sommes voisins et amis, nous nous connaissons bien.

— Je peux t'embrasser ? demanda Germaine à Mireille.

La petite s'approcha et Germaine l'embrassa bruyamment, puis Mme Deltheil salua Pierre Lafontie.

— Nous sommes si heureux de vous recevoir, dit-elle.

Colette se rapprocha également et, d'un geste affectueux, elle prit les deux mains de Mireille tout en s'accroupissant. Il fallait toujours se mettre à la bonne hauteur et Colette l'avait bien compris.

— Tu nous as ramené ton ami Philippe et tu as bien fait, je ne le connaissais pas encore.

— C'est mon ami depuis toujours !

Colette sourit.

— J'espère que tu aimes la truffade, Philippe ?

— Oh ! oui, madame, mes parents en font assez souvent.

— Alors bienvenue à tous ! Approchez, que je vous présente Jacques et Gisèle. Ainsi vous connaîtrez tout le monde.

Pierre Lafontie se sentit très bien accueilli et n'oublia pas d'excuser sa sœur Ernestine pour son absence.

Une grande table entourée de bancs trônait dans la pièce principale. Le couvert était déjà mis. La cheminée occupait beaucoup de place, les meubles aussi, notamment la cuisinière de fonte noire disposée dans un coin et, juste à côté, tout ce qu'il fallait pour évacuer l'eau usée. En face, placée près d'une fenêtre, une magnifique comtoise.

Mireille la regardait de ses grands yeux étonnés lorsque André la prit dans ses bras pour la première fois. Il lui dit à l'oreille, assez fort pour que tous l'entendissent :

— Ma fille, tu es ici dans ta deuxième maison, chez ton papa, et chacun ici t'aimera comme je t'aime, c'est-à-dire très fort !

Émue aux larmes, Germaine applaudit et tous en firent autant. Sa fille dans les bras, André sortit et lui fit faire le tour des bâtiments sous les yeux surpris et humides des autres.

— Tu te plairas ici ? lui demanda son père.

La petite opina du chef mais ne dit pas un mot, l'événement était trop solennel pour une enfant de son âge.

— Allez, je te laisse avec ton ami Philippe, ma fille !

Colette n'avait pas quitté son homme des yeux et, en pensant à son futur enfant, elle eut un sourire : « Cet homme aimera les enfants, c'est certain ! »

Il fut l'heure de passer à table. Une atmosphère particulière régnait sur cette famille et les odeurs d'une exceptionnelle truffade vinrent s'agréger à ce bonheur nouveau. Puis, alors que nul ne s'y attendait, Pierre Lafontie dit à André :

— Tu as une belle famille, Mireille sera heureuse ici.

La fillette, ayant entendu ces mots, fixa son grand-père :

— Je ne reste pas ici aujourd'hui. Je reviendrai avec mamie Ernestine, je ne veux pas l'abandonner.

Sa remarque jeta un froid sur l'ensemble des personnes attablées, surprises par la réaction de Mireille. Philippe la regarda avec un mélange de tendresse et d'angoisse, malgré son jeune âge.

— Bien entendu, ma fille, la rassura André. Aujourd'hui n'était qu'une première visite. D'autres jours viendront et tu t'habitueras à nous tous, nous prendrons notre temps. Nous serons tous très gentils avec toi, n'est-ce pas Jacques ?

Étonné d'être ainsi pris à partie, celui-ci réagit maladroitement :

— Moi, je n'ai pas l'habitude des enfants mais je te promets de t'aimer aussi fort que les autres !

Gisèle prit note de son embarras. Pierre Lafontie regarda son assiette, tout comme Germaine. Par la suite, la truffade dissipa le malaise. Après le café et les pâtisseries pour certains, tous se retrouvèrent dehors, à bavarder de tout et de rien, comme le veut la tradition.

Un peu à l'écart, Jacques et Gisèle tentèrent de se parler en catimini.

— Ta réponse était bizarre tout à l'heure, pour parler de la petite, fit remarquer Gisèle. Qu'est-ce qui t'a pris, devant tout le monde ?

— Je suis comme toi. J'ai l'impression que cette petite, récupérée on ne sait comment, va devenir le centre du monde ! Il n'y en a que pour elle ! Regarde-les tous, observe-les bien.

— Ne soyons pas trop injustes, Jacques. L'arrivée de Mireille va bouleverser notre quotidien, c'est certain. D'autant que Colette attend aussi un petit pour le printemps prochain. Mais ne compliquons pas les choses.

— Avec ceux de Louis, ça fera quatre enfants. Crois-tu qu'il y aura de l'espace pour les nôtres ?

— Mais enfin, tu as dit que tu l'accepterais comme ta nièce, il n'y a pas si longtemps ! Que t'arrive-t-il ?

Les autres déambulaient nonchalamment dans le jardin et Philippe avait retrouvé la main de Mireille. Germaine trouvait ces deux-là charmants. André aurait bien voulu que sa fille s'approche de lui mais, patience, cela viendrait plus tard. À cinq ans, un peu perdue au milieu de tous ces gens, elle avait encore besoin de se sécuriser.

Jacques et Gisèle restaient à distance et ne parlaient guère. Y avait-il de l'eau dans le gaz ? Tous se rassemblèrent pour un dernier rafraîchissement et les au revoir ne tardèrent pas. On se dit à bientôt avec des embrassades et des signes de la main, et la visite se termina ainsi. André embarqua ses trois passagers.

— Votre propriété est décidément très bien entretenue, le félicita Pierre Lafontie.

— Je ne vais pas vous apprendre le travail d'une ferme. Il faut s'y tenir du matin au soir, c'est épuisant.

Lafontie ne voulut pas s'appesantir sur son passé, sur toutes ces années de labeur, jugeant celles-ci comme rayées de la carte. Il n'attendait plus grand-chose de la vie. Cependant, il ne put retenir une mise en garde :

— Lorsqu'on est jeune, on n'a pas le temps de penser aux lendemains, au temps qui passe à toute vitesse, aux choses que l'on fait mal.

André lui jeta un coup d'œil, presque gêné par cette remarque. Il éluda à sa manière :

— La venue de ma fille va me donner du courage. Mireille est un don de Dieu, enfin je le pense.

Lafontie croisa les bras sur sa poitrine et porta son regard le plus loin possible.

— Dans un premier temps, ce sera sans doute difficile. Mais j'espère que ma Mireille sera bien chez vous, une enfant de la maison.

André garda un moment le silence, se focalisa sur la route puis répondit :

— J'y veillerai !

— Votre mère semble l'avoir déjà adoptée, je l'ai bien remarqué.

— Elle ne me parle que de ça, ce qui agace un tantinet les autres.

Sur le siège arrière, Philippe et Mireille regardaient défiler le paysage quand le garçon dit soudain :

— Mireille, c'est là-bas que tu vas habiter bientôt ?

— C'est ce que mon père a décidé, puisqu'il a dit que j'étais sa fille. Mais moi, je voudrais rester aux Retourches, avec toi.

— Je viendrai te voir et nous parlerons de nos secrets. Toi, tu me raconteras ta nouvelle vie.

— Je n'avais pas besoin d'une nouvelle vie, j'étais bien là où ma mère vivait. Oui, j'étais très bien. Et puis un jour le Bon Dieu l'a emmenée si loin que je ne pourrai plus jamais la revoir.

— Nous voilà arrivés, dit Pierre. Ernestine doit nous attendre. Tu prendras bien quelque chose, André ?

— Je dois rentrer. C'est l'heure où les bêtes ont besoin de nous. Mais nous organiserons bientôt une nouvelle visite à Boissillac.

Les enfants s'éclipsèrent chacun vers sa maison et Ernestine retrouva sa très chère Mireille, qu'elle embrassa comme si elle revenait d'une longue absence.

11

Pour André, seul dans sa voiture, le silence du retour laissa revenir des sensations étranges, perçues lors de la réunion de famille de l'après-midi. Cette « famille » comprenait encore deux entités bien distinctes, il s'en était rendu compte au cours de la journée. Certes, Mireille avait rencontré tous les habitants de sa future maison, mais André sentait bien que son intégration à Boissillac allait prendre plus de temps qu'il ne l'imaginait.

Il avait observé les regards posés sur sa fille. L'étincelle ne s'était produite que dans les yeux de sa mère et dans ceux de Colette. L'affaire était loin d'être gagnée, et il avait été très blessé par l'indifférence soudaine de Gisèle et de Jacques.

André n'avait pas entendu mais, à un moment, Germaine avait dit à Pierre Lafontie :

— Vous pourriez rendre une visite à Louis, mon troisième garçon, qui n'a pas pu venir aujourd'hui. Il serait content de voir la petite.

— Ça pourrait se faire, pardi !

— Celui-ci a déjà un fils, Jean-Paul, né l'année dernière, et Juliette, sa femme, attend son deuxième pour fin novembre.

Pierre avait promis de leur rendre visite dans les jours suivants, à La Bescade. Avec Ernestine, cette fois-ci partante, ils décidèrent d'emmener Philippe, de nouveau, pour rassurer Mireille.

— Alors aujourd'hui, tu ne veux pas nous lâcher ? lança Pierre à sa sœur.

— J'ai envie de voir ce garçon, son épouse et son petit. Que veux-tu, c'est comme ça.

— Faut pas chercher à comprendre, dit Pierre, agacé par l'inconstance de sa chère sœur. Un jour c'est oui, l'autre c'est non !

Puis il ajouta :

— Mais tu sais que c'est un peu loin et que nous n'avons pas de voiture.

— Je connais l'endroit. À vol d'oiseau, ce n'est pas plus loin que Boissillac.

— Et toi, ma petite Mireille, tu arriveras à marcher jusque là-bas ?

— Oui, tant que Philippe est avec moi.

— Ah ! C'est vrai qu'avec celui-là, tu pourrais aller au bout du monde !

— C'est où le bout du monde, mamie ?

Ayant entendu la question et voulant paraître intelligent devant son amie, Philippe répondit à sa place :

— C'est si loin que personne n'en est revenu. Voilà pourquoi je ne pourrai pas t'y emmener. Mais si je le pouvais, j'y enverrais tous les gens que je n'aime pas et qui ne t'apprécient pas, Mireille.

— Bavarder ralentit le pas, alors économisez-vous !

Ainsi Pierre Lafontie marqua-t-il son autorité. Il avait encore en tête l'attitude de Jacques et de Gisèle. Il avait perçu leurs réticences envers Mireille et craignait par-dessus tout que cela empire une fois qu'elle vivrait à Boissillac.

La Bescade finit par apparaître, une ferme moyenne avec, tout autour, ce qu'il fallait pour y vivre heureux.

— Depuis le temps que je n'avais pas mis les pieds ici, dit Ernestine. Ça a bien changé, ça semble tout neuf!

Un chien vint les accueillir, plutôt tranquille, ce qui était assez rare dans les campagnes. Puis Juliette vint à leur rencontre avec son gros ventre et Jean-Paul dans les bras.

— Ne serait-ce pas la petite Mireille que vous amenez là, notre nouvelle nièce?

— Si, répondit Ernestine. Elle voulait connaître son cousin Jean-Paul!

— Et son oncle Louis, ajouta Pierre Lafontie.

— Il doit bien être quelque part par là, il ne tardera pas. Entrez donc chez nous, nous allons faire connaissance.

Le chien s'approcha de Philippe et se laissa caresser.

— Philippe, c'est mon ami, dit Mireille, et il aime les bêtes.

— C'est le fils de nos fermiers, expliqua Pierre, et avec notre petite Mireille ils forment une bonne paire!

— Voilà Louis, il va être surpris!

En regardant Jean-Paul, Mireille parut subjuguée. Elle ne le quittait pas des yeux une seule seconde.

— C'est ton cousin, Mireille, dit Juliette. Il te sourit, tu lui plais.

— Qu'il est beau, j'aimerais avoir un frère comme lui, oui, tout comme lui!

— Tu vas bientôt avoir un frère ou une sœur à Boissillac, tu sais, d'ici l'été. Tu pourras peut-être t'en occuper.

Elle ne répondit pas. Jean-Paul avait-il déjà conquis son cœur ?

Louis découvrit aussi Mireille, sa nouvelle nièce.

— La famille s'agrandit ! me semble-t-il. Ton papa doit être heureux.

Il prit Mireille dans ses bras et l'embrassa affectueusement.

— Tu pourras venir ici dès que tu en auras envie, avec ton ami Philippe, si tu le souhaites, ajouta Juliette, immédiatement séduite par l'attitude de la jolie Mireille.

— Je vais devoir bientôt habiter avec mon père.

Sans rien laisser paraître, Pierre Lafontie ressentit soudain une nouvelle crainte. Il eut la sensation que Mireille se plairait davantage ici qu'à Boissillac. Avait-il raison de penser ainsi ? De s'inquiéter ? Depuis la mort de sa fille, elle était tout ce qui comptait pour lui. Ernestine savait tout cela et imaginait des lendemains pénibles après le déménagement de Mireille.

L'entente entre la petite et Juliette sauta aux yeux de tout le monde. La maman se sentait attirée par cette merveille aux cheveux blonds, peut-être parce que, inconsciemment, elle lui faisait penser à la fille qu'elle aimerait bientôt mettre au monde.

Elle ne put se retenir :

— S'il m'arrive une fille, je souhaiterais qu'elle te ressemble !

— Moi, je trouve Jean-Paul très beau. Et toi, Philippe ?

— Oui, mais il est tout petit et je suis certain qu'il ne marche pas encore.

Face aux reparties maladroites de cet enfant de bientôt sept ans, Juliette et Ernestine éclatèrent de rire.

— Je vais préparer du café, annonça Juliette, ainsi qu'un lait chaud pour les jeunes.

Pierre et Louis sortirent, laissant les femmes à leurs discussions et les petits jouer avec le chien.

— Vous ne devez pas manquer de travail, ici, les terres sont belles.

— Belles peut-être, mais exigeantes, vous connaissez le métier.

— Rien ne pousse tout seul, à part l'herbe, là où il n'en faudrait pas !

— J'ai entendu dire que vous aviez dorénavant un fermier qui s'occupait de votre propriété.

— Oui, et ça me va bien comme ça. Il faut laisser la place aux jeunes comme vous.

— Nous faisons au mieux ici, nous avons laissé l'exploitation à mes frères à Boissillac. Là-bas, c'est plus grand, il faut plus de monde, j'espère qu'ils s'en sortiront. Avec Juliette, nous sommes bien ici et la famille s'agrandit.

— La vie trace un sillon qui rencontre des obstacles parfois inattendus. Mais aujourd'hui, votre frère André est entré dans notre famille et vice versa. Mireille a trouvé son père, et nous aimerions tant qu'elle soit heureuse !

Pierre redoutait que l'avenir ne soit difficile pour sa petite-fille, mais ce n'était pas ni le lieu ni le moment d'en parler.

— La récolte de blé a été magnifique cette année, n'est-ce pas ? demanda-t-il à Louis.

— Fantastique, c'est vrai. Mais vous savez mieux que moi qu'il faut faire preuve d'humilité. Dans les champs, tout peut changer d'une récolte à l'autre. Pour aujourd'hui, tout va bien, soyons heureux !

Louis et Pierre marchaient le long des terres, de ce pas lent qui convenait au plus ancien des deux.

— Je ne sais pas comment Mireille va s'adapter à Boissillac, laissa soudainement échapper Pierre.

Cette pensée ne le quittait guère et devenait envahissante.

— Les enfants s'habituent plus facilement qu'on ne le croit. André l'aime tellement que tout se passera pour le mieux, rassurez-vous.

Le grand-père opina du chef. Louis l'avait-il convaincu ? Il ajouta :

— Pour Ernestine aussi, ça va être dur. Mireille va lui manquer.

Louis comprit la peine du vieil homme et de sa sœur, et se permit de lui glisser à l'oreille :

— Sachez que vous pourrez compter sur nous. Nous serons toujours là pour la petite.

Gagné par l'émotion et la gratitude, Pierre ne répondit pas. Tous deux revinrent vers les leurs. Philippe et Mireille semblaient se plaire ici. Café et lait chaud clôturèrent l'après-midi. Les visiteurs repartirent vers les Retourches. Les conversations avaient rassuré Pierre et Ernestine, un peu plus apaisés qu'à l'aller.

— Nous avons eu raison de faire cette visite, dit la sœur. Ces jeunes me conviennent tout à fait. On ne sait jamais, au cas où.

Sous-entendus ? Craintes ? Doutes ? Qu'entendait-elle par là ?

— Oui, c'était bien chez l'oncle Louis, réagit Mireille. Jean-Paul est tout mignon ! Quand il grandira, on pourra jouer ensemble.

— Tu m'emmèneras, Mireille ? osa Philippe.

— Toi, tu sais bien que tu es mon ami. Tu seras toujours près de moi, même si je dois aller à Boissillac.

— Même là-bas ?

— Oui, même à Boissillac !

La cousine Élise Marie Julia vint au monde à La Bescade, le 26 novembre 1920. Ce fut la fête chez Louis et Juliette, qui avaient tant souhaité une fille. L'hiver n'était guère clefment mais lorsqu'une nouvelle vie se fait une place au sein d'une famille, qu'y a-t-il de plus merveilleux ?

— La prochaine fois, il me faudra tout de même un deuxième garçon ! plaisanta Louis.

À cette occasion, ceux de Boissillac rendirent visite à ceux de La Bescade, et ainsi vont les grandes familles dans cette belle Auvergne. Naissances, baptêmes, communions et mariages rythment le temps. Jacques et Gisèle prenaient le leur. Germaine ne comprenait pas, les autres non plus.

Lors du baptême d'Élise, Mireille fut symboliquement désignée marraine de sa cousine. Comme elle n'avait pas encore l'âge – treize ans –, Colette la remplacerait en attendant. Que n'aurait-elle pas fait pour sa fille ? Une nouvelle rencontre fut organisée à La Bescade, à laquelle les Lafontie furent conviés.

Quelque temps plus tard, alors que le froid mangeait encore les feuillages persistants des haies le long des chemins, Ernestine annonça à son frère qu'elle aimerait qu'il l'accompagnât jusqu'à Murat, à l'église.

— Mais qu'est ce qui te prend soudainement ? Tu ne pourrais pas attendre les beaux jours ?

— Tu me connais depuis longtemps, alors tu sais bien que quand j'ai décidé quelque chose, je m'y tiens ! J'ai un rendez-vous avec le Bon Dieu, c'est comme ça !

Il la regarda étrangement, craignant qu'elle ne soit malade.

Ernestine, une vieille fille, comme l'on nommait ces personnes âgées toujours célibataires, entraîna donc son frère à la ville, un début d'après-midi. Par chance, le soleil se montra généreux, ce qui garantissait quelques heures agréables malgré la froidure.

— M'habiller pour t'accompagner en plein mois de février, c'est une première ! avait ronchonné tout de même Pierre Lafontie. Si au moins c'eût été pour un enterrement !

— Tu m'attendras au bistrot, je te rejoindrai dans une heure. Et pense au retour, n'abuse pas de l'alcool.

Cela fut la seule remarque bienveillante de sa sœur ce jour-là. Puis on la vit entrer, tout habillée de noir, dans l'église Notre-Dame-des-Oliviers. Mais que pouvait-elle bien y faire ? Peut-être se confesser, après tout, mais les Pâques étaient encore loin.

Au bistrot, on avait servi à Pierre Lafontie plusieurs cafés bien arrosés et pas d'eau bénite. Il s'était endormi, lorsque enfin Ernestine le tira par la manche.

— Toi, au moins, tu n'as pas pris froid. C'est le café qui t'a emporté dans le sommeil ?

— Moi, je ne sais pas prier le Bon Dieu. Je l'ai assez fait pour qu'il sauve ma fille, et tu le sais parfaitement. Et toi, ça va ? Que lui as-tu raconté, à ton curé ?

— Sois poli, au moins. Je lui ai demandé qu'il dise à Dieu de bien veiller sur toi, tu vas en avoir besoin.

— Mais qu'est-ce que c'est que ce charabia ? Je vais bien, comme tu vois, et j'espère que tu en as profité pour recommander notre Mireille à ton Bon Dieu. J'ai beaucoup de peine à la savoir bientôt loin de nous !

Puis il commanda un autre café pour Ernestine.

— Je t'ai observée, ma chère sœur, lorsque tu t'éloignais vers l'église.

— Tu avais envie de me rejoindre ? répondit-elle en pouffant nerveusement.

— Je t'ai regardée marcher. Sans doute avec nos pauvres vies nous oublions parfois de réfléchir et de nous comprendre mais là, j'ai pris le temps de penser. Autrefois, ce n'est pas ici que tu serais allée, mais à Notre-Dame-de-la-Haute-Auvergne, par le sentier de Bonnevie, point culminant de Murat.

— Pour une fois, tu as raison mon cher frère. Mais c'est ici qu'il fallait que je me rende aujourd'hui. Ne cherche pas midi à quatorze heures, c'est juste que mes jambes ne me portent plus jusqu'en haut de Murat.

Ernestine fut touchée par l'observation de son frère. « Il est bien vrai que je traîne ma vie comme je peux, et ce d'autant plus que le départ de Mireille approche. Quant à Pierre, je vois que lui non plus n'est plus tout à fait le même. Nous sommes deux vieux, maintenant, et nos pas essaient de nous trimballer comme ils le peuvent. Le bourgeon de notre arbre s'est détaché, souhaitons-lui de devenir beau et grand, majestueux, et pourquoi pas remarquable dans cette forêt de vie où bonheur et malheur se conjuguent parfois difficilement. »

En se rendant compte du temps passé à méditer, elle vit son frère plongé lui aussi dans ses pensées. Mais à quoi songeait-il ? À son épouse disparue depuis longtemps ? À sa fille Éliane, morte plus récemment ? Parfois il demeurait impénétrable et elle savait qu'en ces instants, il ne servait à rien de lui parler. Enfermé totalement, corps et âme !

Puis, comme une trouée bleue dans le ciel encombré de nuages, il revint à lui et, précautionneusement, s'adressa à sa sœur :

— Pardonne-moi ces instants d'évasion. Ils me viennent tout d'un coup et, dans ces moments-là, je voudrais serrer dans mes bras ma petite reine Mireille.

Ernestine ne lui répondait jamais lorsqu'il faisait preuve de fragilité. Elle attendit. Puis, afin de l'apaiser de ses tourments, elle lui rappela leurs balades au temps où ils étaient jeunes, ces moments merveilleux où tous les deux ils s'échappaient vers la rivière, l'Alagnon. Moments de folle jeunesse dont les secrets étaient pour toujours conservés par la rivière.

À La Bescade, Marie-Thérèse, la grand-mère de Juliette, décéda dans son sommeil alors qu'elle semblait se remettre d'une attaque et que son état n'inquiétait pas le docteur. Ce dernier dut revenir constater le décès de celle qui avait investi toutes ses économies dans le ravalement de la ferme. La pendule fut voilée, comme la tradition l'imposait. Son mouvement fut arrêté. Pour un temps, la vie devint silence.

Le cimetière de Murat prépara sa sépulture, non loin de la concession des Lafontie. La famille l'accompagna dans ce froid de l'hiver et ce fut tout. Juliette essaya de bien se comporter mais le chagrin se transforma en une violente morsure. Tout pouvait basculer sans prévenir. Alors, elle prit conscience de la valeur de la vie des siens, de sa famille, car tous l'avaient accompagnée dans son immense chagrin. Sa mère serait seule elle aussi, ainsi allait le cours de l'existence.

Après maintes tergiversations, Mireille dut s'installer au domaine de Boissillac, à la demande de son père. Aux Retourches, la tristesse et la résignation prirent une place incontestable, en ce printemps 1921. À quelques mois d'accoucher, Colette fut heureuse d'avoir près d'elle cette jeune enfant attachante.

Mireille l'aida de son mieux, tout en lui parlant de Pierre et d'Ernestine. Jacques et Gisèle s'adaptèrent comme ils purent. Il n'était toujours pas question de mariage. Gisèle Lauclant, de son nom de jeune fille, peinait à se décider. Orpheline, elle avait été élevée par un couple qui, prenant de l'âge, avait dû se séparer d'elle pour cause de maladie, vers ses quinze ans.

L'assistance l'avait placée ailleurs, jusqu'à ce qu'elle obtînt sa majorité, synonyme de liberté. Depuis elle vivait ici, à Boissillac, chez son amoureux Jacques, en s'octroyant quelques fantaisies d'indécision ou d'absence.

Comme il se préparait un heureux événement, la naissance de l'enfant de Colette, il avait fallu aménager une nouvelle chambre à côté de celle de Mireille qui dormait seule, bien que tout près de ses parents. Le nouveau-né resterait quelques jours près de sa mère.

Mireille faisait déjà des projets avec son frère ou sa sœur, en oubliant que quelques années les sépareraient. Elle les racontait à ses grands-parents, qu'elle visitait régulièrement. Elle voulait partager avec eux sa nouvelle vie, les rassurer, leur montrer qu'elle les aimait toujours autant, malgré la distance.

Parfois, elle regardait étrangement Colette et nul alors n'aurait pu deviner ce qu'elle pensait. Elle n'avait pas vu son ami Philippe depuis longtemps et se tourmentait à l'idée qu'il puisse lui aussi s'ennuyer d'elle, car il s'ennuyait, sans nul doute.

La nouvelle chambre était prête et une nuit, sans que Mireille en fût réveillée, un nouveau Deltheil se présenta : un garçon. Le lendemain, elle découvrit cette chose vivante au visage rougeoyant, remuant comme un ver de terre égaré dans l'herbe.

— Voici ton frère, lui dit alors André. Il n'a pas crié à son arrivée, pour ne pas te déranger.

La petite s'approcha de Colette et lui glissa à l'oreille :

— Merci de m'avoir donné un petit frère, maman.

— Toi, tu as de la chance, lâcha Germaine, émue.

La naissance avait eu lieu. Un moment exceptionnel, unique.

— Comment il va s'appeler ? s'inquiéta Mireille.

— François ! Il nous fallait un François dans la famille et le voilà, c'est notre fils, ton frère, expliqua André. Maintenant, avec vous deux, la famille est renforcée, fortifiée !

Puis Jacques et Gisèle firent leur apparition, presque gênés de voir un Deltheil de plus dans la maison.

— Vous avez maintenant deux beaux enfants ! À quoi allons-nous ressembler tous les deux ?

— À de futurs parents, que diable ! Il n'est jamais trop tard pour la famille ! Je dis bien : la famille !

— Moi, je suis très contente, dit Mireille. Je m'occuperai de François. N'est-ce pas, maman ?

C'était la deuxième fois qu'elle appelait ainsi Colette. Était-ce la venue de ce petit frère qui l'avait transformée ? Son père, l'ayant remarqué, la serra contre lui.

Une autre vie sembla s'installer à Boissillac en attendant que Jacques et Gisèle suivissent à leur tour la voie familiale. Le baptême de François eut lieu en juin, juste avant les moissons. Les trois frères furent ainsi réunis, sans oublier les Lafontie.

La fête fut dans l'ensemble réussie. Le repas se déroula sous le hangar décoré de verdure et de fleurs. On accueillit François dans le bonheur, mais comment pouvait-il en être autrement ? Germaine pleura quelques instants, pensant sans doute à son défunt mari, parti trop tôt.

Tous discutèrent longuement autour de cette table improvisée, pareille à celles que l'on mettait en place le jour des battages, sous quelques fruitiers. Tous les sujets furent abordés, même la politique, sans que les esprits s'échauffent.

Le bon vin fit néanmoins déborder quelques propos, de manière déplaisante et déplacée, dont Jacques et Gisèle firent les frais.

— Alors, c'est quand que tu nous fais un petit ? demanda André à son frère. Ne saurais-tu pas t'y prendre ?

— Je le ferai quand je le désirerai !

— Tu vas commencer par te marier, annonce-nous ça au moins ?

— Pas besoin de se marier pour avoir un enfant. Si j'en ai un, ce sera le mien et il portera mon nom, Lauclant ! coupa Gisèle, sèchement.

Voyant le désordre s'installer, Germaine crut bon d'intervenir. Elle regarda sa future belle-fille sans agressivité, mais avec une fermeté peu commune, et lui dit devant tout le monde :

— Ma chère Gisèle, les petits qui naissent ou vivent ici, à Boissillac, dans ma propriété, portent tous, et porteront toujours, le nom de Deltheil !

— Il ne te reste plus qu'à te marier, Gisèle, renchérit Louis. Et à nous inviter, bien sûr, pour que l'on fête ça tous ensemble !

Des applaudissements et des rires retentirent. Retenue par Jacques, Gisèle fut à deux doigts de quitter la table. Germaine continuait de la fixer, presque avec tendresse. Elle avait encore tenu son rôle de maîtresse de maison avec autorité et habileté.

Quelqu'un se mit à chanter et les autres l'accompagnèrent dans la joie et la bonne humeur. Philippe, l'inséparable ami, s'intégrait parfaitement à cette tribu ! Avec Mireille, ils apprenaient la vie comme ils pouvaient, côte à côte, sous le regard d'André et de Colette. C'était beau et attendrissant. Gisèle, qui avait retrouvé son calme, leur souriait de temps à autre. Quant à François, heureux comme un Dieu, il commençait à apprendre à attendre son tour. Élise et Jean-Paul s'offraient une belle sieste sous le regard de Juliette, veillant à tout. Puis, tout à coup, Mireille s'éloigna discrètement de ce monde bruyant et contourna la maison. Voulait-elle se cacher ?

Rejointe par son chevalier servant, elle lui dit que sa mamie et son grand-père semblaient tristes là, à table, et qu'ils devaient s'ennuyer aux Retourches.

— Non, Mireille, ils pensent à toi. Ils vont bien. Je passe souvent les voir et leur tenir compagnie.

La fête se termina et les trois frères, Louis, André et Jacques, ne dissimulèrent pas leur joie de s'être retrouvés à la maison mère de Boissillac. Le bonheur de Germaine masquait sa fatigue. Son cœur n'ignorait pas que, en de tels moments, il fallait savoir se tenir !

Tous donnèrent un coup de main pour chasser le désordre, hommes et femmes, mis à part Colette, à laquelle François réclamait sa part de la fête. Ce fut Louis qui ramena Philippe et les Lafontie aux Retourches, acceptant de faire un détour.

Que reste-t-il de ces belles fêtes de famille lorsque le soir tombe et que la nuit vient tout effacer ? Un souvenir que chacun range dans un coin de sa tête ou l'envie de revivre une nouvelle fois un baptême ? Qui sait ?

Mireille s'occupait beaucoup de François, son petit frère, et parfois, dans ses yeux, on devinait qu'elle aimait sa nouvelle vie. Le temps passait aussi pour elle, lui faisant oublier les Retourches. Sa mémoire d'enfant s'habituait au présent, à cette ferme tumultueuse, turbulente, à cette vie de paysans mouvementée avec les travaux à faire, les bêtes à soigner, les foins ne pensant qu'à mûrir et François qui poussait.

12

Un soir, juste avant d'aller se coucher, André parla à Mireille. Il l'informa que, dès septembre, elle irait à l'école de Murat. Pour réponse, elle fit un sourire enthousiaste et déclara :

— J'ai hâte d'y aller. J'y verrai mon ami Philippe et plein d'autres enfants. Mais qui va m'y conduire au début ?

— Le premier jour, ce sera moi, dit André, tout fier.

— Et puis ce sera moi, poursuivit Gisèle. En attendant que je fasse des enfants, je vais m'occuper de ceux des autres qui sont aussi un peu à moi. Ça te va, Mireille ?

— Oui, tata, je serai sage, je te le promets.

Quelques jours avant la rentrée, André la conduisit une première fois à l'école pour l'inscription. Il avait craint des questions naturelles mais maladroites à propos de ce double patronyme : Mireille Lafontie-Deltheil. L'enfant elle-même avait oublié qu'elle portait ces deux noms. Ses parents la rassurèrent. Ils lui firent comprendre que Lafontie était et resterait son premier nom, en hommage à sa mère et à ceux des Retourches. Une fois ce point-là éclairci, Mireille fut définitivement inscrite sur les registres scolaires pour ses premiers pas dans le grand monde.

S'étant proposée comme convoyeuse, Gisèle assurait quotidiennement sa tâche. Elle y trouvait même une certaine joie. Dans la cour un peu austère de l'école, Mireille repéra vite les différents groupes d'enfants qui couraient dans tous les sens. Elle se sentit longtemps seule, jusqu'au jour où deux ou trois fillettes de son âge, moins sauvages que les autres, vinrent près d'elle et l'inclurent dans leur bande qui devint ainsi la sienne.

Un jeudi, sa tante l'emmena aux Retourches pour la journée, afin qu'elle puisse passer du temps avec ses grands-parents. À ceux-ci elle parla de Boissillac et de l'école, où elle retrouvait souvent Philippe pour de courts bavardages. Veiller sur la petite emplissait Gisèle de bonheur, ce dont elle fit part à Jacques :

— Je suis plus heureuse que je n'aurais imaginé. Mireille est une poupée que tout le monde regarde sur notre passage, et moi je suis tellement fière. « C'est ma nièce ! C'est ma nièce ! », voilà ce que je répète à ceux qui nous interpellent.

Petit à petit, Mireille ne manifesta plus autant d'envie de se rendre aux Retourches, au grand désespoir de ses grands-parents.

— Tu te rends compte, Ernestine, la petite ne nous réclame pas souvent. Je ne peux le comprendre, ça me mine.

— Mireille va à l'école et a maintenant rencontré des camarades de son âge avec lesquelles elle se plaît. Il se passe tant de choses dans la cour de l'école, Philippe nous le dit lui aussi. Avant, elle ne connaissait que lui, mais aujourd'hui c'est différent, elle rit, elle s'amuse, elle court ! Il faut qu'on se réjouisse pour elle, c'est ce que nous voulions non, qu'elle soit heureuse ?

— Oui, je sais tout ça, mais cela me rend triste. J'aimerais lui en parler.

— Sois prudent, ne lui fais pas de reproches.

— Mais *miladiou*, c'est tout de même ma petite-fille ! J'ai bien le droit de lui dire ce que je veux.

— Ce qui est certain, c'est qu'elle t'aime et t'aimera toujours, et que personne ne te la volera ! tenta Ernestine pour le rassurer.

— Es-tu bien sûre de ce que tu me racontes ?

— Évidemment ! Allez, assieds-toi, nous allons manger la soupe. Avec le temps qui se rafraîchit, ça nous fera du bien à tous les deux.

Il fallut toute la diplomatie d'Ernestine pour apaiser ce pauvre homme soudainement dépouillé de tout.

— Lorsqu'elle viendra, nous ferons rôtir des châtaignes, ça fait un moment que j'en ai envie. Et puis il doit rester du cidre, elle aime bien le cidre.

Les semaines passaient et Mireille venait de moins en moins visiter ses grands-parents. Heureusement qu'ils se rendaient de temps à autre à Boissillac pour la voir. Parfois, Philippe la leur ramenait le mercredi soir, et ils repartaient ensemble à l'école le surlendemain.

— Je me plais bien dans cette école, leur disait-elle, je commence à savoir écrire quelques mots. Mais ce que je préfère, c'est le dessin.

— Ah bon ? s'étonna Pierre.

— Oui, je dessine tout un tas de choses, le maître m'a dit que c'était bien !

— Tu nous fais bien plaisir, Mireille. Il faut continuer ainsi. Mais j'espère que tu ne nous oublies pas.

— Bien sûr que non, je n'oublie personne, pas même ma poupée Liane que je t'ai confiée, mamie.

Les Lafontie avaient grand besoin de se sentir rassurés. Il leur semblait que, sans leur petite-fille à leurs côtés, ils vieillissaient plus vite qu'avant. Surtout Pierre. Ernestine veillait sur lui mais, en se regardant, ils voyaient bien que leur âme, dans leurs yeux, s'éteignait peu à peu.

— Il faudrait mettre nos affaires au clair avant qu'il ne soit trop tard, dit un jour Pierre à sa sœur.

— Il n'y a qu'à demander au notaire de passer nous voir, rétorqua Ernestine. Je n'aime pas aller dans son étude, l'atmosphère y est trop glaciale. Je serais plus à l'aise chez nous. Qu'en penses-tu ?

— Tu as parfaitement raison.

La chose fut convenue ainsi, simplement, et l'homme du savoir et du droit, comme aimait le surnommer Pierre Lafontie, vint un jour aux Retourches.

Quelque temps plus tard, André fut informé de leur décision et accepta de devenir le tuteur de Mireille jusqu'à sa majorité, dans le cas où les Lafontie viendraient à trépasser d'ici là.

Les jours, les semaines et les mois défilèrent, avec des visites tantôt à La Bescade, tantôt à Boissillac. Tous les cousins se retrouvaient avec bonheur et se voyaient grandir tout doucement. Deux garçons, deux filles. On attendait toujours ceux de Gisèle et de Jacques. Les années se succédaient de manière presque incontrôlable, les joies et les peines aussi.

Mireille avait maintenant plus de neuf ans et de grands changements s'étaient produits dans le pays, surtout aux Retourches. Par une nuit d'automne, Ernestine avait cessé de vivre et Pierre se retrouvait seul.

— Elle est partie juste avant l'hiver, constata-t-il. Elle savait qu'il serait trop dur pour elle.

Ernestine avait toujours vécu aux côtés de son frère. Elle ne s'était pas mariée. Elle en avait eu pourtant plusieurs, des prétendants, mais elle leur avait toujours trouvé quelque chose qui ne collait pas. Elle avait préféré rester sous l'aile de son frère, qui avait perdu sa femme accidentellement.

Ils avaient passé toute leur vie sur la terre familiale, comme un couple aux yeux de bien des gens. Le décès d'Ernestine fut un choc pour Mireille, presque plus que celui de sa mère car elle était désormais plus grande, plus consciente du deuil. Pour elle, Ernestine était sa grand-mère.

Les obsèques furent déchirantes. Mireille voulut accompagner le cercueil jusqu'au cimetière. Philippe pleurait aussi et, au moment de la mise en terre, Mireille hurla vers le ciel des mots intraduisibles. Dans la concession de la famille reposait déjà sa mère, Éliane. Dans une dernière phrase que tous purent entendre, elle lança sans retenue :

— C'est avec vous que je reposerai, je vous le jure !

Pierre la serra dans ses bras, André également, et tous furent envahis par un chagrin aussi vaste que la Terre. André et Pierre raccompagnèrent aussitôt Mireille à Boissillac afin de ne pas la laisser assister au recouvrement de la fosse. On avait toujours dit à cette petite fille que sa maman était partie au ciel. Elle n'était encore jamais venue dans ce cimetière.

Au moment où on l'entraînait loin de la tombe, elle avait emporté une couronne mortuaire en perles de verre[1], ou du moins un morceau de celle-ci représentant une fleur aux couleurs encore vives et deux ou trois feuilles...

N'ayant jamais eu l'occasion de voir des fleurs artificielles de cette nature, elle montra sa trouvaille quelques jours plus tard à Colette.

— Maman, regarde ce que j'ai trouvé au cimetière, le jour de l'enterrement de mamie !

— Mais où as-tu ramassé ça ?

— À côté de l'endroit où on a enterré mamie, c'était peut-être sur la tombe de ma maman.

— C'est un morceau de couronne mortuaire, tu as dû en apercevoir sur beaucoup de tombes au cimetière. Mais pourquoi l'as-tu prise ?

— Parce que j'ai trouvé ça très joli. Je n'en avais encore jamais vu. Je ne vais pas aller en prison, dis-moi, maman ? Dois-je rapporter ces perles au cimetière ?

— Non, ma fille, mais ne recommence pas. Heureusement, celle-là se trouvait sur la concession de la famille.

Les fermiers de Pierre Lafontie avaient proposé à celui-ci de prendre les repas de midi chez eux. Un

1. Les couronnes mortuaires en perles de verre étaient très prisées dans ces années-là. La Compagnie française pour l'industrie de la perle, à Chauny, proposait 160 modèles de couronnes mortuaires différents.

homme veuf pouvait difficilement se débrouiller seul. Le reste du temps, Pierre préparait son café matinal, puis sa soupe pour le soir. Chaque dimanche, ceux de Boissillac venaient le chercher pour qu'il passât la journée avec eux, ce qui ravissait Mireille.

Heureuse de cet arrangement, elle dit également à Philippe :

— Tu prends soin de grand-père, n'est-ce pas ? Avec toi, je sais que je peux être tranquille.

Ainsi, les deux amis discutaient très souvent pendant les récréations. Les camarades se moquaient gentiment d'eux d'ailleurs, de leur proximité. Mais Philippe, d'une gentillesse belle et pure, préférait en rire.

— Nous nous connaissons depuis toujours, Mireille, et je suis fier d'être ton ami. Boissillac est un peu éloigné mais un jour, nous aurons peut-être une bicyclette, ce sera plus facile pour nous voir, un jour chez moi, un jour chez toi.

— Voilà une excellente idée, je vais essayer d'en parler à mon père.

— Je vais faire pareil de mon côté.

L'idée fut transmise et tous deux obtinrent la promesse, s'ils travaillaient bien à l'école, de pouvoir y prétendre. Ils attendirent Noël avec impatience, et le 25 décembre arriva avec le givre. On aurait même dit qu'il s'accrochait au brouillard.

Pierre Lafontie fut invité à Boissillac pour passer la veillée et dormir près de sa chère Mireille, tandis qu'une partie de la famille se rendit à la messe de minuit. Ne restèrent à la maison que Pierre et Germaine. Ils se remémorèrent les histoires du passé. Puis Germaine expliqua, sans arrière-pensées :

— Chez nous, les Deltheil, l'arrangement autour de l'héritage n'a pas encore eu lieu, ça traîne et ça traîne, c'est à se demander ce qu'il arriverait si je m'en allais.

— Vos enfants s'entendent bien, c'est que ça leur convient, ne vous faites pas de soucis.

— Mais ce n'est pas agréable pour moi, comprenez-vous ?

— Je vais vous informer de quelque chose, dont seul votre fils André est au courant.

Elle le regarda, impatiente d'entendre le secret qui allait lui être révélé.

— Avec Ernestine, nous étions tous deux propriétaires de notre ferme, celle que nous avons mise en fermage.

Après un moment de silence :

— Cette propriété appartient désormais à Mireille, par acte notarié, en bonne et due forme, avec André comme tuteur jusqu'à la majorité de la petite. Ainsi la messe est dite, selon la formule consacrée !

— C'est une intelligente décision. Encore fallait-il avoir le courage de la prendre ! Je vous félicite.

Germaine fut touchée d'être mise dans la confidence et remercia Pierre Lafontie de sa franchise.

— Ce que vous ne savez pas encore, c'est que je vais le lui annoncer ce soir, à Mireille ! Ce sera son cadeau de Noël !

13

Dans le pays, personne n'avait entendu parler de cette affaire. André resta muet, comme les Lafontie le lui avaient demandé, jusqu'au moment de l'annonce.

— Il fallait bien que vous sachiez tous ce que nous avions décidé avec ma sœur.

Mireille entendit, à table, les propos de son grand-père, mais elle ne sembla pas bien comprendre ce qui lui arrivait. Aussi lui demanda-t-elle clairement ce que cela voulait dire.

— Tu es bien jeune, ma chère Mireille. Mais il faut que tu saches que la ferme où tu as habité avec ta maman, Ernestine et moi, te reviendra un jour.

— Mais pour quoi faire, grand-père ? Elle est déjà à nous.

— Il faudra bien que je rejoigne un jour nos morts. Nous ne sommes pas éternels, Mireille.

— Je ne pourrai pas vivre sans toi, grand-père, non, je ne pourrai pas !

Elle se jeta dans ses bras. Toute la famille réunie en cette veille de Noël ressentit une vive émotion. Pierre se rendit compte qu'il n'avait pas pris assez de précautions avec sa petite-fille, et quelques larmes glissèrent de ses yeux.

Il songea alors qu'il avait omis une précision importante, qui lui avait échappé depuis le début de cette conversation.

— Mireille, j'ai oublié de te dire. Si jamais je disparaissais avant ta majorité, ton papa gérerait cette affaire jusqu'à ce que tu sois grande.

— Voyons, vous serez encore là, bien entendu, dit André, pour atténuer l'émotion de tous. Nous ferons une grande fête pour célébrer l'événement.

— Grand-père, je pourrai le dire à mon copain Philippe ? demanda Mireille.

— C'est à moi de parler à ses parents, ma petite. Ce sont nos fermiers, tout de même.

— Oui, mais Philippe, c'est mon grand ami !

En maîtresse de maison consciencieuse, Germaine prit alors la parole pour que l'on passe à autre chose :

— Allez, c'est Noël ! Il y a des cadeaux près de la cheminée qui attendent.

— Pour moi aussi ? s'inquiéta Mireille.

— Le Père Noël n'oublie jamais les enfants sages, lui répondit sa grand-mère. Et je crois que tu es l'une de ceux-là !

André ne put s'empêcher de conduire sa fille vers les présents qui lui étaient destinés. Puis chacun eut le sien. Jean-Paul et la petite Élise, qui avait bientôt un an, furent eux aussi gâtés.

Mireille oublia vite la surprise de son grand-père et joua avec ses cousins. Du haut de ses neuf ans, elle s'occupait déjà des plus jeunes avec des airs maternels.

Pierre servit ensuite à tous un verre de la bouteille d'eau-de-vie qu'il avait apportée :

— Buvons, mes amis ! Comme Ernestine ne peut plus me voir, autant en profiter.

L'esprit quelque peu embrouillé, il parla longuement de ses terres qu'il ne cultivait plus lui-même. Les invités ne lui tinrent pas rigueur de ses redondances. Bienveillants, ils le laissèrent se raconter.

De leur côté, les trois frères Deltheil ne parlaient plus de leurs soucis, leurs femmes non plus d'ailleurs. Ces soirées en famille, hors du temps, avaient comme un pouvoir : celui de faire oublier les différends.

André prit sa fille dans ses bras et lui dit :

— Alors, ma princesse, es-tu heureuse avec tous les tiens, ici réunis ?

— Il manque mon chevalier servant, Philippe. C'est mon prince et je suis sa princesse !

— Que diable me racontes-tu là ?

Elle baissa les yeux quelques secondes puis expliqua à son père que c'était vrai, et d'ailleurs que tout le monde le savait. On pouvait les voir chaque jour se parler à l'école, et quand Philippe repartait le soir, elle lui faisait toujours un signe, même si parfois certains camarades se moquaient.

André lui demanda discrètement :

— Sais-tu te servir d'une bicyclette ?

— Mais je n'ai pas de bicyclette, papa !

— Alors viens, suis-moi.

André la conduisit vers sa chambre et lui dit :

— Voilà, c'est pour toi. Montre-nous ce que tu sais faire.

Folle de joie, elle embrassa son père, enfourcha l'engin et arriva dans la pièce où tous l'attendaient. Ils applaudirent et Mireille, gagnée par une émotion insurmontable, se mit à pleurer. Colette la serra dans ses bras, c'était un vrai bonheur qu'ils vivaient tous, ce soir, à Boissillac. Germaine se retint du mieux possible, mais on savait que son cœur chavirait pour sa petite-fille.

— Tu sais donc faire du vélo ?

— Un peu, un copain de Philippe m'a appris sur le sien.

— Tu ne m'as pas dit que Philippe espérait recevoir un vélo en cadeau lui aussi ? Si c'est le cas, invite-le à Boissillac, ça fait longtemps que nous ne l'avons pas vu !

— J'aimerais bien vous chanter une chanson, lança Pierre. Mais ce soir, je crois que je ne tiens plus debout. Ça doit sûrement être la gnôle, oui, sûrement.

Des rires encore. Puis, peu à peu, la fatigue vint à bout de tous. La famille trouva de quoi dormir dans la grande maison des Deltheil. Lorsque Mireille ferma les yeux, elle eut une pensée pour sa maman. « Je t'aime tant, ma petite maman. J'aimerais tant que tu sois là, près de moi. J'ai été trop gâtée. Je sais que c'est toi qui guides ma vie d'où tu es ! »

C'était un magnifique Noël. Son vélo bleu avait fait l'admiration des siens. Il lui tardait de le montrer à Philippe, de faire avec lui des promenades, par les chemins de leurs villages. Mireille n'était encore qu'une enfant, mais parfois elle se comportait déjà comme une jeune femme. Peut-être les épreuves qu'elle avait dû affronter l'avaient-elles fait grandir plus vite que les autres.

Ses pensées la reliaient aussi sans cesse à sa grand-mère, Ernestine, et pour elle c'était un réconfort. Quant aux perles de verre récupérées au cimetière, qui la fascinaient,

Mireille en avait démarré une sorte de collection. Son ami Philippe lui en apportait de temps en temps.

— D'où viennent-elles ? lui demanda un jour Mireille.

— Ce n'est pas important. L'essentiel est que tu en aies suffisamment pour satisfaire ta curiosité.

Elle finit par lui faire avouer sa source d'approvisionnement. Il y avait, à l'extérieur du cimetière, un endroit où peu de gens allaient, un dépôt de vieux débris, d'objets provenant de l'entretien des tombes que les visiteurs abandonnaient là à l'approche de la Toussaint. Des restes de pierres, de la ferraille et des graviers, des fleurs parfois, parmi lesquelles d'anciennes couronnes en perles de verre.

— Voilà d'où viennent les perles, Mireille, maintenant tu sais !

— Merci Philippe, j'en ai déjà trié pas mal. Je les ai libérées de leur fil de fer et rangées par couleur.

— Mais que veux-tu faire avec tout ça ?

— Je ne peux pas encore te le dire, j'ai peur que tu me prennes pour une folle. Mais tu seras le premier à savoir, je te le jure !

Philippe n'essaya même pas d'insister, il ne la connaissait que trop bien. Mireille confia cependant son objectif à son père qui, à n'en pas douter, en fut très surpris. Avec ses réserves de perles de toutes les couleurs, elle réalisait sur un support en carton des formes, des motifs. Un jour, elle invita Philippe à découvrir une de ses œuvres, posée sur un coin de table. De simples fleurs et leur feuillage, faits de perles, magnifiques. L'ami de toujours, stupéfait, ne trouva pas les mots pour la féliciter.

— Ça te plaît ?

— C'est très beau, Mireille !
— Alors fais-moi un bisou !
Ce fut fait sans perdre une seconde.
— Maintenant, pourrais-je te demander un service, Philippe ?
— Tout ce que tu voudras !
Philippe promit et, quelques jours plus tard, il lui apporta ce qu'elle lui avait commandé :
— Avec ça, je vais pouvoir fabriquer des choses que tu n'as jamais vues de ta vie, ni personne d'ailleurs. Enfin, j'espère.
— Tu vas faire un tableau, c'est ça ?
— Quelles sont tes couleurs préférées ?
— Tu le sais très bien !
— Oui, c'est vrai, je le sais. Alors je te préviendrai quand ce sera prêt !
— Je pourrai l'emporter ?
— Je ne crois pas...
Elle sourit, mais ne donna aucun autre détail.

À Boissillac, André lui réserva une partie du grenier. Mireille put s'y exercer, s'adonner à ce qui était en train de devenir une véritable passion. Le cadre qu'elle avait demandé à Philippe était rempli d'une vitre. Elle composa dessus un motif avec les perles, qu'elle plaça les unes à côté des autres, patiemment, laissant aller son imagination. Lorsqu'elle eut terminé son premier travail, elle l'emporta au-dehors et, à bout de bras, l'exposa à la lumière du soleil pour mieux le contempler.

Elle l'examina longuement. Les perles translucides aux couleurs variées donnaient à l'œuvre un effet de légèreté. Mireille était fière du résultat. Fière de constater qu'avec de simples et minuscules perles de verre, elle pouvait créer l'image qu'elle avait imaginée dans sa tête.

Elle rapporta l'œuvre dans sa partie de grenier, son coin secret, son atelier, auquel elle seule avait accès, et contempla de nouveau son tableau. Puis elle brouilla les perles, effaçant l'image obtenue en se disant qu'elle pouvait faire encore mieux, d'autres esquisses, toutes celles que son esprit lui laisserait entreprendre. Elle recommença, composa encore des fleurs et des feuillages, jusqu'à obtenir un bouquet original avec des couleurs bien associées.

— Tu ne sors plus de ce grenier, lui firent bientôt remarquer André et Colette. Qu'est-ce que tu y fabriques ?

— J'essaie d'inventer des dessins à partager avec le soleil, maman.

Sa mère ouvrit de grands yeux mais, ne comprenant pas, la laissa à ses travaux bizarres. Une autre idée entra dans la tête de Mireille. Elle ouvrit un cahier et le plaça sous l'image produite par les reflets du soleil sur les perles de verre. Le résultat la subjugua. L'œuvre se reproduisait sur la page blanche, avec cependant quelques flous par endroits.

— C'est un tableau de lumière ! dit-elle tout haut. Tous les points de couleurs ressemblent à des traces de pinceaux. Des centaines de traces ! En voilà, une peinture originale !

Elle appela sa mère et lui montra son travail :

— Vois-tu, maman, c'est le soleil qui colorie mon dessin de mille points de couleurs ! Qu'en penses-tu ?

— C'est très beau, ma chérie !

De nouveau seule, Mireille se tortura encore l'esprit pour imaginer de nouveaux motifs, puis elle rangea son matériel. En dessin, à l'école, elle obtenait toujours la meilleure note, et le maître lui disait souvent qu'elle avait un don, ce qui agaçait les plus jaloux de ses camarades.

André la surveillait, la couvait plutôt, s'étonnait du temps qu'elle passait enfermée dans son grenier. Un matin, Mireille fut frappée par une révélation brutale mais heureuse. Inspirée par tous ces petits points de couleurs que formaient sur son cahier les rayons du soleil en passant à travers les perles de verre, Mireille songea qu'elle pouvait très bien tenter de représenter directement des images à l'aide de minuscules points de couleurs, de la manière la plus resserrée possible, sans les faire se toucher les uns les autres.

Sans le savoir, l'innocente Mireille venait de réinventer les principes du pointillisme, une méthode connue et pratiquée par de nombreux artistes de renom. Ignorants à ce sujet, André et Colette se contentèrent d'être heureux pour leur fille, qui paraissait très satisfaite de sa découverte.

Ils firent le nécessaire pour lui procurer des feuilles à dessin et des tubes de peinture. Il sembla à Mireille qu'elle pénétrait dans un monde nouveau. Il lui fallait un rêve, elle l'avait trouvé et il était maintenant à sa portée.

Pour sa première œuvre, elle choisit de peindre des fleurs, deux tulipes avec leurs feuilles. Dépourvue de technique, mais se rappelant les effets de la lumière sur la page blanche, Mireille démarra par petites touches, minuscules. Cette tâche la prit tout entière, elle lui consacra alors toute son attention.

Après quelques jours harassants, elle montra le résultat à ses parents qui lui adressèrent de nombreux compliments, davantage pour l'encourager que pour juger son travail, si nouveau et inconnu à leurs yeux.

— Tu pourrais montrer ce dessin à ton maître d'école, suggéra André. Il saurait sûrement t'aider bien plus que nous. En tout cas, les couleurs sont très belles, ma fille.

Fidèle aux conseils de son père, elle partit un matin à l'école avec, sous le bras, son premier chef-d'œuvre. Philippe fut là-bas le premier à pouvoir le contempler.

— Je n'ai jamais vu un dessin pareil ! réagit-il. C'est si original !

— Te souviens-tu du jeu du soleil à travers mes perles de verre ? C'est ça qui m'a donné l'idée.

— Oui, bien sûr que je m'en souviens ! Ton maître va être surpris !

— J'espère qu'il ne se moquera pas de moi. J'ai un peu peur.

— Tu peux bien avoir peur mais tu as du talent, Mireille. Moi, je te le dis !

Elle lui adressa un petit signe de la main et ce fut l'heure de rentrer en classe. En passant devant le maître, elle lui remit l'objet emballé dans du papier journal en lui disant :

— Bonjour, maître. Je souhaiterais que vous jetiez un coup d'œil à mon travail, s'il vous plaît.

— Je n'y manquerai pas dès que j'aurai un moment.

Quelques élèves tentèrent de poser des questions à Mireille sur ce mystérieux dessin qu'elle venait de remettre à leur maître. Mais celle-ci refusa d'y répondre.

À la récréation, le maître ne sortit que pour en siffler la fin. Il ne fit aucune remarque à Mireille. Sans doute son dessin n'en valait-il pas la peine, pensa-t-elle. La journée se poursuivit normalement jusqu'à la fin et ce fut au moment où les élèves sortaient de classe qu'il lui fit signe, l'invitant à rester avec lui quelques minutes.

— Assieds-toi un instant, Mireille. Je savais déjà que tu dessinais bien mais, là, j'ai été très surpris lorsque j'ai découvert ton dessin.

Mireille ne bougeait pas d'un millimètre.

— Où as-tu appris cette manière de peindre ?

— En regardant les rayons du soleil passer à travers des perles.

Elle lui raconta tout, les perles, leurs mille couleurs, les reflets qu'elles formaient sur le cahier lorsque l'astre les transperçait.

— Ce que tu as fait là s'appelle du pointillisme, une technique impressionniste qu'ont utilisée de grands peintres comme Georges Seurat, Paul Signac et même Vincent Van Gogh.

Mireille dévisageait son maître, sans trop comprendre.

— Si tu continues ainsi, peut-être deviendras-tu toi aussi un peintre reconnu, qui sait ?

— Je ne sais pas, maître.

— En tout cas, je te félicite pour ton travail. Si tu veux peindre un autre dessin pour notre école, je le placerai en évidence pour que chaque élève ait envie de faire comme toi.

Il lui rendit sa peinture et l'accompagna jusqu'au portail. Quelque peu troublée, Mireille récupéra sa bicyclette et, à ce moment-là, aperçut Philippe qui l'attendait. Elle s'approcha tout près de lui et lui murmura :

— Si tu savais… Je vais te raconter.

Après le récit de Mireille, le garçon lui dit tout de go :

— Tu ne seras jamais comme tout le monde, j'en suis convaincu depuis que je te connais, Mireille ! Tu t'es ouvert un chemin avec quelques perles de verre récupérées par hasard, il n'y a vraiment qu'à toi que cela peut arriver !

— C'est grâce à toi, Philippe, c'est toi qui m'as rapporté toutes ces perles. Sans toi, je n'aurais jamais pu tenter une chose pareille !

— Je ne savais pas que le mot « pointillisme » existait, j'aurai au moins appris ça.

— Tiens, je te donne mon premier dessin. Garde-le, si tu veux.

— C'est vrai ? Oh ! Merci, je le garderai toujours, peut-être qu'un jour il vaudra de l'or !

— Arrêtons de rêver, mais je vais continuer. J'ai déjà une commande pour l'école, te rends-tu compte ?

— Et que vas-tu imaginer pour ta prochaine œuvre ?

— Tu m'en demandes trop, Philippe. Je suis abasourdie par les encouragements que je viens de recevoir, j'ai déjà besoin de m'en remettre.

— Alors je t'accompagne jusqu'à Boissillac, on ne doit pas laisser les stars se promener seules dans les chemins, annonça-t-il dans un grand éclat de rire.

La pression retomba. Ils se dirent des choses simples. Celles de tous les jours, celles que se disent les enfants qu'ils étaient encore, malgré tout.

14

Depuis quelques jours, Philippe cogitait. Mireille avait certainement trouvé une voie nouvelle à explorer mais il savait aussi que, dans ces moments-là, l'euphorie pouvait conduire à l'imprudence. Il n'avait qu'une année de plus qu'elle mais il aimait jouer les protecteurs, c'était plus fort que lui. Avait-il raison de s'inquiéter des encouragements du maître d'école envers son élève ?

Motivée par les compliments, Mireille entreprit plusieurs autres dessins de la même facture. Mais lorsque le maître d'école lui demanda où elle en était, elle n'osa pas dire la vérité. Pourquoi ? Mireille n'aurait su l'expliquer. Pourtant, ce travail était devenu pour elle une obsession. Ses relations avec son frère et ses cousins en souffraient quelque peu.

À la rentrée suivante, elle arriva avec une œuvre nouvelle, enroulée dans du papier. Même Philippe n'avait pas été autorisé à y jeter un œil avant qu'elle ne soit terminée.

— Alors, es-tu contente du résultat ?

— Je ne sais pas. Je me sens ridicule parfois. Après tout, je ne fais qu'assembler des centaines de touches de couleur, il n'y a rien d'exceptionnel.

— Tu ne veux pas le montrer ? Crains-tu que je ne l'aime pas ?

— Oui, je ne me sens pas à l'aise.

— Tu as peur que l'on se moque de toi ?

Mireille soutint le regard de son ami. Elle eut la sensation qu'il portait un jugement négatif sur son travail. En réalité, il voulait l'aider de tout son cœur, mais il s'y prenait mal.

Ce qui se passa en fin de journée, juste avant le dernier cours, fut pour eux une belle surprise. Le maître d'école demanda à tous les élèves d'entrer dans sa classe et, là, fixé sur le tableau noir, trônait le dessin de Mireille.

— Mes chers enfants, voyez ce que l'une d'entre vous a réalisé pendant les grandes vacances. Allez-y, approchez-vous !

Tous les regards se posèrent sur l'œuvre. Il n'y eut que peu d'emballement. Certains visages exprimèrent même du désappointement, voire de la désapprobation.

— Ce tableau ne peut pas plaire à tout le monde, expliqua le maître, et Mireille ne cherche pas le succès. Elle a imaginé un nouveau style de travail, le pointillisme, et je comprends que cela vous surprenne, mais je suis sûr que vous pouvez deviner le lieu qu'elle a tenté de représenter ici, à Murat !

Le maître leur demanda d'y réfléchir pour le lendemain. Les élèves hésitaient à parler, ils continuaient de regarder la toile, perplexes. Petit à petit, presque tous reconnurent que ce n'était pas si mal, après tout. L'un d'eux ajouta même :

— C'est mieux que Picasso !

Après les classes, le maître dit à Mireille, en catimini :

— Ton œuvre restera toujours dans cette école. Je sais que tu as du talent, c'est évident, même si certains ne le voient pas instantanément. Un jour, ce sera un honneur pour nous de posséder ta première grande œuvre !

Philippe et Mireille rentrèrent chez eux à bicyclette, sans parler, assommés par les prédictions du maître. Les yeux bleus de la jeune fille n'avaient pas changé, pas davantage que la couleur de ses cheveux.

Colette, sa mère, l'attendait impatiemment. Elle était pressée de connaître la réaction du maître quant à la peinture de sa fille.

— Alors ? interrogea-t-elle simplement, avec un sourire déjà satisfait, pour ne pas la décevoir au cas où.

— Le maître m'a dit que c'était bien, mais les autres élèves sont restés un peu sceptiques devant ma peinture. Je crois qu'ils n'ont pas compris.

— Viens donc prendre quelque chose pour le goûter et raconte-moi !

— Il n'y a rien à dire, maman, non, rien. Je dois encore travailler pour mieux réussir mes dessins.

— J'aime ton attitude, ma fille. Tu as raison de t'obstiner. Mais tu sais, François te réclame, tu ne passes plus beaucoup de temps avec lui en ce moment.

Mireille ne répondit pas et monta directement dans son atelier.

Le lendemain, certains élèves avaient trouvé la bonne réponse. L'œuvre de leur camarade représentait un bout de jardin, le long d'une rue basse de Murat. L'année suivit son cours, et le temps déroula ses jours, ses semaines et ses mois. Dans le grenier de Boissillac, Mireille travaillait presque quotidiennement, au grand désespoir de ses parents qui craignaient une baisse de ses résultats scolaires au profit de ce qu'ils nommaient entre eux « une lubie inutile ».

Pourtant, à l'école, tout allait bien. On ne parlait plus de ses travaux de peinture et Mireille se concentrait sur les différentes matières. Elle parvenait à faire la part des choses, comme une grande, si tant est que tous les grands y parviennent. En revanche, là-haut, dans son antre de Boissillac, la petite s'en donnait à cœur joie. Les tubes de gouache encombraient la pièce, garnie de chevalets.

Qui aurait pu deviner qu'une quinzaine de dessins tapissaient les murs, parfois serrés les uns contre les autres ? Un ami du maître d'école, M. Victor, marchand de journaux et de divers souvenirs, eut vent des talents de Mireille. Lorsqu'il la croisa un jour, il lui demanda de lui prêter quelques dessins, afin qu'il les exposât dans sa boutique.

— S'il se présente un acquéreur, je te préviendrai. On ne sait jamais. Ça m'est déjà arrivé de mettre un tableau dans ma vitrine et qu'un homme de passage se laisse tenter et l'achète.

— D'accord, je veux bien, mais il faudrait que j'en avertisse mes parents.

— C'est entendu ! Dis-leur bien qu'il n'y a aucun danger, et que cela ne les engage à rien !

— Merci, monsieur.

Sitôt rentrée, elle en informa André et Colette.

— Bien sûr, ma chérie, lui répondit sa mère. Tu peux lui confier tes œuvres sans crainte, nous le connaissons bien, c'est un brave homme.

Mireille apporta ainsi deux dessins à M. Victor. Deux œuvres pleines de couleurs qui, quelque temps plus tard, au mois de juin, attirèrent l'œil d'un étrange personnage.

— Connaissez-vous la personne qui a peint ces tableaux, monsieur ? demanda-t-il au marchand de journaux.

— Bien sûr ! C'est une gamine du pays qui s'amuse à colorier des paysages, tout le monde la connaît ici.

— Une gamine, dites-vous ?

— Elle doit avoir une dizaine d'années, pas davantage.

— Pensez-vous qu'il serait possible de la rencontrer ? Je suis actuellement en vacances à Murat. Comme tous les ans, afin de me changer de l'air de Paris, j'ai pris pension pour quelques jours au *Grand Hôtel*.

— Je me disais bien que vous ne m'étiez pas inconnu.

— Je reviens toujours ici, on dirait que la vie y est plus simple, plus calme, les gens ne courent pas partout comme à la capitale, il n'y a jamais d'encombrement dans les rues. De plus, les restaurants me conviennent. J'ai perdu ma femme il y a déjà quelques années et depuis je reviens souvent dans cette Auvergne où nous nous plaisions tant. Voilà, vous savez tout.

— Et que faites-vous à Paris, si ce n'est pas indiscret ?

— J'ai une modeste galerie de peinture, des artistes me confient leurs œuvres.

— Vous connaissez alors de grands noms ?

— Oui, certainement.

— Et vous voulez vraiment rencontrer cette petite ?

— Si cela est possible, oui.

— Comment procéderait-on ?

— Je repasserai chez vous après-demain, à onze heures, pour avoir des nouvelles.
— Très bien, je vais l'en avertir.
— Tenez, j'ai une carte de visite, vous pourrez la lui donner.

Une fois le visiteur parti, M. Victor jeta un œil à la fameuse carte. Les personnes présentes dans la boutique entendirent alors un sifflement admiratif.

Roger-Jean de La Baste
Galerie de peinture, Montmartre

Il y avait de quoi en impressionner plus d'un. « Un directeur de galerie de Montmartre veut rencontrer notre Mireille ? Elle ne va pas y croire, c'est certain. » Le marchand de journaux plongea dans ses souvenirs pour se rappeler dans quelles autres circonstances il avait croisé le galeriste. « Effectivement, je le vois depuis quelques années, souvent l'été. Il m'achète des revues, toujours de cette manière nonchalante mais très polie. Il ne se sépare jamais de son couvre-chef, un feutre surdimensionné, beige clair. C'est marrant, sa tenue n'a rien d'extraordinaire, contrairement à son chapeau. »

Prévenue, Mireille se prépara à aller au rendez-vous le jeudi matin, accompagnée de sa mère. L'invitation avait parue si étrange à Colette qu'elle voulait s'assurer du sérieux de cet homme venant de Paris.
— Que va-t-il se passer, maman ?
— Il ne te mangera pas, sois tranquille. Pour le reste, attendons, nous serons bientôt fixées.

Quelques frissons parcoururent le corps de Mireille avant de rentrer dans la boutique. L'inconnu apparut à l'heure exacte. Il retira son chapeau en apercevant les deux femmes et M. Victor fit les présentations le plus aimablement possible, un peu embarrassé.

— Bonjour mesdames, je suis enchanté de faire votre connaissance. Merci d'avoir bien voulu me rencontrer, dit M. de La Baste.

Pendant quelques secondes, Mireille fut si impressionnée par l'allure du personnage qu'elle eut envie de rebrousser chemin.

— Je pense que vous êtes la maman de l'artiste, n'est-ce pas, madame ?

— Oui, c'est ma fille, elle est très jeune.

— N'ayez aucune crainte, je suis un vieux bonhomme inoffensif dont la plus grande joie dans la vie est de découvrir de nouveaux talents. Je dois vous le dire, principalement à vous, mademoiselle : je suis très admiratif de votre travail.

— Merci, monsieur.

— Lorsque j'ai vu la façon dont vous tiriez parti de votre technique, et Dieu sait si j'en ai vu tout au long de ma vie, j'ai été subjugué. D'autant plus lorsque monsieur m'a confié votre âge.

— Vous êtes sérieux, monsieur ? lâcha Colette.

— Je suis propriétaire d'une galerie d'art à Montmartre, depuis très longtemps. J'ai donc la prétention de m'y connaître un peu en matière de peinture. Votre fille pratique le pointillisme, une variante de l'impressionnisme que le public apprécie beaucoup ces derniers temps. Bien des peintres très célèbres travaillent comme vous, en France et ailleurs, mademoiselle. Vous le saviez ? Comment vous est venue cette méthode ?

— Grâce aux rayons du soleil, monsieur. C'est eux qui m'ont guidée en traversant des couronnes de perles. J'ai voulu les imiter en reproduisant des taches de couleur minuscules sur du papier à dessin.

— Vous seriez prête à en réaliser d'autres ? Je sais que c'est un travail très long et minutieux.

— Oui, monsieur, bien sûr. J'ai d'autres œuvres à la maison.

Il se gratta le menton, réfléchit un moment et ajouta :

— Je vous achète déjà les deux qui sont ici et je vous donnerai prochainement des nouvelles. Par ailleurs, votre signature est très belle. Mireille Lafontie-Deltheil, c'est bien ça ?

Ébahie par l'offre du galeriste, Mireille ne songeait même pas à répondre. Roger-Jean de La Baste s'adressa alors à sa mère :

— Votre fille semble avoir du caractère, et surtout du talent. Félicitations ! Voulez-vous bien me vendre ces deux œuvres ?

— Je ne sais pas si..., bafouilla Colette.

L'homme sortit de sa poche plusieurs billets et les lui tendit sans les compter.

— Voilà, vous en avez déjà vendu deux. Vous savez, les jeunes peintres peuvent rarement en dire autant. Je reviendrai vous voir, vous et votre fille, dans quelque temps, comptez sur moi ! Continuez à bien travailler, mademoiselle !

Il prit congé en les remerciant encore une fois. Sur le trajet du retour, elles ne surent quoi dire mis à part :

— Mais que va donc penser le père ?

Lorsqu'elles lui racontèrent leur rencontre avec Roger-Jean de La Baste, André fut positif :

— Ma chère Mireille, on dirait que tes dessins ont fait forte impression à ce marchand de tableaux ! Je t'en félicite. En toute franchise, ma fille, j'admire ton travail mais je ne pensais pas qu'il puisse retenir l'attention d'un spécialiste.

— Pareil pour moi, dit Colette. Mais nous n'y connaissons rien, il faut bien l'avouer. Seul le maître d'école avait eu du flair.

— C'est vrai, reconnut André, et cela aurait dû nous mettre la puce à l'oreille. J'espère que tu ne nous en veux pas, Mireille.

— Bien sûr que non, papa. Moi-même je suis très surprise. Tu te rends compte, ce monsieur au nom bizarre m'a payée pour mes deux dessins ! Il m'a promis de reprendre bientôt contact avec moi pour me dire s'ils ont plu là-bas, à Paris.

— Il ne va tout de même pas t'emmener à la capitale ?

— Rassure-toi, papa, je ne quitterais ma famille pour rien au monde.

— À ta place, certains jeunes pourraient se laisser tenter. Devenir célèbre n'a pas de prix ! Tu vas bientôt avoir un choix à faire, car après l'obtention de ton certificat d'études, nous comptons sur toi pour apprendre notre métier de paysans.

— Je ne pense pas à autre chose, papa, et puis je n'oublie pas que les Retourches m'appartiennent un peu. D'ailleurs je suis née là-bas.

— Et ton copain Philippe, qu'en pense-t-il, de tout ça ?

— Il a beaucoup de travail en ce moment avec les foins, je ne l'ai pas vu depuis une semaine. Il ne connaît pas encore l'histoire du Parisien. J'espère qu'il sera content que mon travail ait plu.

— Je ne crois pas que celui-là t'accompagnerait à Paris ! dit Colette.

André se rapprocha de sa fille. Elle passa ses bras autour de sa taille puis déclara :

— Je suis certaine de ne jamais quitter mon village natal, même si je dois faire des centaines de tableaux. Eux, avec un peu de chance, ils voyageront peut-être, mais moi je resterai collée à vous, mes chers parents, ainsi qu'à mon cher grand-père qui veille toujours sur notre patrimoine.

— Pourrais-tu me jurer aujourd'hui que tu serais capable d'être à la fois peintre et agricultrice ? demanda André.

Pour toute réponse, Mireille le serra davantage. Ce qu'elle n'osa dire mais qu'elle pensa très fort, c'était qu'il y avait aussi une autre personne qu'elle ne quitterait jamais : Philippe.

Afin de mettre un terme à la discussion, Colette les entraîna tous les deux à l'intérieur, où le jeune François était à n'en pas douter en train de fomenter quelque bêtise.

— J'ai faim, bredouilla-t-il, avec son langage de bébé qui ne comportait encore que les mots essentiels.

— Mon François ! s'écria sa mère. Gisèle m'avait dit qu'elle s'occuperait de toi, où est-elle passée ?

— Je suis là ! répondit Gisèle, débarquant dans la pièce.

— Et où est Germaine ? poursuivit Colette, encore un peu affolée.
— Vers le jardin. Mais ne vous inquiétez pas, François n'était pas seul, j'étais juste là. Et vous, alors, ce rendez-vous en ville ?
— Nous t'expliquerons plus tard.
— Vous faites les cachottiers ?
— Oui, en quelque sorte, intervint André, qui n'était pas loin.

Après le déjeuner, les plus curieux étaient encore dans l'attente du récit de cette mystérieuse rencontre à Murat. Mais, à l'heure du café, c'est une autre nouvelle qui tomba :
— Puisque nous sommes tous là, réunis, j'ai une nouvelle à vous annoncer, lança Gisèle.
Jacques, qui aurait préféré que sa compagne attendît un peu pour faire cette annonce, tenta de l'empêcher de poursuivre d'un signe discret. En vain.
— Eh bien voilà, c'est en route ! affirma-t-elle. J'attends un petit !
À ces mots, Germaine laissa échapper un grand soupir de bonheur et de soulagement.
— Vous en avez mis, du temps, mais je suis très heureuse, les félicita-t-elle. Alors, mon Jacques, tu vas avoir un enfant toi aussi, c'est merveilleux !
— Oui, bien sûr, mais nous ne sommes pas encore mariés. J'espère que ça ne va pas trop jaser dans le pays.
Il y eut un silence puis, au grand étonnement de tous, ce fut la voix de Mireille qui le brisa.
— Et alors ? Moi, quand je suis née, je n'avais même pas de papa.

Tous la regardèrent, stupéfaits. Puis elle ajouta :

— Au moins, votre petit, il vous aura tout de suite tous les deux. C'est l'essentiel, non ?

Jacques se leva. Il se dirigea vers Mireille et la serra dans ses bras, puis lui dit :

— Merci, ma petite Mireille, tu as toujours les mots justes. Et je suis sûr que tu veilleras toi aussi sur notre enfant. N'est-ce pas, Gisèle ?

Silencieusement, Germaine essuyait ses larmes, il n'y avait rien à ajouter.

Un nouveau souffle de joie et de complicité se mit à planer sur la famille Deltheil. On en oublia qu'il s'était passé autre chose à Murat, le matin. André, Colette et Mireille surent garder le secret encore quelques jours. Jacques et Gisèle partirent pour une visite rapide à La Bescade, afin d'annoncer là-bas aussi la nouvelle.

L'arrivée d'un bébé supplémentaire à Boissillac bouleversa le comportement de Germaine, la grand-mère. Plus ça allait, plus elle se rendait compte qu'elle vieillissait vraiment, que le monde changeait et que sa vie était désormais derrière elle. « Cinq petits-enfants ! Voilà ma fortune, le reste ne compte plus. » Tous, à Boissillac, perçurent son changement d'attitude. Cela allait-il faire évoluer la situation de l'héritage familial, toujours en attente ?

15

Toujours aussi curieuse malgré la bonne nouvelle qui avait momentanément détourné son attention, Germaine entreprit Mireille sur son mystérieux rendez-vous à Murat. Au lieu d'être heureuse pour sa petite-fille, comme normalement toutes les grands-mères fières de leur progéniture, elle fronça les sourcils en apprenant tous les détails de la rencontre avec le galeriste.

— Ça m'inquiète, cette affaire, réagit-elle. Un étranger, comme ça, qui te propose de l'argent. Je trouve ça louche.

— Rassure-toi, grand-mère. Au premier abord, j'ai eu la même sensation que toi. Mais maman était avec moi et ce monsieur nous a donné tous les gages de sa crédibilité.

— Tu es bien jeune, prends garde !

— Le marchand de journaux semble le connaître et le respecter. J'attends de ses nouvelles pour savoir si mon travail a intéressé certains de ses clients à Paris. Nous verrons bien comment cela évolue.

Quelques jours plus tard, Mireille obtint son certificat d'études primaires. Elle fut même reçue deuxième du canton. Pour la petite Lafontie-Deltheil, l'école était donc terminée et, dès lors, une autre vie débutait pour elle. En plein été, à la campagne, il y avait de quoi s'occuper, et elle eut juste le temps de faire un saut aux Retourches pour annoncer son succès scolaire à son grand-père. Mireille ne put lui dissimuler l'histoire du Parisien.

Pierre Lafontie, beaucoup plus enthousiaste que Germaine Deltheil, ne chercha pas à cacher sa joie. Il lui dit :

— Tu ressembles de plus en plus à ta maman, ma petite Mireille. La teinte de tes cheveux ne change pas et, lorsque je te regarde aujourd'hui, je croirais voir ma fille. Avec tous les bonheurs qu'il t'arrive, elle doit être très heureuse pour toi, là-haut.

Ils demeurèrent silencieux un moment, puis le grand-père demanda :

— Et ton prince Philippe, tu le vois toujours ?

— Il a beaucoup de travail depuis qu'il a terminé l'école, mais nous arrivons tout de même à nous retrouver de temps en temps.

— Oui, c'est un travailleur, et ses parents ont bien besoin de lui, il y a tant à faire aux Retourches.

Au cours de l'été, M. Victor fit savoir aux Deltheil que Roger-Jean de La Baste serait à Murat le vendredi suivant, et qu'il souhaitait voir Mireille. Tout cela allait bien vite et les craintes de Germaine commencèrent à contaminer André et Colette. Les Auvergnats ne se laissent pas entraîner facilement, ils ne mettent pas les pieds n'importe où. Alors, cette fois-ci, André décida d'accompagner sa fille au rendez-vous.

— Si je sens l'embrouille, ce sera vite expédié !

— Tu ne te fâcheras pas, papa ?

— Tu n'es pas encore majeure, il me semble. J'ai le devoir de te protéger ! Mais ne t'inquiète pas, si tout me paraît honnête, j'en serai très content et rassuré ! Que ne ferais-je pas pour mon soleil !

Il prit Mireille dans ses bras et la serra très fort contre lui.

Avant la rencontre, Mireille prit le temps de raconter l'affaire à Philippe, qui lui dit spontanément :

— Je te préviens, Mireille. Jamais je ne quitterai mon Cantal, pas même pour tout l'or du monde. Mon avenir est ici, avec...

Il n'acheva pas sa phrase mais elle avait compris, et le lui fit savoir d'un sourire. Beaucoup de Cantaliens avaient quitté leur terre de misère pour découvrir la capitale où, disaient-ils, gagner de l'argent était plus simple. Mais Philippe ne ferait visiblement pas partie de ceux-là.

Le vendredi, Roger-Jean de la Baste attendait à l'endroit convenu. Il fut ravi de rencontrer André Deltheil et ce fut en apparence réciproque, même si le père de Mireille se montra méfiant. Ils s'installèrent à la terrasse d'un café et engagèrent la conversation.

— Chère Mireille, cher monsieur Deltheil, j'ai des choses à vous dire, mais permettez-moi de vous offrir d'abord un rafraîchissement.

Mireille et son père attendirent la suite avec impatience. Une fois les boissons arrivées sur la table, le galeriste poursuivit :

— En premier lieu, vous devez savoir que ma galerie sert de tremplin à de jeunes artistes. Et il se trouve que vos deux dessins, mademoiselle, ont attiré beaucoup de curieux, ce qui est encourageant.

— Pourriez-vous être plus précis, monsieur ? le recadra André.

— Je voudrais que mon établissement, fort connu, soit le premier à présenter les toiles de votre fille.

— Mais ce ne sont que des dessins sur papier, corrigea André, mal à l'aise.

Mireille, elle, semblait envoûtée par les paroles du Parisien qui n'avait pas l'air de parler pour ne rien dire.

— Voici ce que j'aimerais vous proposer, poursuivit Roger-Jean de la Baste. Je vous ai apporté de Paris cinq toiles vierges, et je souhaiterais que vous réalisiez dessus cinq tableaux en restant fidèle à votre technique, le pointillisme. Vous peindrez, comme les grands peintres, sur de la toile en lin. Vous pouvez choisir les motifs de votre choix, laisser totalement libre cours à votre imagination. Mais sur ces toiles, on ne peut pas utiliser la gouache. Il faudra passer à la peinture à l'huile qui donne d'excellents résultats. Je vous ai également ramené tout le nécessaire.

— C'est vous qui vendrez les tableaux ? demanda André.

— Oui, et j'en aurai l'exclusivité, ce qui sera mentionné dans notre contrat. Tout au moins pour les cinq premiers. Nous déciderons d'un prix de vente correspondant au marché, je percevrai une commission à déterminer selon nos accords et le reste, l'essentiel de la somme, vous sera versé. Bien sûr, rien ne sera fait sans votre approbation, mademoiselle, et par voie de conséquence sans la vôtre, monsieur Deltheil, Mireille étant encore mineure.

André Deltheil se gratta maladroitement la tête, croyant rêver.

— Ma fille ne devra pas habiter à Paris ? questionna le père.

— Non, monsieur Deltheil. Les artistes n'habitent pas forcément dans la capitale, et certains, même célèbres, n'y ont jamais mis les pieds !

— Dans ce cas…, bredouilla André, toujours sous le choc de la proposition du galeriste.

Les mots suivants ne vinrent pas spontanément, lui qui n'avait jamais eu à signer de contrat de ce genre.

— Je vous laisse du temps pour réfléchir à cette proposition honnête et réglementaire, enchaîna le galeriste. Sachez que de nombreux autres grands peintres ont débuté de cette manière. Pour ma part, je trouve votre travail remarquable.

Mireille aurait voulu poser des questions mais elles restèrent coincées dans sa gorge. Ne désirant pas la brusquer, Roger-Jean de la Baste ajouta alors, pour conclure cette rencontre :

— Comme je vous l'ai dit, je vous laisse les toiles et le matériel qui va avec. Je vais préparer un compte rendu de notre rendez-vous, ainsi qu'un contrat que vous recevrez d'ici peu. Je reviendrai vers vous pour connaître votre décision. Mais, en attendant, n'hésitez pas à tester la peinture à l'huile. Vous êtes sur la bonne voie.

— Comment avez-vous atterri à Murat ? ne put s'empêcher de lui demander André Deltheil.

— Lorsque mon épouse était encore en vie, nous y venions en été, passer quelques jours avec des amis qui avaient ici des attaches familiales. La ville nous plaisait, tout simplement. Nous sommes tombés sous le charme de cette cité médiévale riche d'histoires, au cœur de sa vallée. Parfois nous regardons trop loin alors que les plus belles choses sont là, à nos pieds. En plus, pour tout vous dire, ma femme raffolait de vos fameux cornets[1].

— Comme je la comprends !

— Et puis, c'est une ville inspirante, téméraire, qui a osé se bâtir non pas sur des terres plates mais sur des reliefs puissants. Elle est à l'image de ces hommes indestructibles des campagnes, courbés par le travail de la terre, avec leurs bérets gris et parfois décolorés, comme les ardoises grises de leurs maisons.

— Nous devons rentrer, cher monsieur, fit savoir André, rassuré par son interlocuteur. Justement, le travail nous attend à Boissillac, et nos familles aussi. Merci de nous avoir fait cette proposition, nous allons y réfléchir.

Ainsi se rencontrèrent un marchand de tableaux parisien et le père d'une future artiste peintre pointilliste, originaire des Retourches.

Sur le chemin du retour, André porta à bout de bras cet étrange paquet ficelé retenant les toiles vierges, ainsi que le sac contenant les tubes de peinture à l'huile.

— En voilà une histoire, ma fille ! s'exclama André. Es-tu certaine de vouloir prendre cette voie ?

— Si mes peintures se vendent, cela fera toujours un complément de revenu. C'est fou, moi qui n'imaginais même pas que mes peintures puissent intéresser quelqu'un… !

André lui sourit.

1. Le cornet de Murat est une pâtisserie qui se présente comme un cône en biscuit garni de crème chantilly. La forme du biscuit est une allusion aux cornes des vaches salers.

— Tu as déjà quelques idées de ce que tu vas peindre sur ces toiles ?

— Oui, je pense aux Retourches ou encore à Boissillac, tous les endroits que j'aime. Peut-être pourrais-je aussi intégrer des personnages ? C'est plus compliqué, je ne l'ai jamais fait jusqu'à présent.

— Avec tout ce programme, tu n'auras plus de temps pour ton prince.

— Mais si ! D'ailleurs, nous avions prévu de nous voir un dimanche après-midi prochain pour aller à la pêche aux écrevisses. Je pourrai y aller, papa ?

— Bien sûr, profite donc de ces moments ! Tu es en âge de t'amuser, de voir des copains, surtout celui-là. Que pense-t-il de ces projets parisiens ?

— Philippe est quelqu'un de très attaché à sa terre, à sa ferme, tu sais. Il ne faut pas trop lui parler de Paris, ça l'agace.

— Et toi, ma chère fille ? Comment vois-tu ton avenir ?

— C'est tout simple : avec lui !

— Et si tu deviens une artiste reconnue ?

— Ma mère est née aux Retourches. Moi aussi. Et j'ai bien l'intention d'y revenir un jour, il y a tant de travail dans une vie de paysan. Il n'y a, dans ma tête, pas la moindre envie de quitter mon pays natal. Si j'en ai la force, je serai peintre et agricultrice !

Mireille avait du caractère, ce qui plaisait à son père.

À Boissillac, il y avait du travail pour préparer les battages à venir, et on oublia un temps les histoires de peinture. Mireille rangea ses toiles, sauf une, sa première, une reproduction de celle qu'elle avait offerte à Philippe.

Aux Retourches, Pierre Lafontie déjeunait tous les jours chez les fermiers, comme convenu, et il ne pouvait s'empêcher de sonder en catimini le jeune homme sur la carrière artistique de sa petite-fille.

— Après tout, peut-être que cela lui a passé, lançait-il de temps à autre, une façon de prêcher le faux pour savoir le vrai.

Chaque fois, Philippe restait stoïque et le grand-père n'ajoutait rien. Au fond de lui, il savait et il espérait que Mireille n'abandonnerait pas. Les propositions qu'on lui avait faites étaient trop belles pour qu'elle les laisse échapper, fichtre non !

Le jour de la pêche aux écrevisses, les deux adolescents rejoignirent le petit ruisseau où ils avaient pris l'habitude de placer leurs balances. Ils avaient identifié les meilleurs endroits, ceux où les levées étaient toujours fructueuses. Ici, les écrevisses ne manquaient pas et Philippe était un fin connaisseur des lieux.

Cette fois, les regards qu'ils échangèrent semblèrent différents des précédentes. L'énergie entre eux n'était plus la même et Mireille le ressentit. Une fois qu'ils eurent immergé les pièges à écrevisses, ils choisirent un endroit tranquille pour s'allonger et attendre. Ils ne se rapprochèrent pas. Philippe était distant.

— Ça ne va pas, Philippe ? osa Mireille. Que se passe-t-il ? Tu ne viens pas tout à côté de moi ?

Ces doutes exprimés révélèrent un malaise latent, tout nouveau entre les deux amis de longue date. Mireille n'insista pas et Philippe resta muet. Ils demeurèrent là, silencieux, éloignés, et les bisous d'autrefois laissèrent place à l'indifférence.

Ils regardaient le ciel, se demandant, chacun de son côté, si ce qu'ils avaient pris pour de l'amour n'était pas plutôt de la tendresse d'enfant, certes forte mais sans magie, convoquée par un pur hasard de voisinage.

Philippe se releva à moitié, sur les coudes, puis se décida à parler :

— Tu as été ma princesse, Mireille. Je t'adorais.

— Toi aussi tu as été mon prince, Philippe, je ne m'en suis jamais cachée, et c'est toujours ce que je ressens. Que se passe-t-il depuis quelques jours ?

— Tu vas devenir une peintre qui exposera à Paris, dans des lieux célèbres où je n'aurai pas ma place. Moi, je resterai ici, avec les miens, cloué à ma terre pour la vie, voilà mon destin !

Était-ce de la jalousie ? Un complexe d'infériorité qui se manifestait chez ce garçon plutôt timide jusque-là ?

— Je ne vois pas ce que changent mes peintures. Jamais personne ne détruira ce lien qui nous unit.

— Pourrons-nous vraiment le conserver ? Je n'en suis pas si sûr. En tout cas, je veux que tu saches que, quels que soient tes ambitions, tes succès et tes échecs, les Retourches seront toujours un territoire de repli où t'attendra ton prince pour te secourir. En toute amitié, je veux dire.

En entendant ces paroles, si révélatrices de l'état d'esprit de son prince déchu, Mireille se recroquevilla. La brise des lieux emporta les sourds et terribles sanglots de la jeune princesse.

Le silence entre eux s'étira, les arbres bordant le ruisselet se balançaient, se tordaient, peut-être souffraient-ils eux aussi. Des feuillages vacillaient en ignorant les autres. Et le ciel, que pensait-il de tout ce monde d'en bas ?

— Mireille, tenta Philippe, je te demande pardon. Je ne t'ai pas remplacée dans mon cœur. C'est juste que, aujourd'hui, je me sens démuni de nos bonheurs d'enfants. Nous étions toujours ensemble et les gens ne cessaient de dire qu'il était impossible que nous ne nous mariions pas un jour.

— Protégeons ce qui nous reste, s'il te plaît, lui dit Mireille. Viens près de moi, j'ai froid.

D'ordinaire, lorsqu'ils s'allongeaient côte à côte sur un coin d'herbe, les deux jeunes passaient leur temps à se raconter mille histoires n'intéressant qu'eux-mêmes. Cette fois-ci, en manque de conversation, Philippe proposa un jeu pour détendre l'atmosphère : il allait marcher les yeux fermés, au-dessus d'elle, un pied de chaque côté de son corps, en remontant des pieds jusqu'à la tête !

— C'est à toi de me guider, je ne veux pas te faire mal.

— Tu en as, toi, de drôles d'idées !

— C'est juste pour s'amuser ! Après ce sera ton tour, je prendrai ta place.

— D'accord, mais je suis en cotillons, moi !

— Essayons !

Philippe fit de son mieux et Mireille le guida dans sa manœuvre bien amusante. Puis ce fut à son tour d'enjamber le garçon. Devinant ce qu'apercevrait son ami, elle protesta. Mais Philippe parvint à la convaincre de continuer.

— Je ne regarderai pas, juré !

— Ce n'est pas bien ce que tu me fais faire, Philippe.

— Tu sais, un jour il faudra bien que nous deux…

Ils finirent par s'embrasser comme ils en avaient envie. Puis, honteuse de s'être prêtée à leur jeu audacieux, Mireille l'implora :

— Ce sera notre secret, promis ?

— Jusqu'à la prochaine fois…

Sans autre désir que le lien qu'il leur fallait conserver à tout prix, ils oublièrent un moment les écrevisses. Les crustacés eurent le temps de consommer à loisir ce qui les avait attirés dans le piège. Les pêcheurs les récupérèrent avec des cris de joie et des fous rires. Des amis retrouvés. Des enfants.

La pêche était bonne. Les écrevisses étaient agglutinées dans un sac et faisaient un bruit étrange, leurs pinces cognant contre leurs carapaces.

— Tu as promis à mon père de venir les déguster chez nous ce soir, te souviens-tu ?

— C'est vrai, mais je dois t'avouer que je suis embarrassé. Faudra-t-il ne rien laisser paraître ?

— Je ne sais pas. Ne nous hâtons pas, laissons faire les choses, quitte à jouer un peu la comédie.

— Allez, dépêchons-nous, ma princesse d'amitié !

Près de Murat, la nuit tomba comme les autres soirs, aussi bien aux Retourches qu'à Boissillac, où l'on ne parla que de la pêche. Sans le manifester, Germaine avait bien remarqué que quelque chose de nouveau s'était passé entre les deux jeunes. Elle ne fut pas la seule. Il y avait trop de retenue, trop d'évitements de regards.

Dans leur tenue éclatante et avec leurs antennes amorphes, les écrevisses se laissèrent déguster sans la moindre protestation.

— Elles sont tout de même exceptionnelles, ces bestioles, dit André.

— Quelques truites pourraient aussi faire l'affaire, un de ces jours ! ajouta Jacques. Il faudrait que je m'y mette.

Du haut de son jeune et innocent âge, le petit François se mêla à la conversation :

— Moi aussi, je veux aller à la pêche ! Je n'ai pas peur des poissons. Tu m'emmèneras, Jacques ?

— Tu porteras la musette, c'est entendu !

Mireille et Philippe parlaient le moins possible, tentant de ne rien laisser paraître de leur état, de cœur et d'âme. La soirée s'acheva quand Philippe demanda poliment à prendre congé. Mireille l'accompagna sur le chemin quelques minutes et revint parmi les siens.

— Tu le laisses bien vite, ironisa Colette, sans le moindre mauvais esprit. Il va se perdre sans toi.

— Il connaît si bien le chemin qu'il pourrait rentrer chez lui les yeux fermés !

Quelques regards se croisèrent. Certains détails n'avaient échappé à personne.

Puis Mireille dit :

— J'ai oublié de lui dire quelque chose mais ça pourra attendre demain matin !

Pour Mireille, le sommeil mit plus de temps à venir que d'ordinaire, ce soir-là. Le lendemain, dès neuf heures, elle enfourcha sa bicyclette et disparut vers les Retourches.

16

Bien décidée à voir Philippe de toute urgence, elle roula à bonne allure. Depuis la veille, ses sentiments avaient été fort chamboulés. « Mais comment en sommes-nous arrivés là tous les deux ? » À mi-chemin, elle s'arrêta, posa son vélo sur le talus et chercha un endroit où s'asseoir, ressentant le besoin de réfléchir encore à leur situation.

Pourquoi vouloir le revoir dès ce matin ? Craignait-elle de s'être trompée ? D'avoir mal compris ? Après quelques minutes de pause qui ne la menèrent à rien, elle se ressaisit. Tout à coup, dans sa tête, tout devint plus clair.

Son grand-père fut surpris de cette visite matinale.

— Oh ! Oh ! Qu'est-ce qui t'amène de si bon matin, ma chère Mireille ?

— J'avais juste envie de te voir et de savoir si tout allait bien pour toi. Je ne viens pas assez souvent. Je ne t'ai guère donné de nouvelles ces jours-ci.

— Ne t'inquiète pas, j'en ai par Philippe. Je le vois tous les jours, au moins une fois à midi, puisque je déjeune chez eux, tu sais bien.

— Oui, je sais.

— Aurais-tu un souci ? Je crois deviner que oui, à ton regard. Je vais préparer un café et tu me diras de quoi il retourne. En attendant, fais le tour de la maison comme tu aimais le faire quand tu étais petite.

Habilement, Pierre Lafontie ouvrait une parenthèse à cette histoire. Il savait que la visite d'un jardin avait déjà calmé bien des chagrins, grâce aux fleurs et à la verdure apaisantes.

Obéissante, Mireille s'exécuta. La maison n'avait pas changé d'un pouce, mis à part la végétation qui avait pris le large, jusqu'aux haies d'aubépine gagnées par du lierre envahissant. Pierre faisait de son mieux pour entretenir les fleurs, dont Ernestine prenait grand soin, en pots ou en pleine terre, le long des allées bordées d'œillets de poète. À l'arrière de la maison, l'abricotier se désarticulait de plus en plus, de manière amusante, mais fleurissait toujours à bonne date.

— Entre ! Le café est prêt !

Mireille s'installa à sa place habituelle. Quelque chose avait changé sur son visage.

— Mais tu pleures, ma petite-fille ?

Elle acquiesça de la tête en essuyant ses larmes. Puis, presque rudement :

— Je crois que Philippe et moi, on ne se mariera pas !

Il ouvrit la bouche, voulut s'exprimer mais ne put rien dire mis à part :

— Veux-tu toujours un sucre ?

— Oui, grand-père.

— Ce sont parfois des choses qui arrivent. Des gens s'aiment et puis une catastrophe arrive, si l'on peut employer ce mot.

— Peut-être. Mais pour nous, ce n'est pas pareil.

— Certainement, ma chère Mireille, certainement.

Il tenta de la consoler avec des mots simples.

— Tu comprends, cette histoire de peintre qui souhaite que je travaille pour lui, qui habite à Paris, ça ne lui plaît pas ! Ça n'aurait pourtant rien changé.

Pierre n'arrêtait pas de tourner sa petite cuillère dans sa tasse, comme s'il cherchait à gagner du temps.

— Voudrais-tu abandonner ce projet pour lui ? demanda-t-il.

— Non, grand-père ! dit-elle d'un ton impérieux. Je veux devenir peintre agricultrice, et ici, aux Retourches.

— Alors il faut suivre ton envie. J'espère que vous n'êtes tout de même pas fâchés à mort, tous les deux ?

Mireille se calma et lui répondit que non, au contraire. Elle lui raconta leur pêche aux écrevisses, sans entrer évidemment dans tous les détails.

— Vous êtes intelligents, tous les deux, c'est ce qui vous sauvera, commenta le grand-père. L'essentiel est de conserver de bonnes relations. Un jour, vous sourirez de cette histoire.

Les larmes de Mireille séchèrent. Un large sourire éclaira son beau visage, qui ressemblait tant à celui de sa mère. Ils firent de nouveau le tour de la propriété et parlèrent des tableaux que Mireille s'apprêtait à peindre.

Décidément, la ferme Lafontie avait fière allure avec ses fleurs abondantes, ses haies, son lierre, son devant de porte, sans oublier le jardin que le grand-père cultivait toujours, bien qu'avec modération.

Tout à côté, immuable, se trouvait la ferme des Loubrant, la famille de Philippe.

— Dommage, les deux fermes réunies en une seule, ça aurait été bien, ne crois-tu pas ? lança Pierre.

— Nous ne maîtrisons pas le destin. Ni toi ni moi, grand-père ! Peut-être qu'un jour, ton nom figurera au bas de tableaux dans de grandes galeries à Paris ou chez de riches collectionneurs.

Au loin, dans la cour de la ferme des Loubrant, Philippe apparut. Il lui fit un petit signe de la main et ce fut tout. Blessée par ces manières cavalières, Mireille enfourcha sa bicyclette et décida de repartir sans lui parler. Il semblait ne rien rester de leur histoire. Leurs baisers de la veille n'étaient peut-être que des adieux. Sur le chemin de retour vers Boissillac, elle se dit qu'elle devait devenir une femme, une vraie, forte et déterminée, et non plus rester une enfant. À cet instant, elle aurait aimé avoir dix-huit ans, sans trop savoir pourquoi.

Dans la semaine qui suivit, le facteur lui remit une enveloppe provenant de Paris, ce Paris qui faisait rêver ou faisait peur, selon ce que l'on attendait de lui. L'expéditeur fut vite identifié. La promesse de contrat avait été tenue.

Elle demanda à s'isoler dans son grenier afin de découvrir seule le contenu du courrier qui lui était adressé personnellement. Le bruit du coupe-papier fut le dernier son qu'on entendit avant un long moment de silence.

Elle lut et relut plusieurs fois le contenu de ces quelques pages, étalées sur sa table de travail débarrassée pour l'occasion. Le courrier stipulait exactement ce que lui avait dit M. Roger-Jean de La Baste lors de leur rencontre. Un contrat en bonne et due forme, osa-t-elle penser, car c'était la première fois qu'elle en lisait un.

Elle glissa les feuillets dans l'enveloppe et se prépara à remettre le contrat à ses parents. Auparavant, elle le garda encore un moment entre ses mains. Il y avait là, au bout de ses doigts, une promesse d'adulte, un engagement sérieux pour un travail non moins important à réaliser. L'avantage était qu'aucune date de livraison n'était requise. Elle avait tout son temps.

Il était précisé que, Mireille étant mineure, l'accord de ses deux parents était obligatoire. Les paiements seraient transmis sur un compte bancaire à son nom. Les toiles ne lui seraient pas moins payées que le montant indiqué au contrat.

Mireille redescendit de son grenier, troublée par ces nouvelles. Elle ne savait plus où poser son regard tant son cœur battait. Elle se demandait encore si elle ne rêvait pas.

— Te voilà face à ton destin, ma fille, lui dit André. Il ne te reste plus qu'à être courageuse et tenace. Ton frère t'ennuiera parfois, tes cousins aussi, tu auras intérêt à fermer le grenier à clef!

Le courrier de Roger-Jean de La Baste permit à Mireille de se changer les idées, d'oublier un peu sa relation avec Philippe et de se concentrer sur d'autres éléments de son avenir. Étrangement, elle traversa cette période de rupture sans trop d'égratignures. Lorsqu'elle croisait Philippe, tout se passait sans accrocs.

Le temps se mit à courir de manière folle. Mireille n'arrêtait jamais de travailler, sans que cela altère sa beauté; ce mot semblait même lui être destiné! Plusieurs toiles rejoignirent la galerie de Roger-Jean de La Baste, à Paris, et la tirelire se garnit sans que l'on y touchât. Un réflexe tout naturel chez les Auvergnats.

Puis un jour, on lui fit savoir que son travail intéressait une autre galerie. Les Deltheil ne donnèrent d'abord pas suite, ayant signé avec Roger-Jean de La Baste un contrat d'exclusivité. Légalement, Mireille ne pouvait même pas donner d'entretien à d'éventuels journalistes sans l'autorisation de La Baste, ce qui, au final, rassurait la famille, pas habituée à ce genre de sollicitations.

Mais l'autre galeriste insista. Il se déplaça à Murat, accompagné d'un photographe mandaté par une association des Auvergnats de Paris. Mireille et les siens se sentirent pris au piège.

— C'est simplement pour pouvoir exposer votre photo aux côtés de vos œuvres, si à l'avenir nous collaborions.

Comme Roger-Jean de La Baste, le galeriste offrit à la jeune femme quelques toiles vierges et repartit à Paris non sans avoir fait l'éloge de la jeune peintre à toute la famille Deltheil. Même le photographe, habitué aux célébrités, ne put s'empêcher de leur confier qu'il n'avait jamais vu d'artiste si brillante à son âge, et si modeste. Petit à petit, avec toutes ces flatteries, André, Colette et les autres commençaient à mesurer le talent de Mireille, même si à Boissillac on ne connaissait que le travail de la terre, de génération en génération.

De son côté, Philippe n'était pas indifférent aux tumultes de son histoire avec Mireille. Il se consolait en travaillant d'arrache-pied avec ses parents qu'il ne pensait jamais quitter, lui, l'enfant unique. La ferme lui reviendrait un jour, il en deviendrait le maître !

Parfois, il sortait le samedi soir avec des jeunes de son âge et buvait exagérément. Cependant, il n'allait jamais au bal, n'en ressentant pas le besoin. Ses copains, taquins voire mauvais, pour certains, aimaient lui rappeler que Mireille était trop belle pour lui ou encore que d'autres la lui voleraient.

— Mais elle n'est pas à moi ! Notre amitié de gamins est terminée, alors fermez vos gueules !

— Très bien ! Je vais donc tenter ma chance, dit le fils du boucher. Cette fille me plaît et, puisque tu n'es plus avec, il n'y a pas de raison de se...

Il n'eut pas le temps de terminer sa phrase qu'il recevait un coup de poing en pleine figure, qui lui éclata le nez. Certains rirent, d'autres constatèrent les dégâts. Le sang coulait. Il fallut ramener le jeune homme à son domicile pour le soigner.

Le lendemain matin, Philippe alla sonner chez le boucher pour s'excuser.

— Et tout ça pour une fille ! regretta le père.

— Oui, mais pas n'importe laquelle, ajouta Philippe.

— Je parierais que tu en es amoureux, n'est-ce pas, mon gars ?

— Dites à votre fils que je regrette, s'il vous plaît, monsieur. Présentez-lui mes excuses.

La rumeur de l'incident se propagea comme une traînée de poudre et parvint aux oreilles de Mireille. Elle ne le commenta pas, gardant ses pensées pour elle. Elle pensa que Philippe s'était battu non par jalousie mais par fierté. Mais André Deltheil aussi eut droit à ces informations. Il lâcha simplement à sa fille :

— En voilà un qui est toujours amoureux de toi.

— Laisse-moi tranquille, papa !

En colère, déboussolée, elle se réfugia une fois de plus dans son grenier.

À La Bescade, Louis et Juliette furent enchantés d'apprendre la bonne nouvelle concernant Jacques et Gisèle.

— Il était temps, dit Louis à son frère. Vous rejoignez enfin la tribu des parents.

— Oui, mais Gisèle ne veut toujours pas se marier, répondit Jacques.

— L'important, c'est que vous ayez un petit, ça resserre les liens, et puis c'est une autre vie qui va commencer. Notre mère est-elle heureuse de cette nouvelle ?

— Elle ne s'est pas manifestée outre mesure mais je suis sûr qu'elle est très contente. Il faut dire que Mireille nous a tous cloué le bec lorsqu'elle a dit que l'essentiel pour un enfant n'était pas que ses parents soient mariés, mais qu'il ait autour de lui une famille qui l'aime.

— Cette petite est surprenante ! reconnut Louis. Il paraît qu'elle s'est fait remarquer pour ses tableaux par un monsieur de Paris qui lui en a commandé !

— Oui, un galeriste de Montmartre.

— Qu'en pense André ?

— Colette et lui semblent très heureux pour elle.

— Tout ça me donne soif, dit Louis. Prépare des verres, Juliette, il est temps d'arroser ces bonnes nouvelles !

Une fois de plus, la famille allait donc s'agrandir, mais les conditions ne satisfaisaient pas pleinement Germaine. Il fallait absolument trouver une issue à cette situation. La grand-mère s'y employa si bien que, contre toute attente, Jacques et Gisèle annoncèrent leur mariage. Comment Germaine s'y était-elle donc prise pour convaincre sa future bru ? Personne ne connut les détails. Tous se souvinrent seulement qu'un après-midi, Germaine était partie à Murat en compagnie de Gisèle, et sans autres témoins ! La date fut ensuite décidée rapidement. Les festivités auraient lieu dès le mois suivant.

La cérémonie fut des plus discrètes et tout se passa sans heurts. Les trois fils Deltheil étaient enfin mariés et la famille attendait la venue d'un bébé supplémentaire. Les affaires de Mireille et de ses tableaux avaient perdu de leur primeur.

Par ailleurs, nul ne se doutait de ce que Germaine Deltheil préparait en secret. Elle n'en laissa rien paraître, mais dès que l'enfant de Jacques et de Gisèle naquit – un garçon, Adrien – elle décida de réunir tous les siens.

— Ce sera une grande fête de famille, expliqua-t-elle. Je souhaiterais aussi qu'il y ait Pierre Lafontie, qui fait désormais un peu partie des nôtres, n'est-ce pas ?

Ses fils comprirent qu'elle avait quelque chose derrière la tête. Angoissés, ils songèrent à cette visite chez le médecin quelques semaines auparavant, dont elle n'avait rien dit, sinon que tout allait bien.

— Nous pourrions baptiser le petit le même jour, proposa Germaine. Ce serait bien, non ? Qu'en pensez-vous ?

— Bah, voyons, lui répondit André, dépassé par les projets soudains de sa mère. Et puis si Mireille trouvait d'ici là un petit ami, nous n'aurions qu'à les marier !

— Calme-toi, mon fils. Tu trouves que j'exagère, c'est ça ?

— Mais non, maman, ne t'inquiète pas ! Va pour la fête de famille et le baptême !

Avant de se quitter, les trois frères et leurs épouses décidèrent du repas. Ils voulaient organiser à l'avance pour ne pas laisser Germaine se fatiguer avec les préparatifs.

Lorsque Mireille rendit visite à son grand-père, celui-ci lui parla de la bagarre de Philippe avec le fils du boucher.

— Il a l'air toujours mordu, ton Philippe. Mais à quoi vous jouez, tous les deux?

— Je ne sais pas, grand-père. Pour moi c'est une affaire du passé.

— Très bien, alors n'en parlons plus, dit Pierre. Qu'es-tu venue m'annoncer aujourd'hui?

— Il se prépare une grande réunion de famille à Boissillac. Depuis que Gisèle a enfin épousé Jacques et que leur enfant est né, tout le monde là-bas semble être sur un petit nuage.

— C'est vrai qu'ils en ont mis, du temps, ces deux-là. Ta grand-mère doit être soulagée.

— Soulagée et enthousiaste, rebondit Mireille. D'ailleurs, c'est elle qui veut réunir toute la famille autour d'un repas, toi y compris, grand-père. Tout le monde aimerait que tu viennes.

Pierre Lafontie fit la moue. Il prenait de l'âge, était de plus en plus fatigué et les mondanités de ce genre ne l'enchantaient guère. Même si les Deltheil faisaient tout pour qu'il se sente chez lui à Boissillac, Pierre n'y avait jamais été complètement à l'aise.

— Comme tu l'as dit, ma chérie, il s'agit d'une réunion de famille et je n'en fais pas vraiment partie. Je ne vois pas trop ce que j'irais y faire.

Bienveillante, Mireille décida de ne pas insister.

— Tu remercieras Germaine Deltheil pour son invitation, la pria le grand-père. J'espère qu'elle comprendra.

— J'en suis sûre, affirma Mireille, en le prenant dans ses bras.

Puis elle poursuivit:

— Tu sais, je me rappelle souvent cette histoire que tu m'as racontée un jour, Ernestine était encore là.

— Dieu sait que j'en ai dit, des bêtises, j'espère que tu ne les as pas toutes retenues.

— Je demandais sans cesse où était le bout du monde, et tu m'avais expliqué.

— Je ne m'en souviens pas mais ce qui est certain, c'est que ça n'a pas changé. La terre est toujours ronde comme une pomme, il n'y a pas de secret.

— Oui, tu prenais une grosse pomme et tu traçais avec ton couteau comme un chemin, tout droit, absolument rectiligne, et forcément tu revenais au même endroit, à condition de ne pas dévier d'un millimètre.

Pierre Lafontie sourit en écoutant sa petite-fille lui remémorer ce souvenir.

— Et moi, je te disais qu'il devait y avoir des mers, des montagnes, des sommets à franchir. Tu me répondais qu'il ne s'agissait pas réellement d'obstacles, que le tour du monde se faisait avant tout grâce à l'imagination.

— Je n'avais pas besoin d'aller chercher bien loin pour te faire plaisir, ma petite-fille, et pour te faire rêver. Tu te souviens de l'histoire de la chèvre de monsieur Seguin ?

— Elle m'a fait si souvent pleurer, grand-père.

— Aujourd'hui, tu vis tes propres histoires, et certaines pourraient d'ailleurs très bien t'emmener au bout du monde.

— Ça me fait plaisir que l'on reparle du passé !

— Tu es une femme, à présent, et il va t'arriver plein de bonheurs, j'en suis convaincu.

Pierre Lafontie aimait lui aussi se retourner vers son passé, car il avait la sensation d'être arrivé au bout de son propre tour du monde.

Mireille revint à Boissillac avec la réponse négative de son grand-père pour la prochaine réunion de famille.

Aidée par ses trois belles-filles, Germaine Deltheil dirigea le déroulement des opérations de cette journée. Son but, maintenant que tout était en ordre, était que les siens, ses trois enfants, leurs épouses et désormais ses cinq petits-enfants scellent l'union familiale autour d'elle. À Boissillac, c'était le branle-bas de combat près des fourneaux et de la cheminée.

Toute ragaillardie, Germaine menait son monde en bonne maîtresse de maison.

— Voyez comme c'est beau, de travailler tous ensemble pour notre famille.

Chien et chat traînaient aussi par là, tant l'espoir de quelques restes délicieux s'annonçait.

Les hommes partirent arpenter le lieu de leur naissance. Oui, car tous les trois étaient nés dans cette ferme, l'une des plus prospères de la contrée. Ils discutaient dehors, dans la cour bien propre, épargnée par les pluies qui engendraient certains jours une boue désagréable, surtout à l'automne.

Louis, André et Jacques étaient tout sourire de se retrouver là, à bavarder comme au temps de leur enfance.

— Comment cela se fait-il que l'on ne se voie pas plus régulièrement, tous les trois ? s'interrogea Louis. Nous ne sommes pourtant pas fâchés !

— C'est souvent comme ça dans les familles, dit André. Il y a toujours quelque chose à faire et on oublie de se recevoir. C'est dommage mais c'est ainsi.

— Alors remercions notre mère d'avoir tant insisté pour organiser cette journée !

— Elle n'est plus toute jeune, s'inquiéta Jacques. J'espère qu'elle ne va pas nous annoncer une mauvaise nouvelle…

— Faudrait peut-être rentrer, les hommes, au lieu de papoter ! lança Gisèle.

17

Les trois frères regrettaient donc de se voir si peu, surtout Louis. Le travail à Boissillac ainsi qu'à La Bescade prenait sans doute bien du temps à chacun. Mais était-ce une raison valable ? Germaine soutenait que non. Elle ne cessait de leur rabâcher qu'ils ne se réunissaient pas assez souvent, tous ensemble. Avec l'âge, elle devenait de plus en plus autoritaire et obtenait généralement ce qu'elle voulait. Quoi qu'elle dise, quoi qu'elle fasse, tous lui accordaient leur bénédiction.

Les hommes rentrèrent et chacun trouva sa place autour de la table, agrandie à l'aide de rallonges bricolées. Elles ne servaient que rarement. Louis, André et Jacques offrirent à leur mère un énorme bouquet de fleurs. Son parfum embaumait la pièce, il sentait même plus fort que les plats. Elle les remercia puis, toujours exigeante, elle leur demanda si une date pouvait enfin être arrêtée pour le baptême d'Adrien, qui n'avait finalement pas pu avoir lieu ce dimanche. Ils se concertèrent et se mirent d'accord.

— Nous pouvons commencer le repas ou tu as encore autre chose à nous demander ? s'agaça Louis.

— Pas pour le moment, répondit-elle, imperturbable. Mais vous ne passerez pas le dessert sans que je vous annonce une nouvelle.

Germaine ne semblait pas comme d'habitude. Que préparait-elle ?

Mireille pensa à son grand-père, qui avait eu raison de ne pas accepter à l'invitation. Elle était la plus âgée des petits-enfants et s'occupait volontiers des autres. Savait-elle quelque chose de l'annonce de sa grand-mère ? Pas du tout.

Il y eut en entrée un grand plat de charcuterie, du jambon et du pâté, puis suivirent deux poulets rôtis qui en firent saliver plus d'un, servis avec des petits pois du jardin et de la salade. Un vrai repas de famille couronné d'un plateau de fromages garni de Cantal et de bleu d'Auvergne. Le tout accordé à un vin approprié, savamment choisi.

— Tu nous gâtes vraiment, maman, dit Louis. Merci beaucoup. Maintenant nous attendons le clou du spectacle, si j'ose dire.

— Allez, je vais vous révéler ce qu'il y aura pour le dessert afin de ne pas trop vous faire languir, sourit-elle. Ce sera des îles flottantes.

Tous s'extasièrent et les belles-filles allèrent les chercher à la cuisine. Une fois tout le monde servi, Germaine demanda la parole.

— Mes chers enfants, beaucoup de temps est passé depuis le décès de votre père et rien n'a encore été décidé concernant l'héritage. Vous avez désormais tous des enfants. Je vieillis. Aussi, je désire que tout soit réglé dans les plus brefs délais, il ne sert à rien de prolonger cette attente maintenant que tous les piliers de notre famille sont en place.

— Pourquoi cette hâte, maman ? s'inquiéta André. Aurais-tu des problèmes de santé ?

— Non, tout va pour le mieux. Mais le moment venu, rassurez-vous, le plus tard possible, j'aimerais pouvoir m'en aller en paix.

Il y eut un long silence. Personne à part Germaine ne se permit de parler.

— Allez ! Maintenant, vous allez pouvoir goûter au dessert, je sais que vous en mourez d'envie.

Les petits-enfants manifestèrent leur joie, oubliant déjà les déclarations de leur grand-mère. Les adultes, eux, demeuraient surpris, se regardant les uns les autres. Enfin, Louis prit la parole :

— Voici donc le réel motif de cette réunion de famille, maman ?

— Oui, et ma décision est prise !

— Et que va-t-il se passer à présent ?

— Mes garçons, la clef de l'héritage est entre vos mains. Je souhaiterais que nos biens soient divisés en trois parts égales. Il ne vous reste qu'à vous entendre.

— Mais tu es sûre que tu vas bien ? insista Louis.

Germaine éluda et poursuivit :

— Vous souhaitiez cet arrangement. Aujourd'hui, il faut s'y mettre sérieusement. Ce ne sera pas facile, j'en conviens ; si cela l'était, tout serait déjà réglé depuis quelques années.

Les jeunes demandèrent une nouvelle part de dessert tandis que les adultes prenaient leur temps. À croire que Germaine leur avait coupé l'appétit.

— Nous nous trouvons dans un cas bien particulier, dit alors André. Avec Jacques, nous vivons sur cette ferme, nous y travaillons.

Germaine le coupa :

— Louis est parti, c'est son choix, sa liberté, mais il est aussi héritier. Le notaire que nous avons consulté nous l'a bien confirmé. Quant à moi, je me retire, je vous laisse carte blanche. Je vous demande juste de ne pas vous chamailler. Cette ferme doit vivre et prospérer, pour les générations futures.

Un silence. Encore un.

— Ah ! J'allais oublier, reprit Germaine. Il faudra simplement laisser à ma disposition vingt-cinq pour cent de la valeur totale. C'est la loi. Je pourrai ainsi vous gâter et organiser à l'avance mes funérailles !

— Nous crois-tu incapables de te donner, le moment venu, des obsèques dignes de la famille ? s'emporta Louis.

— Oh ! Arrête, j'ai dit ça comme ça, sans trop y réfléchir. N'en fais pas tout un drame. En tout cas, ce qu'il restera vous reviendra aussi, évidemment.

Les enfants sortirent de table et allèrent prendre l'air. Louis, André et Jacques, ainsi que leurs femmes, restaient perplexes.

— Mireille, veux-tu bien jeter un œil aux plus jeunes ? lui demanda son père. On ne sait jamais.

Puis il s'adressa à Louis :

— Va donc récupérer une bouteille de gnôle. Il doit en rester une à côté des tonneaux, dans la grange. On en a bien besoin.

Ils burent et ne parlèrent plus de l'héritage, tout du moins pas en présence de Germaine. Les femmes s'occupèrent de mettre de l'ordre dans la maison. Mireille pensait toujours à son grand-père : « Il a bien fait. Ce n'était vraiment pas sa place. »

Les trois frères se levèrent pour aller faire un tour et parler de cette affaire, de cet arrangement si difficile à acter.

— Il faudra bien qu'on trouve une solution, reconnut André. Maman va certainement retourner voir le notaire.

— Facile à dire, les « il n'y a qu'à... », les « faut qu'on... », intervint Jacques. Mais en réalité c'est un vrai casse-tête.

— Je crains que cette décision soudaine soit le résultat de sa dernière consultation chez le médecin, dit Louis, toujours aussi inquiet.

Juliette, sa femme, n'était pas venue accompagnée de sa mère, mal remise de la disparition de la sienne et angoissée de se savoir désormais la plus âgée à La Bescade. Comme Colette et Gisèle, elle avait hâte d'aborder l'affaire dès que Germaine s'éloignerait.

— Maman, vous devriez aller vous reposer un moment, dit Colette. Soyez tranquille, nous rangerons tout comme il faut.

— Je ne m'inquiète pas, répondit la doyenne, en s'éloignant vers sa chambre. Je vais suivre votre conseil.

Colette prit alors la parole :

— Je suis sûre qu'elle a compris que nous voulions discuter entre nous. Elle n'a pas perdu la tête, loin de là.

Mais une fois entre elles, libérées de la présence de Germaine, rien ne sortit de leur bouche. Elles ne savaient que dire ni que penser de cette histoire d'héritage. Juliette affirma seulement :

— De toute façon, vous resterez à Boissillac, et Louis et moi à La Bescade. Il est impossible qu'il en soit autrement.

Mireille ne prononça pas un mot mais participa au rangement, comme une jeune femme, ce qu'elle était devenue. Juliette lui demanda alors :

— Tu vas devenir une artiste à ce que l'on dit. Pourrais-tu me montrer un de tes tableaux ?

— Normalement, je ne montre jamais mon travail en cours. Mais pour toi, je peux faire une exception. Laisse-moi une minute.

— Tu as de la chance, Juliette, assura Gisèle. Nous, nous n'avons droit à rien.

La bonne humeur revint, comme purent le certifier les sourires sur les visages des trois femmes. Les enfants continuaient à jouer dehors tandis que les hommes faisaient le tour de la propriété agricole.

— Vous avez bien tenu la maison, tous les deux, dit Louis. Le père aurait été très fier de vous.

— Avec l'héritage, nous pourrons apporter de nouvelles améliorations, expliqua André. Au moins à l'étable, qui en a besoin. Elle est toute délabrée.

— Les travaux coûtent cher, poursuivit Jacques. Le matériel aussi.

— Je ne le sais que trop bien, reconnut Louis. Chez moi, c'est grâce à vous deux que j'ai pu redonner bonne mine au domaine. Je ne l'oublie pas.

Après un long moment, André décida d'arrêter de tourner autour du pot.

— Comment allons-nous nous débrouiller de cette situation, d'après vous ?

— C'est compliqué, répondit Louis. Attendons les derniers conseils du notaire, je crois qu'il s'est largement penché sur le sujet depuis toutes ces années.

— Je ne vois pas comment nous allons survivre à ce partage, déclara Jacques, pessimiste.

— Allez savoir, nos épouses auront peut-être une idée !

À l'intérieur, Mireille avait décroché une toile d'un mur du grenier, son territoire secret. Elle la montra de loin à des yeux curieux qui s'ouvrirent en grand.

— Je n'ai jamais vu quelque chose de semblable ! réagit Juliette. Je ne sais pas quoi dire ni penser. C'est beau, c'est doux, mais c'est aussi très étrange.

— Cela s'appelle du pointillisme, lui expliqua Mireille. Ce que j'ignorais lorsque j'ai commencé.

— C'est vraiment magnifique.

— Sachez qu'à Paris, plus exactement à Montmartre, une galerie en expose et en vend !

— Et tu touches des sous pour ça ?

— Oui !

— Tu veux en faire ton métier plus tard ?

— Je veux avoir ma ferme, m'occuper des Retourches, c'est ma priorité.

— Mais si tu gagnes beaucoup d'argent avec tes peintures, pourquoi mener une vie de paysan, qui n'est pas toujours attrayante ? demanda Juliette.

— Je pourrai faire les deux, si j'y arrive. Mais je veux travailler la terre, comme mon père, comme mon grand-père et comme le faisait ma pauvre maman.

— Maintenant que tout est rangé, les coupa Gisèle, allons voir nos hommes. Ils doivent se torturer l'esprit avec cette histoire d'héritage.

Près des bâtiments, la discussion allait bon train. Non plus sur leur avenir mais sur leurs souvenirs d'enfance. En quelques minutes, les femmes en apprirent pas mal.

Des secrets cachés, oubliés ou bien rangés au fond de leur mémoire, parfois défaillante.

— Gisèle, demanda Jacques, sans te commander, pourrais-tu aller chercher une bouteille et des verres pour que nous trinquions à ce moment fraternel, avant que les orages de l'héritage n'assombrissent notre ciel ?

Gisèle s'exécuta. Jacques et elle avaient des choses à se faire pardonner, notamment leur attitude pas toujours en accord avec les autres. Mais ces « jeunes cabris », comme les appelait souvent en douce Germaine, étaient enfin mariés et parents. Tout était rentré dans l'ordre.

Ils trouvèrent une table quelque peu branlante, que la bonne humeur retrouvée vint affermir. Trois hommes et quatre femmes, avec Mireille, continuèrent de fêter l'événement, ce beau repas de famille. Les verres se levaient puis se vidaient, alors que le soleil descendait.

Le froid tombant sur le pays les ramena enfin au sujet qui les tracassait.

André dit à Mireille :

— Va donc voir comment va ta grand-mère, s'il te plaît.

Mireille entra dans la maison et poussa la porte de la chambre de Germaine. Allongée sur son lit, elle ne bougeait pas. Mireille s'approcha tout doucement pour ne pas la réveiller mais, au bout d'un moment, la jeune femme s'aperçut que sa grand-mère ne respirait plus. Elle sortit en courant et hurla :

— Venez vite ! Grand-mère ne respire plus !

Tous se précipitèrent à l'intérieur et découvrirent l'impensable.

— Il faut prévenir le médecin, vite, vite ! s'affola André.

Louis se pencha vers sa mère, touchant presque son visage avec le sien et annonça :

— Je crois que maman est morte.

Ils retinrent leur souffle, de crainte d'égratigner le silence de la mort.

— Elle était fatiguée, ces derniers jours, commenta Colette. Elle tenait tant à cette réunion de famille. Nous voilà désormais tous orphelins, confrontés à un avenir bien difficile !

Jacques arriva le dernier dans la pièce. Il cria :

— Poussez-vous, sortez ! Je vais tenter de la ranimer en attendant l'arrivée du médecin. Il y a une chance sur cent mais il faut la tenter.

— Que vas-tu lui faire ?

— Un massage cardiaque et du bouche-à-bouche !

— Quoi ? Du bouche-à-bouche ? dit Gisèle, horrifiée, imaginant les lèvres de son homme sur celles de sa mère.

Sur le seuil de la porte, tous se morfondaient dans l'attente d'un miracle. Ils savaient qu'une intervention rapide était nécessaire en cas d'arrêt respiratoire, et ce qui arrivait à Germaine en avait tout l'air : absence de pouls, pâleur, cyanose, dilatation des pupilles. On entendit des prières. Mireille s'accrochait au bras de son père qui la sentait tremblante.

Et l'incroyable se produisit. Germaine recommença tout doucement à respirer. Son visage reprit des couleurs. Tous voulurent embrasser Jacques. Le médecin arriva et ne put que constater que la grand-mère reprenait vie. Il continua de l'examiner et leur dit qu'il serait préférable de l'emmener à l'hôpital.

— Vous êtes sûr, docteur ? demanda Louis. Si on la veillait toute la nuit ? Elle a plutôt bonne mine.

Le médecin hésita et finit par conclure :

— Je repasserai demain. Nous verrons alors en fonction de son état. Au moindre signe anormal, venez m'avertir.

Jacques promit de ne pas quitter la chambre de Germaine. Le médecin le félicita pour son réflexe salvateur. Mireille, elle, embrassa sa mamie de toutes ses forces. Les petits jouaient toujours dehors, innocents, à l'écart du drame évité de justesse.

Louis et les siens quittèrent Boissillac presque rassurés. En ces circonstances, les discussions sur l'héritage ne reprirent évidemment pas.

— Et si c'était un signe du ciel ? suggéra alors Juliette à son mari.

— Je ne sais pas quoi te répondre.

— Je l'ai vue comme toi, comme nous tous. Elle était morte, oui, c'est ce que j'ai cru. Et voilà que finalement elle ressuscite. Forcément, cette affaire d'héritage prend une tout autre dimension, elle devient plus réelle.

— Il est certain que ce drame va modifier notre vision des choses.

— Il va vraiment falloir que vous mettiez de l'ordre dans tout ça.

— Oui, je me rends compte qu'après notre mariage nous nous sommes éloignés de Boissillac sans songer un seul instant aux conséquences.

— Il ne s'agit pas de ressasser, mon cher mari. Mais bien de trouver des solutions.

— Ça y est, nous arrivons, dit Louis, nous apercevons La Bescade.

— Ma mère doit nous attendre.

— Que fait donc la mienne en ce moment ?

— Ne t'inquiète pas. Elle est entourée. Il y a du monde à Boissillac et je vois d'ici Mireille veiller sur elle. Elle a eu si peur aujourd'hui.

Dès le lendemain, après la traite, Louis retourna à Boissillac. Il lui tardait de voir sa mère et les autres. À sa grande surprise, Germaine allait très bien, malgré une grosse fatigue. Elle s'excusa même de l'angoisse qu'elle leur avait infligée à tous.

— En tout cas, à partir d'aujourd'hui, je vais prendre la vie du bon côté !

— Nous l'espérons tous, maman ! dit Louis. Oublions encore un moment ces histoires d'héritage, laissons faire le temps, l'essentiel est que tu sois là, avec nous, tes enfants et petits-enfants ! Tu vas devoir t'accorder du repos. Nous nous occuperons de tout.

18

Le surlendemain, Louis se rendit chez le médecin de famille, qui sembla en savoir davantage sur l'état de santé de Germaine Deltheil. Il lui demanda des explications :

— Ma mère n'aurait-elle pas un peu joué la comédie, docteur ?

— Un arrêt cardiaque, ça ne se simule pas !

— Vous êtes sûr ?

— Mais enfin, Louis, votre mère a failli y passer ! Le Bon Dieu l'a sauvée in extremis, elle a eu de la chance. J'ai cru comprendre qu'une histoire d'héritage la tracasse. C'est ça qui vous fait penser à un coup monté de sa part ?

— Oui, c'est possible. Tout cela doit me perturber.

Comment faire pour que les trois frères puissent s'entendre ? Si Louis n'avait pas quitté Boissillac, le partage eût été tellement plus simple. Hélas, il fallait faire avec ces circonstances.

Germaine proposa un partage qu'elle trouvait raisonnable. Avec l'aide du notaire, personnage incontournable de cette affaire, elle envisagea de céder les deux tiers de la valeur de la ferme à André et à Jacques, qui pourraient ainsi continuer de l'exploiter. La doyenne verserait par ailleurs le troisième tiers en espèces à Louis, sur ses fonds propres. Ce montage méritait bien réflexion. Il était honnête !

Germaine espérait que sa proposition plairait à ses garçons. Pour Louis, songea-t-elle, ce serait un bon compromis. Cela lui ferait un bel apport en trésorerie, lui permettrait même peut-être de racheter la ferme qu'il louait, bien moins imposante que Boissillac, à son propriétaire.

Germaine Deltheil réunit ses trois fils.

— Nous devons parler une bonne fois pour toutes de votre héritage !

Les trois héritiers tendirent l'oreille.

— Mes chers fils, selon la loi, je suis autorisée à vous céder ce qui vous revient. La logique voudrait que nous divisions votre dû en trois parts égales, n'est-ce pas ?

— Nous ne sommes plus que deux sur la ferme, maman, réagit André. Cela ne me paraît pas très équitable.

Un silence s'installa. Germaine s'attendait à ce type de remarque. Elle les questionna alors de la manière suivante :

— Louis, serais-tu prêt à quitter La Bescade ?

Il fit non de la tête. Elle demanda la même chose aux deux autres, concernant Boissillac, et obtint des réponses identiques.

— Je ne suis pas surprise par vos réponses, évidemment.

— Mais avais-tu quelque chose de particulier à nous annoncer, maman ? insista Louis.

— Oui. Voici ce que j'ai imaginé. Un héritage qui prendrait la forme d'une donation-partage.

— Mais d'où connais-tu ça ?

— Je me suis renseignée. C'est un moyen légal de vous régler l'héritage, et sans trop de frais.

— Alors venons-en au fait. Que nous proposes-tu ?

— La valeur de la ferme serait divisée en quatre. Vous, André et Jacques, l'auriez pour vous deux, comme c'est déjà le cas. Quant à la part de Louis, soit le tiers de la valeur totale, je la lui remettrais sur mes fonds propres.

Les trois hommes s'observèrent.

— Il va toucher de l'argent et pas nous ! s'emporta Jacques.

— Mais vous serez propriétaire et pas lui ! rétorqua Germaine.

— Mais c'est lui qui a choisi de quitter Boissillac ! Personne ne l'a forcé !

— Calme-toi, Jacques, le coupa Germaine. Puisque c'est comme ça, mieux vaut arrêter là cette conversation. De toute manière, rares sont les affaires d'héritage qui ne provoquent pas de fâcheries dans les familles. Mais je vous en prie, essayez donc de vous parler tous les trois, et de revenir à la raison.

Elle se leva, puis ajouta :

— Ah ! Je dois aussi vous dire que ceux qui garderont la ferme auront ma personne à charge jusqu'à mon décès. Mais qu'ils se rassurent, je ne compte pas faire d'heures supplémentaires, surtout pas dans cette ambiance.

Ce furent ses derniers mots. Ses fils n'échangèrent pas davantage ce jour-là. Les paroles de leur mère les avaient une fois de plus bousculés.

L'estimation des biens fut réalisée et le notaire devait maintenant réunir la famille Deltheil afin de rédiger le document final, rappelant le cadre de la donation-partage proposée par Germaine, la propriétaire du domaine de Boissillac.

Face au notaire, les interrogations des clients manquent souvent d'à-propos, elles se retrouvent noyées par des explications longues et incompréhensibles.

Bien entendu, ce furent les sujets concernant l'argent qui bloquèrent la discussion. Les Auvergnats ont cette réputation, bien légitime, d'être près de leurs sous !

— Toutefois, si la part financière à verser à Louis venait à être trop élevée pour Mme Deltheil, une participation des deux autres frères serait sollicitée, expliqua le notaire.

Lorsqu'ils quittèrent l'étude, André et Jacques n'étaient pas d'accord sur grand-chose concernant cet arrangement. Ils avaient la sensation qu'on leur enlevait une part du bien dont ils jouissaient depuis toujours.

— Pour être propriétaire, il faut en être digne, lança Germaine. Rentrons à Boissillac !

— Je dois rentrer à La Bescade mais nous nous reverrons sans tarder, promit Louis. Lorsque nos épouses sauront ce qui s'est dit chez le notaire, elles nous aideront peut-être à bien y réfléchir.

— Il nous faudra au moins une nuit ou deux pour comprendre et surtout accepter ce que maman nous a proposé, lâcha André.

— Si vous connaissez une ferme où la transmission du patrimoine s'est facilement déroulée, faites-le-moi savoir, conclut Germaine.

Le temps fila et l'inquiétude grandit dans l'esprit de tous. Même les fêtes de Noël furent sans éclats, chacun attendant l'issue des réflexions des uns et des autres. Pierre Lafontie considérait de loin les affaires de Boissillac, sachant bien que Mireille avait déjà en réserve sa propriété. Certes ce n'était pas le Pérou, aimait-il à dire, mais cela lui assurait déjà un bel avenir. Certains Auvergnats aiment la discrétion, ça leur permet de dissimuler leurs biens aux autres et aussi au fisc. D'autres se montrent plus riches qu'ils ne sont. Il faut de tout pour faire un monde !

Germaine marchait lentement. Elle avait désormais besoin de deux cannes pour avancer. Personne n'aurait pu imaginer qu'elle tiendrait aussi longtemps après son arrêt cardiaque.

Dans les premiers mois de l'année 1931, il fallut bien se décider à trouver un accord. Aux yeux de tous, la situation devenait ridicule. Les trois frères parlementèrent encore, histoire d'explorer des alternatives possibles à la proposition de leur mère. En vain.

— Serions-nous enfin d'accord, mes frères ? lança Louis. Nous n'allons pas reporter encore une fois nos discussions.

Les deux autres se grattèrent le menton, ce qui était mauvais signe. Louis attendit, le plus calmement possible. Puis, perdant patience :

— Écoutez, je ne vais pas passer mon temps à discuter alors que ça ne sert visiblement à rien. Puisque c'est comme ça, l'héritage se fera au décès de notre mère, dans les conditions prévues par la loi, avec le risque de démembrement de l'exploitation familiale.

— Louis, nous pouvons encore réfléchir, tenta André.

— Alors, lorsque vous aurez réfléchi, faites-le-moi savoir. En tout cas, comme je vous l'ai précisé, nous savons tous ce que nous risquons. Je rentre à La Bescade, j'ai beaucoup de travail, et puis de toute façon je n'ai plus rien à vous dire.

Un silence.

— Ah ! Si ! ajouta-t-il. Pensez à vos enfants, ils grandissent !

Les trois frères se séparèrent et les discussions se prolongèrent dans leurs ménages. Germaine ne se prononça pas sur ce nouvel échec. Elle semblait perdre pied et sa santé avait des hauts et des bas.

Assise sur un banc du jardin, elle fit dans sa tête l'inventaire des âges de ses petits-enfants. La grand-mère compta sur ses doigts : Mireille, seize ans et des poussières ; François, six ans ; Jean-Paul, bientôt dix ans ; Élise, huit ans ; Adrien, trois ans. « Comment le temps peut-il passer si vite ? »

Quelques jours plus tard, les trois frères se rendirent chez le notaire et acceptèrent la donation-partage, non sans solliciter encore quelques ajustements pour la plupart rejetés par leur conseil.

— L'affaire est définitivement conclue, officialisa le notaire. Je dois vous féliciter pour votre décision. La donation-partage sera enregistrée dès aujourd'hui, votre mère a déjà signé les documents. L'administration fiscale interviendra par la suite, ne craignez rien, elle vous contactera, c'est la loi !

Ils quittèrent l'étude et rejoignirent Boissillac pour annoncer la fin des pourparlers.

— Je peux désormais mourir tranquille, dit simplement Germaine Deltheil.

Face au froid que jeta sa déclaration, elle ajouta :

— D'où il est, votre père doit aussi être satisfait de cet arrangement. Le principal est que nous puissions encore tous nous réunir ici et parler de nos terres, de leur histoire. Et que les petits-enfants puissent construire eux aussi leur vie ici, à la campagne.

— Je me sauve, lança Louis. Juliette, Jean-Paul et Élise doivent s'impatienter.

Il embrassa sa mère et quitta Boissillac. Une fois arrivé à La Bescade, il respira un grand coup et eut cette sensation d'avoir participé à un grand moment de l'histoire des Deltheil. Au final, la famille ne s'était pas disloquée mais se trouvait en quelque sorte régénérée. Toute cette jeunesse allait pouvoir se remplir les poumons d'un air vivifiant de liberté !

Avec cette donation, leur avenir avec Juliette serait consolidé. Encore à quelques pas de la ferme, il voyait monter la fumée que la cheminée livrait au ciel. Elle aussi était libre et se tordait, guidée par ce souffle invisible qu'est le vent, parfois fou, parfois docile, et dont il est souvent bien difficile de deviner où il va.

C'était chez lui, tout simplement, et il n'échangerait sa place pour rien au monde. Sa ferme, sa maison, sa famille et surtout ses deux enfants. Dans un coin de sa tête, de nouvelles idées germaient. Que ferait-il de cet argent ? Il allait avoir tout le temps d'en parler avec son épouse avant de prendre des décisions. Ces aubaines-là donnent souvent des envies dangereuses ; il pourrait compter sur Juliette pour l'aider à être sage.

En arrivant sur le seuil de la maison, il n'eut qu'une envie, celle de serrer les siens dans ses bras mais aussi de demander à Juliette de préparer un gros gâteau pour fêter l'événement !

— Tu aurais besoin d'autre chose, mon cher mari ?

— Oui, ma chérie. D'une bonne bouteille de ce vin qu'on appelle « vin vieux ».

— Comment vont ta mère et les autres ?

— Je ne me suis pas attardé à Boissillac. J'avais une envie folle de revoir notre ferme, nos vaches et nos cochons, les terres environnantes.

— Rien n'a changé depuis ce matin, pourtant, sourit Juliette. Tout est à la même place, la pendule marche toujours.

— Mais où est ta mère ?

— Elle est dans le jardin. Elle sarcle les légumes.

— Dis-lui de venir, tu lui raconteras mieux que moi ce qui nous arrive. Elle n'a pas besoin de travailler comme ça.

— Tu ne la changeras pas ! Son bonheur est d'être avec nous, certes, mais pas complètement à notre charge.

— Nous, au moins, dans nos pauvres campagnes, nous avons le sens de la famille. Rien à voir avec les gens des villes.

— Mais enfin, Louis, tu ne devrais pas parler ainsi, tu ne connais rien aux gens des villes. Ils sont certainement comme nous autres !

— Tu as raison. Je dois dérailler un peu tant je suis heureux aujourd'hui que cette histoire d'héritage soit enfin réglée.

À Boissillac, Mireille discuta longuement avec son père. Celui-ci lui donna davantage de détails concernant cette succession.

— Y aura-t-il des répercussions en ce qui me concerne, papa ?

— Comment ça ?

— Je ne suis pas tout à fait une Deltheil, je suis une Lafontie-Deltheil, tu sais bien.

— Tu es ma fille et tu fais partie de la famille tout autant que ton frère François. Un jour tu seras l'héritière de cette ferme, au même titre que les autres.

Elle essaya de sourire mais ce sourire-là ne fut pas convaincant. Puis, après avoir hésité, elle reprit la parole :

— Souvent, le dimanche après-midi, à Murat, nous nous rassemblons entre jeunes pour discuter, papoter, nous raconter nos petites histoires tout en prenant un rafraîchissement au café.

— Cela ne pose pas de problème, puisque tu rentres toujours à l'heure convenue. Me cacherais-tu quelque chose ?

— En quelque sorte oui, papa. Mais ne t'inquiète pas, rien de bien grave ni de bien nouveau, au contraire. Plutôt un retour vers une amitié du passé…

Soudain, le père pensa à l'ami de toujours, écarté depuis quelque temps. Philippe redevenait-il d'actualité ?

— Serait-ce ton prince des Retourches, par hasard ? Celui qui veillait toujours sur toi lorsque vous alliez à l'école ?

Elle baissa la tête, gênée, puis acquiesça.

— Il n'y a là rien d'extraordinaire, ma fille. C'est une amourette de ton âge, et de plus nous le connaissons. Bien que je sois un peu jaloux, je dois l'avouer. Belle comme tu es, les garçons doivent être tous sensibles à ton charme, tout comme moi j'ai été sous le charme de ta maman. Je suis tombé fou amoureux d'elle dès le premier regard.

— Oui, mais…

— Ce n'est pas grave, ma petite princesse, la coupa son père. Au contraire, nous avons tous hâte de le revoir.

André n'imaginait pas ce que sa fille voulait lui dire. Il parlait trop, l'empêchant de s'expliquer. Pour clore cette conversation inachevée, il l'embrassa tendrement sur le front.

— Tu as bien fait de me parler, ma fille !

Puis il ajouta :

— Avec François, tu n'as pas de soucis ? Il commence à grandir lui aussi, j'espère qu'il ne t'embête pas trop.

— Non, papa. Ici, personne ne se conduit mal avec moi. Et grand-mère Germaine m'a toujours considérée comme sa petite-fille.

— Alors tout va pour le mieux ?

— C'est mon grand-père qui vieillit très vite, il me semble. Je devrais aller plus souvent le voir.

— Tu peux y aller quand tu veux, tu sais. Et puis ce n'est pas si loin.

— Je devrais peut-être lui parler davantage de mes tableaux, même s'il n'y comprend pas grand-chose. Je regrette parfois le temps où nous étions si proches, où il m'appelait sa « petiote ».

Mireille se transforma en conteuse et son père l'écouta. Il devinait son attachement profond à son grand-père, ainsi qu'aux Retourches où elle ne se rendait que de temps en temps. « Ces lieux lui manquent, c'est certain, rien ne remplace une terre natale. »

C'est fou ce que sa fille avait grandi ! Depuis quelque temps déjà, il l'avait remarqué, mais pris par son travail et l'histoire du partage des biens, il ne s'y était pas assez intéressé. Elle aurait bientôt dix-huit ans ! Il pensa soudainement à Éliane, sa mère. Elle avait le même âge lorsqu'il l'avait rencontrée et aimée à la folie.

Mireille était maintenant une femme, une des plus belles du pays, avec sa blondeur singulière. Elle continuait à peindre et à vendre ses toiles à Paris. Malgré les invitations du galeriste parisien, elle avait toujours refusé de se rendre dans la capitale qui l'effrayait d'avance. En parallèle, elle travaillait à la ferme, et tous étaient fiers d'elle.

Son grand-père aussi. Il ne comprenait pas grand-chose aux tableaux qu'elle peignait, c'est vrai, mais qu'importe, elle y mettait tant d'ardeur. Il vieillissait. Les mois lui paraissaient des années et les années des siècles.

Depuis quelque temps, il avait bien vu que Philippe le regardait bizarrement. Aurait-il des secrets ? Le petit d'à côté avait désormais dix-huit ans et, à cet âge-là, on était un homme, à la campagne. Chaque fois que l'on parlait de Mireille, il le sentait à la fois gêné et enjoué, comme à la grande époque de leur amitié.

Pierre Lafontie se souvenait pourtant de ces mots de sa petite-fille : « Avec Philippe, on ne se mariera plus. » Où en étaient-ils, tous les deux ? Le grand-père avait vécu comme tous les hommes de la terre et se souvenait du bon vieux temps, celui de sa jeunesse. Il avait été amoureux lui aussi, et, voyant maintenant sa petite-fille belle comme le jour, il savait ce que pouvait ressentir son jeune voisin, qui l'avait tant entourée dans son enfance, presque depuis ses premiers pas, puis à son entrée à l'école et jusqu'à son certificat d'études.

Alors qu'il pensait à Mireille, Pierre la vit soudain devant sa porte, rayonnante, comme il la souhaitait dans sa tête et dans son cœur.

— Voilà donc mon soleil qui me rend visite ! Je suis heureux de te voir !

— Avec la pluie torrentielle qui tombait du ciel, j'ai dû attendre la première éclaircie.

— Un orage sur Boissillac sans doute. Ici, nous n'avons eu que quelques gouttes.

— C'est vrai, je sais bien qu'aux Retourches ce n'est pas tout à fait comme ailleurs. La météo est différente.

— Ne te moque pas de moi, ma chère Mireille.

Mireille entra dans la maison et s'assit sur le banc près de la table.

— On est bien, chez toi, grand-père.

— Tu veux dire chez toi !

Elle sourit, apaisée, tranquille et à l'abri.

— Il faut que tu saches qu'il se passe quelque chose dans ma vie, comme un renouveau entre Philippe et moi. Tu vas sans doute sourire et tu aurais raison, au regard de ce que je t'ai dit un jour, mais tout a changé.

— Quand on approche de la fin de sa vie, comme moi, on est plus à même de comprendre celle des autres, tu sais. Avez-vous renoué comme autrefois ?

— Oui, grand-père. Je voulais te le dire depuis un moment mais je n'osais pas.

Il la regarda tendrement, sans ajouter le moindre mot. À qui pensait-il à cet instant ? Il ne le dit pas, sans doute était-ce mieux ainsi. Enfin il reprit :

— Tu pourrais peut-être préparer un café en y ajoutant un morceau de sucre ? Ça nous rappellerait le passé, nos bonnes vieilles habitudes.

Elle s'exécuta sur-le-champ, le sourire aux lèvres et sûrement dans le cœur.

— Qu'en pense ton père ?

— J'ai seulement commencé à lui en parler.

— Pourquoi, il y aurait davantage à lui dire ?

— Oui !

19

Mireille n'était pas au bout de ses peines. Elle savait qu'elle aurait du mal à annoncer aux siens son projet de mariage. Avec Philippe, ils prirent donc d'abord un moment pour parler de leur avenir avec les Loubrant. Ceux-ci ne crièrent pas au scandale, bien au contraire.

— Et comment allez-vous vous installer, mes chers enfants ? demanda la mère de Philippe.

— Nous viendrons sans doute ici dans un premier temps, chez mon grand-père, là où je suis née. Il y a de la place, et plus tard nous pourrons agrandir les lieux. La propriété de mon grand-père m'appartient un peu, comme vous devez le savoir.

— Nous sommes de simples fermiers, et notre fils va épouser la propriétaire de la ferme ! comprit Mme Loubrant. Quelle étrange situation.

— En attendant ma majorité, c'est mon père qui gère le bail, expliqua Mireille. Le mariage donnant droit à l'émancipation, une fois que nous serons mariés, les Retourches nous appartiendront, à Philippe et à moi.

— Tout ça m'embrouille la tête ! Et toi qui ne dis rien, Philippe...

— Ces histoires me donnent soif ! répondit le garçon. Je vais nous servir quelque chose à boire !

— Ainsi votre avenir paraît tout tracé, dit M. Loubrant. Je suis très heureux de ce qui vous arrive. Approche-toi, Mireille, que je t'embrasse comme ma fille !

Cette dernière s'exécuta puis elle déclara :

— Il y a aussi un autre point très important que nous voulions aborder, n'est-ce pas, Philippe ?

Il fit semblant de ne pas entendre et tous parlèrent finalement d'autre chose. En tout cas, Mireille et Philippe avaient informé de leur décision une partie de leur famille. Il leur restait à en faire de même à Boissillac et ça serait une autre affaire.

Mireille prit son courage à deux mains quelques jours plus tard.

— Alors, comme ça, vous avez décidé de passer le reste de votre vie ensemble ? s'étonna André.

— Oui, papa, on se connaît depuis si longtemps.

— Je ne sais pas si cela suffit pour faire un bon ménage, mais c'est votre choix, si je comprends bien.

— Oui, c'est notre choix. Et toi maman, qu'en dis-tu ?

— Je suis très heureuse pour vous, ma fille, même si je regrette un peu de te voir partir aux Retourches, loin de nous.

— Philippe viendra vous rencontrer dès que possible mais il me tardait trop de vous faire part de nos projets et de notre amour.

— J'espère que vous ne vous sauverez pas du pays, de notre Auvergne, dit André. Car je me souviens de ton galeriste qui t'aurait bien voulue plus proche de lui à Paris.

— Je travaillerai toujours pour lui, d'autant plus que ça marche assez bien pour le moment, mais, comme je l'ai toujours promis, jamais je ne quitterai ma terre natale.

— Nous avons désormais hâte de revoir Philippe, cela fait si longtemps.

Tous les trois sourirent et s'embrassèrent.

Par la suite, André ressentit le besoin de parler seul à seule avec sa fille. Lui avait-elle tout dit ?

— Alors ça y est, tu as choisi ton destin, ma fille ?

— Je ne serai pas si loin, papa. Mais j'ai toujours su que je devrais un jour quitter Boissillac pour les Retourches puisque j'y ai ma maison, ma ferme, même ! J'ai cependant du mal à me faire à cette situation. Tu te rends compte, mon fiancé est en même temps mon fermier. Parfois je ne sais comment me comporter.

— C'est une nouveauté dans le pays, c'est sûr. Mais ne t'en fais pas, dès que vous serez mariés, il sera lui aussi propriétaire de sa ferme et à vous deux vous posséderez l'ensemble des Retourches ! En attendant, ton grand-père est toujours vivant, il vous aidera à vous sentir bien là-bas et il sera très heureux de te voir à nouveau sur tes terres, celles où tu es née ! Là où j'ai tant aimé ta mère !

Ces mots déclenchèrent un flot de larmes chez Mireille, incontrôlable. André la serra dans ses bras. Elle se blottit contre lui et des minutes passèrent. Ses sanglots dissimulaient une autre vérité qu'elle n'osait pas encore annoncer, car elle voulait à tout prix que Philippe soit présent lorsqu'elle les en informerait.

La maison était silencieuse. Puis Germaine tomba du ciel, de manière si imprévisible que Mireille sursauta. Elle s'adressa à sa petite-fille après s'être assise péniblement :

— Comme vous pouvez le voir, ça ne va pas fort ce matin, je suis bien rouillée. De quoi parliez-vous tous les deux ?

— Mireille me parlait de son avenir.

— Aurais-tu rencontré l'âme sœur par hasard ? Belle comme tu es, tu ne dois pas manquer de prétendants.

— Elle va te raconter, dit André. Tu seras sans doute surprise.

— On ne me dit plus rien dans cette maison. Je sais bien qu'en vieillissant je me ratatine, mais tout de même, je suis là ! Heureusement, au moins, que l'avenir de Boissillac est réglé une bonne fois pour toutes.

— Je te raconterai, grand-mère.

— J'espère bien ! J'aimerais savoir avant de mourir, ma chère petite-fille. Ma santé décroît de semaine en semaine, je pourrais même dire de jour en jour. Vois-tu comme je traîne la patte ?

Témoin de ce terrible constat, Mireille sentit de nouveau sa gorge se serrer. Elle s'étonnait encore que sa grand-mère ait tenu si longtemps après son accident cardiaque.

— Promis, d'ici quelques jours je te dirai ce qui se prépare dans ma vie, lui glissa-t-elle à l'oreille.

Germaine sembla heureuse de l'entendre. Elle saurait attendre. Mireille demanda ensuite à ses parents si Philippe pouvait venir leur rendre visite le dimanche suivant, vers onze heures, afin de ne pas déranger les travaux matinaux. Rendez-vous fut pris, comme souhaité, mais, par discrétion à l'égard du reste de la famille, ils choisirent de se rencontrer en ville.

Philippe les retrouva tous les trois à l'endroit convenu. Tous se connaissant depuis tant années, il leur fut facile de se saluer sans manières.

— Bonjour monsieur Deltheil, bonjour madame.

Poignées de mains sympathiques et respectueuses.

— Asseyons-nous ici, proposa André.

Le garçon prit place en face d'eux et ils commandèrent des cafés. André lança la conversation en s'adressant à Philippe :

— Nous nous connaissons depuis trop longtemps pour jouer la comédie. Mireille nous en a déjà dit pas mal sur vos retrouvailles, n'est-ce pas ?

— Oui, monsieur Deltheil, répondit Philippe. Nous aimerions vous entretenir de certains de nos projets.

— Le fait que tu sois son prince ne date pas d'hier ! Même si, par moments, le moteur a calé, si l'on peut dire.

— Dans chaque couple, il en va ainsi, intervint alors Colette en souriant.

— J'aime Mireille, oui, et nous nous aimons si fort que nous avons décidé de nous marier, mais avant tout nous avons quelque chose de difficile à vous annoncer.

— Mais quoi donc, que diable ?

Mireille se leva et regarda son père comme si elle allait lui parler. La force ou le courage lui manquèrent, alors Philippe se lança :

— Nous attendons un enfant. Enfin, Mireille attend un petit. Nous avons commis une faute et il était important que vous l'appreniez par nous deux. Puis-je continuer, monsieur Deltheil ?

— Que nous réservez-vous d'autre ?

— Malgré cela, je vous demande officiellement la main de Mireille !

— Que faut-il que je réponde ? dit André. C'est si clairement demandé.

— Tu réponds oui ! s'exclama Mireille un peu fort.

André prit la main de Colette, comme s'il voulait aussi son consentement, puis il déclara avec un grand sourire :

— C'est d'accord, Philippe, nous te confions notre Mireille. Mais attention, au premier faux pas, nous te la reprendrons ! Ce petit que vous avez fait sans notre permission, quand doit-il arriver ?

Mireille répondit :

— Dans sept mois à peu près.

— Alors c'est décidé ? Nous allons vous perdre à Boissillac ?

— Papa, s'il te plaît, ne remue pas le couteau dans la plaie. C'est une grande décision que nous devons prendre, et nous avons aussi besoin de vous deux. Vous allez devenir grands-parents !

— Ce n'est plus de café dont j'ai besoin, mais d'un alcool fort ! C'est très bien, les enfants, vous venez d'ouvrir le livre de votre vie. Un peu tôt, certes, mais vous avez notre bénédiction !

Mireille embrassa son père et Colette.

— Nous craignions tellement de vous annoncer cette situation, lâcha Mireille. Je me sens épuisée. J'ai besoin de respirer un bon coup.

— Mes parents ne savent encore rien pour le bébé, dit Philippe, mais nous allons le leur annoncer ce soir. Pour

Pierre Lafontie, la vie va changer aussi, il ne sait pas qu'il va avoir un arrière-petit-fils ou une arrière-petite-fille !

L'annonce de l'événement se propagea vite. Le grand-père de Mireille accueillit la nouvelle avec émotion.

— Pour moi, c'est comme si tu prolongeais de nouveau la vie de ta mère. J'espère que tu ne m'en veux pas de reparler d'elle, mais c'est ce que je ressens. Je suis très heureux pour vous. Et toi Philippe, comment vont réagir tes parents ?

— Ils sont déjà très contents de savoir que nous allons demeurer ici, aux Retourches. Quant au petit, nous ne tarderons pas à leur en parler.

— Que demander de plus ? Mariage entre voisins, deux fermes côte à côte.

— Nous irons bientôt l'annoncer à La Bescade, dit Mireille. Nous espérons qu'ils seront enchantés eux aussi. Nous ne les voyons pas souvent.

Un ou deux jours plus tard, à Boissillac, Mireille en reparla avec André et Colette.

— Les fondations d'une grande famille ont beau être solides, l'édifice est parfois fragile, constata André. Chacun voit midi à sa porte et c'est bien dommage. Nous nous étions promis de tous nous voir régulièrement après cette histoire d'héritage. Ça n'a pas tenu bien longtemps mais aujourd'hui, avec vous et tout le bonheur que vous nous apportez, peut-être cela va-t-il changer. Louis est un brave homme. Quant à Juliette, c'est une crème !

— Lorsque la date du mariage sera fixée, nous irons les voir !

— Il n'est pas nécessaire d'attendre, allez-y dès que possible, proposa André.

Mireille et Philippe avaient donc livré leur secret. Ils continuaient à travailler comme avant, mais des perspectives nouvelles se profilaient à l'horizon et de nombreuses questions les tracassaient encore. Mireille demanda solennellement à son grand-père si elle pourrait emménager chez lui avec son mari.

— Depuis que vous m'avez parlé de votre situation, j'espérais que tu me le demandes, ma chérie.

Connaissant fort bien l'habitation, Philippe proposa d'effectuer quelques travaux de rénovation avant leur installation. La maison était un peu à l'ancienne, la famille y avait vécu avec le confort du bon vieux temps, c'est-à-dire pas grand-chose. Généreux comme à son habitude, Pierre Lafontie leur dit :

— Vous savez, une chambre pour dormir me suffit. Je n'en demande pas davantage.

La petite maison de pierres du pays était flanquée de la grange au-dessus de l'étable avec en face le hangar. Le jardin potager jouxtait l'habitation. Pierre se tenait ainsi tout proche de son garde-manger fourni en légumes variés, précieux pour confectionner sa soupe du soir, dont il ne se privait jamais.

Il y avait trois pièces. La principale disposait de tout ce qu'il fallait pour vivre : une cheminée ; un coin d'eau où attendaient toujours des seaux pleins ; deux armoires ; un petit vaisselier ; un grand lit, celui où avait toujours dormi le propriétaire ; au milieu, une grande table avec deux bancs. Tout à côté, séparée par une porte branlante, la chambre d'Ernestine et, derrière une autre porte au fond, donnant sur l'arrière de la maison, celle qu'avaient occupée Éliane et sa fille. Chaque pièce avait sa fenêtre, seule la plus grande avait une porte donnant sur l'extérieur.

Sous la toiture, il y avait un grenier éclairé par deux chiens-assis, un peu sombre en attendant un agrandissement des lucarnes.

Mireille adorait cette maison où était née sa mère et où elle-même avait vu le jour. C'était dans les allées de ce jardin qu'elle avait vu son père pour la première fois, l'allée bordée d'œillets de poète. Elle fourmillait d'idées pour la rénovation, des projets ambitieux mais bien trop coûteux. Comment faire ?

Pour fixer la date du mariage, le grand-père se rendit à Boissillac où il fut généreusement accueilli. Il voulut faire une surprise, à sa manière. Dans la pièce, il n'y avait alors qu'André et Colette en plus des futurs mariés. Ce jour-là, Germaine ne se sentait pas bien.

— Ma mère reste de plus en plus dans sa chambre, regretta André.

Autour de la table, où l'odeur du café chaud se répandait, la date du mariage fut donc fixée d'un commun accord. Alors que l'on finissait de se féliciter des réjouissances à venir, Pierre Lafontie prit la parole :

— Je voudrais émettre un souhait, si vous me le permettez, bien sûr.

— Qu'as-tu à nous dire, grand-père ? s'inquiéta Mireille. J'espère qu'il s'agit d'une bonne nouvelle ?

— Ma chère petite-fille, je souhaiterais t'offrir ta robe de mariée ! Ce sera un peu celle que ta mère n'a jamais eue. Je sais qu'ici, à Murat, il y a de bonnes couturières.

Mireille se leva pour l'embrasser chaleureusement.

— Merci, grand-père, j'en suis toute retournée ! C'est un cadeau magnifique que tu me fais là. Je l'accepte de tout mon cœur !

Philippe demeura d'abord coi lui aussi puis lança les applaudissements. André et Colette sourirent, il n'y avait rien à ajouter.

Les surprises n'étaient pas terminées. Comme l'avait fait Pierre, Philippe leva le doigt à son tour.

— J'ai aussi une nouvelle à annoncer à ma future épouse.

Toujours assise à côté de son grand-père, Mireille attendit que Philippe poursuivît.

— À l'approche de ce bel événement dont ils sont déjà très heureux, mes parents ont proposé, en accord avec ton grand-père, et compte tenu du coût et de l'importance des travaux qu'il faudrait engager pour aménager sa maison, de nous héberger. Leur maison est beaucoup plus grande et ils sont prêts à faire de gros travaux de rénovation. Mireille, tu auras tout le confort dont tu rêvais et tu pourras choisir le nouveau mobilier. Il serait bien, d'ailleurs, que tout soit prêt d'ici notre mariage !

Mireille ne savait comment exprimer sa reconnaissance.

— Mais Philippe, c'est tellement généreux de leur part !

— Ils t'attendent pour en discuter ! Lorsque tu seras mon épouse et leur bru, ils recommenceront à vivre, c'est ce qu'ils m'ont dit.

— J'ai donné mon accord avec le plus grand plaisir, lâcha Pierre Lafontie. Ma maison manque de confort et je me réjouis que vous puissiez vivre dans de meilleures conditions.

— Vous qui venez depuis longtemps pour prendre le repas de midi, vous savez que vous êtes très estimé chez nous, dit Philippe en s'adressant à Pierre. Vous faites partie de la famille, c'est ce que me dit souvent ma mère.

— Chaque jour où je vivrai dans la maison d'à côté, j'observerai si de la fumée s'échappe de ta cheminée, s'enthousiasma Mireille. Je saurai alors que tu prépares le café du matin et que tout va bien pour toi.

Pierre s'essuya les yeux. Ce fut sa seule réponse. Quelle journée ! Une robe de mariée, une nouvelle maison pour les futurs époux, l'émotion du grand-père.

— De notre côté, que nous reste-t-il à organiser dans cette affaire ? s'inquiétèrent André et Colette.

— Le repas de noces, pardi ! s'exclama Mireille. Je veux qu'il se déroule ici, à Boissillac, que je quitterai le soir même.

— Tu viendras quand même nous voir ? s'inquiéta André. Nous voulons connaître notre premier petit-enfant !

— Quel bonheur de le sentir là, dit-elle en caressant son ventre. Avec ce petit, Philippe et moi serons certainement les plus heureux du monde.

Après un moment de silence, elle reprit la parole :

— Il ne nous reste plus qu'à rendre visite à Louis et à Juliette pour leur apprendre les nouvelles, s'ils ne les connaissent pas déjà. Et aussi à grand-mère !

— Ne t'inquiète pas, Mireille, dit son père. Elle doit être derrière la porte, elle a déjà tout entendu.

20

Chez les Loubrant, l'euphorie s'empara de la famille. Comme promis, on se débattait comme de beaux diables pour faire avancer les travaux. Tout devait être terminé pour le mariage et surtout pour la naissance du bébé.

— C'est la plus belle chose qui pouvait nous arriver, n'arrêtait pas de répéter Marguerite Loubrant.

— On a compris, s'agaçait parfois son mari. Cela ne sert à rien de le répéter toute la journée. Espérons plutôt que tout sera prêt à temps. Il y a tant à faire ! Sans compter les foins qui ne peuvent guère attendre.

— Les noces se feront entre fenaison et moisson. Nous aurons juste le temps de respirer entre les deux.

— Tu vois, ma chère femme, quand tu réfléchis, tu causes juste, se moqua M. Loubrant.

— Toi, tu as de la veine que je n'aie pas de fourche entre les mains !

Il fallait bien rire un peu au beau milieu de l'agitation. Les ouvriers avaient déjà commencé à blanchir les murs de la grande pièce et, côté cuisine, là où se préparaient les repas, ils aménagèrent de nouveaux placards. Les éviers ainsi que l'arrivée d'eau furent également changés.

— Je vais aussi faire poser de nouveaux rideaux, annonça la mère de Philippe à son époux. Ils datent de Mathusalem, comme on dit. J'aurais honte de les laisser là.

— Tout cela va nous coûter cher, constata son mari. J'ai fait une nouvelle estimation et ça fait déjà beaucoup de sous.

— Et alors ? Cet argent, nous l'avons, n'est-ce pas ? Alors pourquoi ne pas le dépenser pour notre Philippe. Tu es un vrai grippe-sou ! Tu n'étais pas comme ça quand je t'ai connu, souviens-toi !

En entendant cette remarque, Loubrant pouffa. Il fit exprès d'en rajouter :

— Je n'ai pas encore chiffré l'achat de la chambre des jeunes. Si ça continue, on n'aura pas les moyens de leur acheter un lit pour dormir !

Elle lui tourna le dos et chacun vaqua à ses occupations. Malgré les apparences, il n'y avait entre eux aucun malentendu. Et ce n'était pas maintenant, face à l'un des plus grands événements de leur vie, qu'ils allaient flancher.

Pierre Lafontie observait l'avancement des travaux, n'osant émettre la moindre remarque. Comme de coutume, il déjeunait tous les midis chez les Loubrant. Un jour, à son tour, il leur fit une proposition quant à la nouvelle vie de Mireille.

— J'aimerais aussi apporter ma contribution au retour de ma petite-fille dans son hameau natal !

— Et que comptez-vous faire ?

— À Boissillac, elle s'était installé un atelier dans le grenier. Comme elle n'ira plus là-bas que de temps en temps, je vais lui aménager chez moi une grande pièce, rien que pour elle. Elle pourra y déposer son matériel, ses dessins et ses toiles, et s'y réfugier pour peindre quand elle le souhaitera.

— C'est une merveilleuse idée ! s'enthousiasma la mère de Philippe. Les Retourches vont non seulement voir leur population augmenter, mais également devenir une résidence d'artiste. Formidable !

— Vous devriez lui annoncer au plus vite la bonne nouvelle, suggéra M. Loubrant.

— Oui, j'espère qu'elle sera contente !

— Soyez-en sûr, mon cher Pierre !

Le mariage approchait et, avec lui, le départ de Mireille de Boissillac, ce qui attristait les Deltheil.

— Nous viendrons vous visiter dès que nous le pourrons, tenta de les rassurer Mireille. Vous aider, aussi. Nous ne sommes pas bannis, j'espère ?

— Arrête tes bêtises, la tança André. Tu auras toujours ta part de notre ferme, elle est aussi un peu à toi, désormais.

— Nous aurons, Philippe et moi, plus qu'il n'en faut pour vivre. Quant à ma peinture, Paris n'arrête pas de me relancer. Roger-Jean de La Baste me reproche même de ne pas lui en fournir assez. Quand je pense que tout cela a commencé avec un morceau de couronne de perles de verre trouvé dans un cimetière. Philippe m'avait encouragé, à l'époque.

— Ah ! Le prince Philippe ! L'ami d'enfance ! Vous ne vous êtes jamais lâchés.

— Sauf une fois ! Et nous avons bien failli ne plus jamais renouer ! Mais le temps tisse sa toile et fait bouger les lignes. Tu vas me manquer, papa.

Un matin, Mireille et Philippe se dirigèrent vers La Bescade, main dans la main. La jeune femme récitait une poésie apprise à l'école :

— « Mars qui rit malgré les averses, prépare en secret le printemps. Il repasse des collerettes et cisèle des boutons-d'or[1] ! »

— Tu as bonne mémoire, lui fit remarquer Philippe.

— Une telle phrase ne peut s'oublier et le paysage s'y prête aujourd'hui, tu ne trouves pas ? J'espère que nous n'allons pas déranger Louis et Juliette.

— Je suis certain qu'ils ont été informés de nos projets.

— Bonjour les revenants ! entendirent-ils alors qu'ils touchaient au but.

Les ayant aperçus de loin, Juliette était accourue à leur rencontre et leur ouvrait les bras.

— On croyait que vous nous aviez oubliés, ça nous fait tellement plaisir de vous voir ! Les enfants, venez voir qui arrive !

Jean-Paul et Élise apparurent.

— Comment se fait-il que vous soyez si grands, vous deux ? leur dit Mireille.

— Ça, c'est parce que vous ne les voyez pas assez souvent ! cria Louis, surgissant d'on ne sait où.

— Entrez donc, les pria Juliette. Maman aussi sera heureuse de vous voir.

Mireille leur offrit une gourmandise apportée pour l'occasion. Les discussions habituelles eurent lieu, sur la pluie et le beau temps, puis vint l'heure de l'annonce.

1. « Premier sourire du printemps », Théophile Gauthier.

— Voilà, se lança Mireille. Vous êtes peut-être au courant, mais Philippe et moi allons nous marier et nous aimerions beaucoup que vous soyez tous présents à notre mariage.

— Ça y est, ton prince s'est décidé ? sourit Louis. Ça fait combien de temps que vous vous connaissez, déjà ?

— Très longtemps, en effet, lui répondit Philippe.

— C'est une excellente nouvelle, dit Louis. Nous viendrons avec plaisir. Mais vous savez, je croise parfois André au marché de Murat et il me parle beaucoup de toi, Mireille.

— Vous saviez donc que nous allions nous marier ?

— Pas vraiment, mais nous savons surtout que tu es en train de devenir célèbre à Paris !

— Il ne faut pas croire tout ça, j'arrive à vendre quelques tableaux, c'est tout.

Ils dégustèrent le gâteau tous ensemble, puis les enfants sortirent pour aller jouer dehors, non intéressés par cette conversation d'adultes. Ce fut le moment que Philippe choisit pour confier leur secret à ceux de La Bescade.

— Nous avons autre chose à vous annoncer. Nous attendons un enfant, pour septembre, si tout se passe bien.

— Mais c'est merveilleux, s'exclama Juliette. Félicitations !

Ils parlèrent ensuite des conditions d'installation des futurs époux aux Retourches et des travaux en cours.

— Cela va faire bizarre à ton père de ne plus t'avoir à Boissillac, commenta Louis.

— Oui, je sais, mais on ne peut pas faire autrement, répondit Mireille. Ils sont déjà trop nombreux là-bas. Et puis je suis contente de me rapprocher de grand-père. Il vieillit.

— Vous avez bien raison, les jeunes, les encouragea Juliette. Il faut vivre avec son temps. Et puis nous avons vécu une période compliquée avec cette histoire d'héritage. Maintenant, à vous de reprendre le flambeau, en toute liberté !

— C'est toujours aussi beau chez toi, oncle Louis ! dit Mireille, pour changer de sujet.

— C'est grâce à mes frères. Ils m'ont beaucoup aidé. Tout seul, je n'y serais jamais arrivé. La prochaine fois, je vous emmènerai faire le tour du domaine, ça vous forcera à revenir nous voir.

Ils prirent un autre café pour accompagner la fin de leur discussion. Tous étaient très heureux de se retrouver. Soudain, la pendule se manifesta.

— Elle fonctionne toujours aussi bien, votre pendule ?

— Oui, et nous l'avons installée le jour du baptême de Jean-Paul, ça ne date pas d'hier !

— Elle a dû en entendre, des histoires.

Un rire général parcourut la tablée.

Philippe et Mireille observaient cet environnement avec envie. Un parfum de tranquillité flottait sur La Bescade et imprégnait leurs pensées quant à l'avenir.

— Nous sommes vraiment ravis de ces bonnes nouvelles que vous nous avez apportées, dit Louis. Nous avons hâte d'être à votre mariage.

— Tout cela se déroulera à Boissillac, bien entendu. C'est là-bas que j'abandonnerai mon nom pour prendre celui de mon cher mari.

Mireille sourit et embrassa Philippe.

Plus tard, une fois les fiancés partis, Juliette et Louis étaient encore emplis d'enthousiasme en repensant à ces bonnes nouvelles. Tout comme Jean-Paul et Élise, fous de joie d'assister au mariage de leur cousine préférée.

— Tu vas devoir t'acheter un beau costume, dit Juliette à son mari.

— Et toi une belle robe…

— Et nous alors ? réclamèrent les enfants.

— Vous serez aussi beaux que tout le monde, j'y veillerai ! les rassura leur mère.

— Nous irons avec notre nouvelle voiture, papa ?

— Bien entendu ! Mais vous devrez la préparer elle aussi, je la veux étincelante ! C'est une belle occasion de rendre son lustre à cette Berliet de 1925 !

— C'est vrai que nous l'utilisons peu, reconnut Juliette. Toujours près de nos sous, comme des Auvergnats que nous sommes !

Les enfants manifestèrent bruyamment leur enthousiasme.

Dans le pays, on ne parlait plus que de ça, du mariage de la petite Lafontie-Deltheil, l'artiste locale, et de l'arrivée de son premier enfant. La publication des bans avait été faite en bonne et due forme en mairie de Murat.

À Boissillac, un drame se produisit en avril. Un matin, n'entendant aucun bruit venant de la chambre de Germaine, Colette poussa la porte et découvrit sa belle-mère immobile et ne respirant plus. On prévint le médecin qui, cette fois-ci, confirma le décès.

— Ce que je peux vous dire, c'est qu'elle n'a pas souffert. Une belle mort, dans son sommeil.

Mireille demeura prostrée devant la dépouille de sa grand-mère. Son père la consola du mieux qu'il pût, en la serrant dans ses bras. Tous la veillèrent, silencieux. Une grande dame venait de les quitter.

Les démarches pour son enterrement furent entreprises. Jacques et André s'en chargèrent, aidés de leurs épouses. On protégea du mieux possible les enfants, tenus à distance aux moments les plus pénibles.

Ce fut ainsi que Germaine quitta Boissillac, où elle était née et avait toujours vécu. L'héritage ayant été réglé, son décès n'aurait aucune conséquence sur l'avenir de la ferme, sinon que les nouveaux propriétaires, ses fils, n'auraient plus à entendre ses conseils, parfois d'un autre temps. Les anciens laissent toujours une empreinte indélébile sur leurs terres.

Il y eut la mise en bière et les visites de beaucoup de gens du pays, venus lui rendre un dernier hommage. Les Deltheil purent ainsi juger de l'affection et du respcct que lui portaient les habitants des alentours.

Le corbillard vint récupérer la dépouille à Boissillac, et tous le suivirent jusqu'à l'église Notre-Dame-des-Oliviers, au cœur de Murat. Le bruit des sabots des chevaux sur les pavés de pierre marquait plus fort encore la peine de ceux qui avaient tant apprécié la défunte. Les larmes d'argent du décor noir semblaient inutiles tant les cœurs, enserrés dans leur peine, y étaient aveugles.

Mireille donnait le bras à Philippe. La froide église referma ses portes et le curé fit son homélie. Il parla de Germaine mais aussi de son défunt mari, ces deux âmes du pays désormais réunies dans l'au-delà.

Lorsque la cérémonie fut terminée, tous se rendirent au cimetière, au bas de la ville. Les enfants restèrent muets et ce ne fut que lorsque le cercueil descendit dans la fosse qu'ils éclatèrent en sanglots. Après les derniers mots du prêtre, Mireille se rendit avec son futur mari sur la tombe de sa pauvre mère, Éliane. Pierre Lafontie les rejoignit.

Ils ne parlèrent pas. Pierre prit sa petite-fille dans ses bras et, dans une étreinte, ils pleurèrent toutes les larmes retenues jusque-là.

— Tu ne m'oublieras pas quand je serai mort, n'est-ce pas ?

— Comment le pourrais-je, grand-père, comment le pourrais-je ?

Puis vint l'heure du retour désordonné à Boissillac. Les uns devant, les autres plus en arrière, à se lancer dans des discussions comme s'ils rentraient du marché. Mireille ne pouvait comprendre cette attitude. Les jeunes sont moins soumis que leurs aînés à la force des vieilles habitudes.

Il fallut bien pourtant vivre ce deuil. Les matins furent plus difficiles, les nuits plus agitées, mais le soleil printanier brilla presque tous les jours. À Boissillac, les exigences de la ferme ne laissaient aucun répit. La terre ne connaît pas la tristesse des hommes. Le travail reprit le soir même. Chacun, qu'il fut de Boissillac, de La Bescade ou des Retourches, dut remettre sa tenue de paysan et courber l'échine.

Pour se remonter le moral, certains tournèrent leurs pensées vers les prochaines noces, prévues en juin. D'ailleurs, les nouveaux propriétaires de Boissillac,

André et Jacques, se rendirent à La Bescade pour en discuter avec leur frère Louis.

— Cette cérémonie n'aura-t-elle pas lieu trop tôt après le décès de notre mère ? Qu'en penses-tu, Louis ?

— Personnellement, je ne vois pas grand mal à la maintenir. Et vous ?

— Comme d'habitude, ma femme n'est pas d'accord, expliqua Jacques. Elle dit qu'ils pourraient attendre.

Cela agaça André.

— Excuse-nous, Jacques, mais nous savons tous, qu'au fond Gisèle a toujours été un peu jalouse de Mireille. C'est surtout ça, le problème. Pour moi, ce mariage doit être maintenu.

— Et pour moi aussi ! renchérit fermement Louis. Affaire classée, n'en parlons plus. Maintenant retournons au travail, prenons juste le temps de nous rafraîchir.

André et Jacques repartirent ensuite vers Boissillac, d'abord sans dire un mot. Puis, comme pour retrouver un moment d'entente, Jacques prit la parole :

— C'est bien que notre mère n'ait pas souffert. Imagine qu'elle soit devenue paraplégique !

— Oui, tu as raison, d'autant plus que, les derniers temps, elle commençait à ne plus pouvoir se déplacer toute seule.

À Boissillac, le jeune François se confia à sa sœur.

— C'est triste de voir sa grand-mère décédée, je n'avais encore jamais vu de mort.

— Mais comment l'as-tu vue ?

— J'ai poussé la porte de sa chambre à un moment où il n'y avait plus personne à l'intérieur. Elle était toute silencieuse, immobile. Je l'aimais beaucoup, grand-mère, tu sais, même si elle me grondait parfois.

— Lorsque tu faisais des bêtises, pardi !

— Je ne fais jamais de bêtises, mais c'est vrai que je n'aide pas beaucoup aux travaux.

François poursuivit timidement :

— Tu pourras me montrer les tableaux que tu peins en ce moment ? Je suis sûr qu'ils me plairont.

— Je te le promets.

— Merci beaucoup, Mireille, je ne te l'ai jamais dit mais je t'aime, tu sais.

— Merci mon François, lui répondit Mireille, tout émue par la déclaration de son frère.

Un deuil a ce mérite, celui de parfois retisser les liens distendus entre les membres d'une même famille. Cependant, après les obsèques, les discussions peuvent aussi mettre du temps à redevenir spontanées. Et puis tout doucement, en allant au cimetière, en arrosant quelques pots de fleurs, on se reparle presque comme avant.

Pour les futurs mariés, il fallut choisir les témoins. Mireille avait son idée mais Philippe, lui, ne savait pas encore. Ils se rendirent de nouveau à La Bescade, où Juliette fut très heureuse d'avoir été choisie par Mireille.

— Tu me fais un immense plaisir, ma chérie ! Je suis très honorée !

— Savez-vous que Philippe n'a pas encore décidé ? dit alors Mireille.

— Les hommes sont toujours plus compliqués que nous.

— Eh bien, puisque l'on se moque de moi, je vous l'annonce, réagit l'intéressé. Ce sera mon copain Jules Labrousse ! Il est encore à l'école normale d'instituteurs et je voulais être sûr qu'il pourrait venir.

— Tu fais un excellent choix, le félicita Mireille. C'est un garçon bien, sans histoires ! Mais tu aurais pu me le dire plus tôt !

Cette visite leur apporta de la sérénité. La Bescade leur réussissait. Il émanait de ce lieu une douceur de vivre qui leur convenait parfaitement.

21

La disparition de Germaine pesait sur l'ensemble de la famille, mais Mireille en souffrait sans doute plus que les autres. Son entourage faisait tout pour la distraire, notamment en lui parlant de son mariage.

— Il serait temps maintenant d'aller chez la couturière pour choisir le modèle de ta robe, lui dit Colette. Si tu le souhaites, je t'accompagnerai. J'aurai moi aussi besoin de ses services.

De son côté, André commanda un costume chez le tailleur de Vic-sur-Cère. Celui-ci, surchargé de travail, lui promit malgré tout d'avoir fini le vêtement à la date requise.

Bien sûr, le futur marié eut droit lui aussi à un costume sur mesure. En revanche, ses parents se débrouilleraient avec ce qu'ils possédaient déjà. On ne sortait jamais dans cette famille, et les occasions de porter beau et propre étaient trop rares.

À Boissillac, le travail de la ferme fatiguait de plus en plus André et Jacques qui prenaient de l'âge. Un soir, ce dernier dit à sa femme :

— Bientôt, Mireille ne sera plus avec nous. Tu devras participer davantage aux labeurs, Gisèle.

— Bon débarras ! Je ne sais pas comment j'ai fait pour la supporter, celle-là !

— Mais arrête, enfin, tu sais que ça finit par se voir. André m'en a fait la remarque. Qu'a-t-elle fait de si terrible ?

— Je ne l'aime pas, c'est tout ! Que croit-elle avec son allure de star ? On dirait qu'il n'y a qu'elle ici, tout le monde admire sa beauté, ses tableaux, son futur mari.

— Tu ne l'as jamais acceptée, de toute façon. Je l'avais compris dès le départ mais je croyais qu'avec le temps cela se tasserait. Le mariage n'est pas si loin, prends sur toi, s'il te plaît !

Un jour de mai, Mireille reçut un courrier de Roger-Jean de La Baste. Pour une nouvelle, c'en était une ! Le galeriste parisien l'informait qu'un Américain en visite à Paris avait acheté deux de ses peintures pour sa collection aux États-Unis. Elle en informa son père, qui lui donna le conseil suivant :

— Ma chère Mireille, n'en parle à personne et surtout pas à Gisèle, elle en ferait une maladie ou pire ! Je suis si content pour toi, mon petit soleil.

— Merci papa !

André connaissait bien sa chère fille. Il savait aussi qu'il aurait du mal à se remettre de son départ, mais ainsi allait la vie. Heureusement il y avait son fils, le jeune François, douze ans, l'âge tendre avant l'adolescence, si heureux à l'abri du foyer familial.

Un jour, Mireille lui dit :

— François, il faut que nous parlions, tous les deux. Tu sais que je vais me marier et…

— Bien sûr que je le sais ! Tout le monde le sait !

— Je voulais te dire que je resterai ta grande sœur, que tu pourras venir me voir quand tu le voudras aux Retourches. Je te réserverai toujours un excellent accueil.

— Oui, bien sûr, mais ce ne sera pas pareil qu'ici. Et puis il y aura ton mari.

— Tu auras toujours une place de choix dans mon cœur, je te le promets, assura-t-elle en l'embrassant bruyamment sur la joue.

— On m'a dit que tu allais avoir un enfant, comment l'appelleras-tu ?

Surprise de la question, elle réfléchit un instant avant de répondre, en le regardant bien dans les yeux :

— François, si c'est un garçon !

— Et si c'est une fille ?

— Je n'y ai pas encore pensé !

La discussion s'arrêta simplement, comme elle avait commencé.

Mireille était toute troublée d'avoir pu instantanément lui donner le prénom de son futur enfant alors qu'avec Philippe ils n'y avaient pas encore réfléchi. « Je me suis laissé surprendre, voilà tout, mais je me félicite de ce choix et je ne reviendrai pas sur ma parole. »

Tailleurs et couturières du pays travaillaient pour ce mariage. Chez les Loubrant, qui ne s'inquiétaient pas de questions vestimentaires, le plus important était l'avancement des travaux d'aménagement et de rafraîchissement, auxquels assistait Pierre Lafontie.

— Vous leur préparez un château ! plaisanta celui-ci.

— Votre petite-fille va devenir notre fille. Philippe ne serait pas content si nous ne nous occupions pas de sa maison !

— Vous pourriez aussi vous occuper de la vôtre, elle en aurait bien besoin, dit-il en éclatant de rire.

— Vous êtes un sacré farceur, monsieur Lafontie, mais on vous aime ainsi !

— Peut-être qu'un jour, tout ça deviendra une grande propriété !

— Et en plus, vous ne perdez pas le nord !

— Ceux qui le perdent ne vivent pas très longtemps !

Quelques jours plus tard, lorsque les cloches sonnèrent à la volée, tout le pays eut la confirmation que le mariage de Mireille et de Philippe allait être célébré. Des curieux et des connaissances de la famille s'approchèrent de l'église. Tous eurent droit à une pluie de pétales de fleurs. Mireille fut embrassée des dizaines de fois, ainsi que son mari. Elle resplendissait au bras de son homme.

L'homélie du curé fut d'une simplicité respectable et il n'oublia pas de prononcer quelques mots pour celle qui aurait dû être présente ce jour-là, ce qui fit monter des larmes à bien des yeux.

Le soleil magnifique donnait à l'événement l'importance qu'il méritait. Tous les invités, du plus jeune au plus ancien, étaient parés de leurs plus beaux habits, ce qui ajoutait de la solennité à cette cérémonie. Une famille se créait et ne tarderait pas à s'agrandir. Un baptême se profilait déjà dans bien des têtes.

Mireille dissimulait si bien sa grossesse dans sa robe que rien n'y paraissait. La couturière avait très bien travaillé. Son voile blanc, couvrant juste une partie de ses cheveux, faisait d'elle une magnifique mariée.

Les applaudissements étaient justifiés. Vive la mariée ! Vivent les mariés ! La ville de pierres remplissait une nouvelle fois sa mission, avec l'aide de Dieu.

Un ami de Philippe fit de nombreuses photos des jeunes mariés et de tous les invités rassemblés et endimanchés. Les Loubrant dérogeaient quelque peu à la règle, mais André Deltheil n'avait jamais été aussi élégant, ce que sa femme lui fit remarquer, vêtue elle-même d'un magnifique tailleur noir.

Les deux voitures Deltheil conduisirent les mariés et les plus anciens ; les autres rentrèrent à pied dans une joyeuse fraternité. Boissillac n'était pas très loin.

La voiture d'André prit le chemin du cimetière où Mireille voulait déposer ses bouquets sur les tombes de sa mère et de sa grand-mère. Ce fut fait dans un grand silence mais aussi une ferveur véritable et sincère. Dans ces villages, peut-être plus qu'ailleurs, on n'oubliait pas ceux partis trop tôt, toujours présents dans les cœurs.

À l'entrée de la ferme, les genévriers étaient garnis de fleurs roses et blanches en papier de soie. C'était un symbole de la grande et merveilleuse porte qui s'ouvrait, celle du bonheur, pour deux jeunes enfants du pays.

À l'intérieur de la grande pièce ornée de fleurs, tout était prêt pour le repas de mariage. La famille Deltheil s'était chargée comme prévu de préparer le repas pour la quinzaine de convives. Les trois femmes, Colette, Gisèle et Juliette s'étaient mobilisées dès la veille aux cuisines. Pour le service à table, deux connaissances avaient été embauchées.

Les places furent attribuées, puis André Deltheil se leva et prononça quelques mots, avant de laisser la parole à Louis, l'aîné de la famille, qui conclut ainsi :

— Nous ne chanterons ni ne danserons aujourd'hui, et nous en connaissons tous la raison, mais nous trinquerons au bonheur de Mireille et de Philippe, et aussi à celui de leur futur enfant.

Il ne put en dire davantage tant l'émotion l'étreignait. Ce fut alors au tour de Pierre Lafontie de se lever, et tous attendirent dans un silence absolu ce qu'il allait déclarer.

— Je ne chanterai pas non plus aujourd'hui, car j'ai dans la tête trop de pensées qui me torturent. Mais je me dois de clamer bien haut que je suis très heureux de ce mariage. Avec Philippe, ma petite Mireille aura sûrement beaucoup de bonheur à partager, et elle le fera, j'en suis sûr, en pensant aux êtres chers qui nous ont quittés et dont je tairai les noms, pour ne pas gâcher ce bel événement. Soyez heureux, mes chers petits !

Il se rassit sous les applaudissements de tous. Mireille vint l'embrasser, elle lui glissa de nouveau ses remerciements pour l'achat de sa robe, la plus belle que la couturière eût jamais réalisée. Puis le repas put commencer.

En fin d'après-midi, André conduisit Mireille et son époux aux Retourches, dans sa belle voiture. Sur la banquette arrière se trouvait aussi Pierre Lafontie. Louis, de son côté, raccompagna les parents de Philippe.

Le calme retomba sur Boissillac, un calme provisoire certes, car, avec le temps, la vie connaîtrait ici comme ailleurs d'autres bouleversements dont il faudrait comprendre les tenants et vivre les aboutissants.

En arrivant aux Retourches, Louis et André découvrirent ce qui avait été réalisé pour les jeunes mariés.

— Vous allez être comme des rois ici, dit André.

Lafontie approuva.

— Vous voici chez vous, dirent en chœur M. et Mme Loubrant. Vous pourrez y vivre aussi longtemps qu'il vous plaira avec, pour commencer, l'arrivée de notre premier petit-enfant !

À cet instant, sur le mur nouvellement rafraîchi, ils aperçurent une croix, comme il y en avait partout, dans toutes les fermes, à de rares exceptions près.

Mme Loubrant sortit des verres. Son mari, ayant compris la manœuvre, alla chercher une bouteille de vin vieux, comme on disait alors.

— Faut bien arroser la venue de Mireille ! dit M. Loubrant. La plus belle mariée que j'ai vue de ma vie. Enfin, après ma femme !

— Et nous, les Deltheil, nous trinquons à votre famille qui a si bien accueilli notre fille !

Sans qu'on y prît garde, la bouteille fut vite descendue, si bien qu'il en fallut une seconde pour poursuivre les célébrations. Le silence et le soir ne tombèrent pas tout à fait comme les autres jours, même si l'on ne put couper à la traite.

Après s'être assoupie un moment, Mireille eut le courage de demander à Mme Loubrant si elle pouvait l'appeler « maman », lorsqu'elle s'adresserait désormais à elle.

— Je te connais depuis que tu es née, ma pauvre Mireille. Bien sûr que tu peux m'appeler maman, j'en serai tellement fière.

— Merci, maman…

En s'endormant collés l'un à l'autre, Mireille et Philippe se demandèrent s'ils ne rêvaient pas.

— Ne me serre pas trop, dit Mireille en regardant son ventre. Il y a quelqu'un entre nous, il a sa place lui aussi.

Il n'y eut rien à ajouter ce soir-là.

Le lendemain, comme elle l'avait promis, Mireille observa la cheminée de la maison de son grand-père. Une fumée hésitante s'échappait bien vers le ciel.

— Tout va bien chez grand-père, dit-elle, il a dû prendre son café.

— Et comment tu devines ça ? demanda Philippe.

— Un secret entre nous, il faudra aussi t'y habituer !

Quand son grand-père arriva pour le déjeuner, il lui rappela qu'elle avait un coin à elle chez lui.

— Tu sais qu'il y a un local aménagé pour toi dans le grenier !

— Oui, grand-père, mais avec tous ces événements, j'ai mis de côté mes pinceaux.

— À Boissillac, tu avais un atelier dans lequel tu pouvais travailler à tout moment à tes tableaux. Tu retrouveras certainement l'envie de peindre si tu as ton matériel sous la main.

Mireille soupira, dubitative. Mais, dans le fond, elle songea que son grand-père avait raison. Après réflexion, elle conclut que ses affaires de peinture devraient déménager elles aussi.

En ce début de juin, les fenaisons commencèrent dans les fermes et les prairies furent envahies par les faucheurs et les faneurs de tous âges. Mireille essaya de conduire les bœufs en tirant la faucheuse, mais son mari s'y opposa formellement.

— Ce n'est pas bien de travailler ainsi, tu ne te rends pas compte, avec le bébé !

— Mais je l'ai déjà fait chez mon père, et je puis t'assurer que personne n'y trouvait à redire !

— Oui, certainement, mais maintenant c'est différent.

— Il y a tant de femmes qui travaillent jusqu'au dernier jour de leur grossesse.

— Tant mieux pour elles, Mireille, mais je préfère que tu attendes d'avoir accouché.

— Très bien, cher Philippe. Je t'écoute. Pour compenser ma mise à l'écart, je vais penser à de futurs dessins que je mettrai en chantier dès que mes affaires de peinture auront été rapatriées.

Sous un soleil puissant, celui de juin, les foins tombaient sous les faux et les machines, pour ceux qui en possédaient. Mireille profitait de cette odeur d'herbe fraîchement coupée avant qu'elle ne perde son subtil parfum, asséchée par la chaleur.

Il ne lui restait qu'à porter de l'eau fraîche aux faneurs et à rester ensuite à l'ombre, chez elle. Un rôle dégradant, songeait-elle. Ce serait la même chose pour les moissons, en attendant le grand événement.

L'artiste installa son matériel là où l'avait prévu son grand-père, et elle commença à peindre, puisqu'elle n'était pas la bienvenue dans les champs.

Très attendues, les photos du mariage arrivèrent enfin chez les Loubrant. Tous se disposèrent autour de la table afin de les regarder l'une après l'autre, en commençant bien entendu par les mariés. Un cliché, superbe, les montrait seuls devant l'église de Murat.

— Que vous êtes beaux, mes chers enfants ! s'exclama Mme Loubrant, tout en ne pouvant retenir ses larmes. Et toi aussi mon cher mari, tu es magnifique, regarde !

— Faut pas y regarder de trop près, tout de même.

— Je voudrais voir les autres, s'il vous plaît ? demanda Mireille.

Et on observa ces souvenirs en se remémorant déjà avec nostalgie ce jour heureux de mariage.

22

Début septembre, Mireille ressentit les premiers signes de l'accouchement. Comme tous les jeunes papas, Philippe, plus maladroit que jamais, ne savait comment réagir. Il fit venir sa mère.

— Ne t'inquiète pas, dit Mme Loubrant à Mireille. J'ai ressenti les mêmes choses que toi lorsque j'ai eu Philippe, et tout s'est bien passé. Toutes les mères du monde accouchent ainsi.

Elle ordonna à Philippe :

— Va prévenir la sage-femme et dis-lui que tout est commencé depuis plus d'une heure.

— Oui, maman, j'y cours !

En souriant, elle confia à Mireille que tous les hommes paniquaient à la naissance de leurs enfants et que c'était normal.

— Tu peux d'ailleurs constater que ton beau-père n'est pas dans la maison. Il réapparaîtra sûrement comme par magie lorsque le petit sera là. En attendant la sage-femme, essaie de bien respirer, de bien te contrôler. Ça fait mal, mais c'est à ce prix que tu auras ton enfant et bientôt tu hurleras non pas de douleur mais de bonheur.

— Je trouve qu'il prend son temps, maman, c'est normal ?

— Il nous fait languir, le coquin.

Ce fut un beau bébé, qui poussa son premier cri sur les coups de midi.

— C'est un malin, il arrive au moment de passer à table, lança le père Loubrant. En plus, c'est un garçon !

Pierre Lafontie était submergé par un sentiment immaîtrisable. Il pleura puis fut victime d'un léger malaise et dut s'asseoir sur une chaise, cachant son visage.

— Ça ne va pas, monsieur Lafontie ?

Après une minute ou deux, celui-ci put prononcer quelques mots :

— Ce qui ne va pas, c'est que ni ma pauvre femme ni Éliane ni Ernestine ne puissent vivre ce grand moment.

— Allez, haut les cœurs ! Mireille vous attend, vous pourrez la voir dans quelques minutes avec, dans ses bras, votre arrière-petit-fils.

— Ah ! Je n'avais pas encore compris qu'il s'agissait d'un garçon ! Oui, je veux le voir !

Puis il pénétra dans la pièce.

— Ma chère Mireille, ce petit est une merveille, dit-il en se penchant sur la mère et l'enfant, qui déjà goûtait au sein maternel.

— Tu pourras bientôt le prendre dans tes bras, grand-père.

On approcha une chaise vers Pierre Lafontie, qui profita de cet instant de félicité. Ses cheveux blancs semblèrent alors se moquer de leur âge, ainsi que sa barbe, quelque peu négligée. Il ressemblait à une statue, à un vieillard sculpté dans la pierre, squelettique, aux traits creusés, usé par la vie.

Dès qu'il put, Pierre eut un geste délicat envers le nouveau-né. Il tendit son index vers la minuscule main du bébé et la toucha délicatement. Puis il se leva et quitta la chambre sans un mot.

— Vous ne restez pas déjeuner avec nous comme d'habitude ?

Il fit non de la tête et rejoignit sa maison. Que s'était-il passé tout au fond de son cœur ? Personne ne put le dire.

Aux Retourches, tout allait parfaitement bien dans le meilleur des mondes. Mireille et Philippe avaient ouvert un boulevard sur l'avenir et ne demandaient qu'à prospérer. Il y avait du sang neuf, des terres fécondes, des hommes et des femmes volontaires. Pierre Lafontie y pensait tous les jours bien que sa santé commençât à décliner.

Un matin, André et Colette arrivèrent aux Retourches avec un cadeau pour leur petit-fils. Lorsqu'ils arrivèrent, Mireille venait de se lever, encore ébouriffée par ses premières nuits de mère. André prit sa fille dans ses bras, si tendrement que Colette en fut empruntée.

— Je vous présente François Loubrant, mon fils, votre petit-fils !

Colette fut émue d'apprendre que ce petit porterait le même prénom que son fils. Mireille lui expliqua qu'il fallait y voir le signe de l'attachement très fort qu'elle avait pour lui et elle en fut touchée.

Mme Loubrant prépara le café et, déjà, les perspectives fusaient sur l'avenir du nouveau venu.
— Avez-vous informé Louis et Juliette ?
— Pas encore.
— Nous allons le leur annoncer en rentrant, soyez sans crainte. Ils seront très heureux pour vous.
Puis André demanda à Mireille :
— Comment va ton grand-père ?
— Nous le trouvons quelque peu fatigué mais, à son âge, j'imagine que c'est normal. Il m'a tant surprise quand il a découvert François. Il avait l'air bouleversé.

Les hommes sortirent pour rejoindre Pierre Lafontie qui s'affairait dans son jardin.
— Quel plaisir, cette visite, dit le grand-père. Tu es venu voir ton petit-fils ?
— Ça valait la peine ! Ils nous ont fait un magnifique garçon, n'est-ce pas ?
— Pour ça, oui ! Ma petite Mireille m'a fait un beau petit-fils avec son prince. Avec Colette nous sommes très contents, la vie continue.
— Pas pour tout le monde, hélas !
Dans cette voix autrefois forte et autoritaire, André ressentit une grande lassitude.
— Vous allez le voir grandir, ce petit !
— Oui, certainement, dit Pierre en opinant du chef, sans pour autant avoir l'air convaincu.
André Deltheil devina que Pierre n'avait pas envie qu'ils s'attardassent auprès de lui.
— Allez, je vais dire au revoir à Mireille ! Portez-vous bien, monsieur Lafontie.

Le vieil homme lui avait paru distant, mais André ne rapporta pas cette impression à sa fille. Le couple de Boissillac prit le chemin du retour avant qu'André ne s'écrie :

— J'allais oublier, il faut faire un crochet pour voir Louis et Juliette et leur annoncer la nouvelle ! François, c'est bien comme prénom, mais, à choisir, j'aurais préféré qu'ils l'appellent André !

Ils rirent ensemble de cette boutade et se présentèrent à La Bescade.

— Nous arrivons à l'improviste mais porteurs d'une bonne nouvelle !

— Tant mieux ! Les bonnes nouvelles se font rares ! Alors ?

— Vous êtes devenus oncle et tante de François Loubrant, le petit de Mireille !

Bonheur à La Bescade, où la vie paraissait encore plus simple qu'ailleurs. Jean-Paul et Élise n'en finissaient plus de grandir.

— Vous avez de si beaux enfants ! ne put s'empêcher de dire Colette.

— Pour le moment, ça va, ils ne sont pas trop mal, répondit Louis, en lançant un clin d'œil à sa progéniture.

Ce soir-là, avant de s'endormir, André se confia à Colette :

— Mireille et Philippe nous ont fait un beau petit, une nouvelle vie va commencer pour eux. Mais j'ai trouvé Pierre Lafontie très fatigué et même usé. Il m'a fait de la peine.

— Ce petit François marque aussi l'avènement d'une génération supplémentaire, ça doit le remuer, il voit bien qu'il vieillit.

Et la nuit, dans ce pays auvergnat hérissé de montagnes et d'histoires à chaque mur de maison, pesa encore plus que le jour.

Aux Retourches, Pierre Lafontie lâcha prise avec la vie fin octobre. Mireille raconta à son père les derniers instants du vieil homme.

— Il perdait tout doucement ses forces, sans rien dire, même si nous le remarquions tous. Il venait tous les jours déjeuner chez nous mais, ce midi-là, je l'ai trouvé particulièrement affaibli et ça m'a inquiétée. Il a pris François dans ses bras quelques minutes et lui a parlé à l'oreille. Puis il m'a demandé s'il pouvait venir préparer une truffade pour le dîner, lui qui ne demandait jamais rien. Le soir, il a apporté une bonne bouteille de vin pour accompagner le repas. Il avait l'air heureux. Il a déclaré que la truffade était la meilleure qu'il avait jamais mangée et est parti se coucher. Ce furent ses derniers mots.

Mireille expliqua à son père que, le lendemain, comme d'habitude, elle avait regardé par la fenêtre pour s'assurer que la cheminée fumait bien. Elle s'était inquiétée auprès de Philippe de ne pas la voir. Ce dernier avait décidé de se rendre chez Pierre pour en avoir le cœur net. La porte d'entrée n'était pas verrouillée, Philippe l'avait poussée. Rien ne bougeait à l'intérieur. Au milieu de la table, une bougie était entièrement consumée. Elle avait été placée au centre d'une grande assiette, remplie de la cire qui avait dégouliné. Le grand-père était allongé sur son lit. Il était mort.

Quelques jours plus tard, Pierre Lafontie fut enterré au cimetière de Murat, tout près de ceux qui l'avaient précédé dans la tombe. Une foule importante l'accompagna pour ce dernier voyage. Il faisait gris ce jour-là, un temps au diapason des événements. Mireille, soutenue par son mari, son père, tous ceux de Boissillac et de La Bescade, chancelait parmi la foule.

Au cimetière, devant la concession Lafontie, elle demeura stoïque. Ici reposaient tous les siens, y compris sa mère dont elle se souvenait à peine. L'histoire tournait une nouvelle page mais, dans la marge, le nom de son fils François venait de s'inscrire et avec lui l'avenir des Retourches.

Le cimetière se vida et les condoléances furent présentées au sortir du lieu.

De nouvelles préoccupations apparurent alors au sein de la famille Loubrant. Immanquablement se posa la question d'un arrangement entre propriétaires. Mireille en parla à son père en présence de Philippe. Comment construire un avenir commun à leurs deux propriétés ?

— Je ne suis pas certain d'avoir la réponse, mes chers enfants. Je pense qu'il faudrait consulter un notaire pour qu'il vous propose une solution réalisable. Nous avons vécu ça à Boissillac. Il est vrai qu'en réunissant toutes les terres, cela vous fera une belle propriété.

Dans les jours qui suivirent, Mireille eut besoin de son mari pour mettre un peu d'ordre dans la maison de son grand-père. Elle monta au grenier où avait été déposé son matériel de peinture auquel elle n'avait plus touché depuis des mois.

— Je ne sais pas si un jour je pourrai m'y remettre, dit-elle.

— Tu devrais monter ici tous les jours, ouvrir les fenêtres, peindre un peu. Ainsi tu seras fidèle à la mémoire de ton grand-père qui t'avait encouragée dans cette voie.

— Tout cela me bouleverse mais je vais réfléchir à ce que tu viens de me dire.

Les jours et les semaines passèrent et Mireille reçut un jour un nouveau courrier de Roger-Jean de La Baste. Il contenait d'excellentes nouvelles. Ses toiles se vendaient toujours aussi bien et il souhaitait lui en commander d'autres, y compris pour les États-Unis. De plus, le galeriste avait eu vent de son mariage et il la félicitait. Enfin, il lui proposait de venir passer quelques jours à Paris, avec son mari, tous frais payés. Il en profiterait pour inviter la presse qui s'agaçait de ne pas avoir le moindre portrait de l'artiste.

Quand elle montra ce courrier à Philippe, celui-ci ouvrit de grands yeux puis s'écria presque en hurlant, à la grande surprise de Mireille :

— Mais tu es une star. Bien sûr que nous allons à Paris ! Te rends-tu compte, mon amour ?

Elle le laissa se calmer et quand son euphorie fut retombée elle déclara :

— Nous n'irons pas à Paris, mon cher mari. Ma vie est ici et nous n'avons rien à faire là-bas.

Il la regarda, stupéfait. Il ne comprenait pas son attitude.

— Une occasion pareille ! Et toi tu la refuses ? Moi qui ai tant rêvé de voir la tour Eiffel ! Il ne s'agit pas d'y vivre mais seulement d'y aller en visite.

— Oui, mais ce n'est pas cette vie que je veux mener. Ma vie, c'est toi, c'est François, c'est ici, chez nous ! Je n'ai pas envie de rencontrer ces étrangers dont certains voudraient me photographier, comprends-tu ? Je te croyais plus jaloux !

Il reprit la lettre :

— Laisse-moi la lire une fois encore.

— Je vais répondre à M. de La Baste, continua Mireille. Tout en le remerciant de sa chaleureuse invitation, je lui expliquerai que je vais me remettre au travail et lui fournir des toiles mais qu'il n'est pas question que j'aille à Paris.

— Tu es une sacrée bonne femme, dit Philippe en la soulevant et en la faisant tournoyer. C'est bien toi qu'il fallait que j'épouse !

Puis sa pensée revint vers les Retourches.

— Est-ce que ton père t'a donné le nom du notaire, au sujet des biens de nos deux familles ?

— Non, pas encore. Tu penses bien que je t'en aurais informé, mon cher mari !

Mireille répondit fort aimablement au galeriste de Montmartre.

Je suis très attachée à ma région et n'éprouve aucune envie de m'en éloigner, ne serait-ce que pour quelques jours, même pour voir Paris, Montmartre et la tour Eiffel. Avec mon mari, nous venons d'avoir un enfant, François. Mon nom est désormais Loubrant. La signature apposée sur mes toiles, « Mireille Lafontie-Deltheil », ne sera plus utilisée que pour signer mes tableaux.

Puis elle ajouta :

Si vous revenez à Murat, je serais heureuse de vous revoir, vous qui le premier avez cru en moi.

Satisfaite de sa décision, elle posta sa lettre pour Paris.

23

L'hiver approchait. Les hautes montagnes commencèrent à se vêtir de leur nouvelle garde-robe immaculée, ne laissant dans les basses vallées que les rubans d'asphalte noirs des routes après le passage des chasse-neige.

Un matin, Mireille s'écria :

— Philippe, nous n'avons pas encore baptisé notre François !

— Et alors ? Ça ne l'empêche pas de vivre !

— Germaine, son arrière-grand-mère, n'aurait pas aimé que ça traîne ainsi.

— Moi, ce qui me tracasse plutôt, ce sont nos projets concernant nos deux propriétés, car cela n'avance guère.

— Ne sois pas si pressé, mon cher mari. Pour la ferme de Boissillac, combien a-t-il fallu de temps avant de trouver une solution ?

Quatorze heures venaient de sonner à la pendule lorsqu'une voiture se gara près de chez eux.

— Mais c'est mon père ! s'exclama Mireille. Et il n'est pas seul, je crois bien que Jacques est avec lui.

Elle les accueillit à bras ouverts.

— Que je suis heureuse de vous voir ! Entrez vite, nous nous apprêtions à prendre le café.

Elle les embrassa et les fit s'asseoir.

— Il n'y a pas de mauvaises nouvelles à Boissillac, j'espère ?

— Non, ma chère Mireille, bien au contraire, nous allons tous bien, dit son père.

Puis Jacques prit la parole, l'air embarrassé.

— Ma chère Mireille, je voudrais m'excuser, en notre nom à tous les deux, Gisèle et moi, de n'être pas venu plus tôt te féliciter pour la naissance de votre petit. Gisèle est bien consciente qu'elle n'a pas toujours été assez gentille avec toi. Elle le regrette beaucoup. Pour se faire pardonner, elle nous a demandé d'organiser une grande réunion de famille à Boissillac en votre honneur et en celui du petit François.

— Mais c'est une merveilleuse idée ! Quel dommage que grand-père ne soit plus là. Quant à Gisèle, tu sais bien que je ne lui en veux pas, je ne suis pas rancunière.

Jacques lui prit les mains et, ému, la remercia de sa bonté.

— Cette fête, alors, pourrait avoir lieu à Noël, par exemple ? suggéra Mireille.

— Ce serait une bonne date, dit Philippe, qui avait gardé le silence jusque-là.

André et Jacques acquiescèrent.

— Fantastique, s'exclama Mireille. La famille au complet ! Du plus ancien au plus petit ! Ce jour-là, nous ne parlerons pas de nos soucis, nous profiterons simplement des uns et des autres. N'est-ce pas, mon cher papa ?

— Je suis totalement d'accord !

À Boissillac et aux Retourches, tous se préparèrent alors pour un Noël de gaieté et d'amour, au sein d'une famille bien solide, à l'image des trois rochers basaltiques de Murat.

Collection

TERRITOIRES

Jean ANGLADE
Une vie en rouge et bleu
Le Dernier de la paroisse
Le Choix d'Auguste
Le Sculpteur de nuages
Les Cousins Belloc
Le Grand Dérangement

Sylvie ANNE
Le Gantier de Jourgnac
La Maison du feuillardier

Sylvie BARON
Un été à Rochegonde
Les Ruchers de la colère
L'Auberge du pont de Tréboul
L'Héritière des Fajoux
Rendez-vous à Belinay
Terminus Garabit
Un coin de parapluie
Une Miss pas comme les autres
Des noces en or

Jean-François BAZIN
Les Raisins bleus
Le Clos des Monts-Luisants
Le Vin de Bonne-Espérance
Les Compagnons du grand flot
Le Maître de la lumière
Le Dernier Tonnelier

Henriette BERNIER
Le Baron des champs

Jean-Baptiste BESTER
L'Homme de la Clarée
Plus près des anges
Les Amants de Sainte-Catherine
Meurtre au pont du Diable

Françoise BOURDON
Le Moulin des Sources
Le Mas des Tilleuls
La Grange de Rochebrune
Retour au pays bleu
Le Fils maudit
Les Sentiers de l'exil
Les roses sont éternelles
Le Maître du Castellar
Le Secret de Belle Épine
Pour oublier la nuit

Édouard BRASEY
Les Lavandières de Brocéliande
Les Pardons de Locronan
La Sirène d'Ouessant
L'Affaire Cabre d'or
Le Domaine des oliviers
Les Fils du patriarche

Patrick BREUZÉ
Les Remèdes de nos campagnes
La Valse des nuages
L'Étoile immobile
Mon fils va venir me chercher
La Montagne pour refuge
Versant secret
Les Buveurs de ciel

Nathalie de BROC
La Vallée des ambitions
La Robe pourpre

Michel CAFFIER
Corne de brume
La Paille et l'Osier
Les Étincelles de l'espoir

Anne COURTILLÉ
La Tentation d'Isabeau
Le Gaucher du diable
Les Damoiselles de Clermont

Annie DEGROOTE
Les Racines du temps
D'infinies promesses

Jérôme DELIRY
Une rivière trop tranquille
L'Héritage de Terrefondrée
La Maraude

Raphaël DELPARD
L'Enfant sans étoile
Pour l'amour de ma terre
L'enfant qui parlait avec les nuages
Le Courage de Louise

Alain DUBOS
La Mémoire du vent
La Corne de Dieu
Le Dernier Combat du Dr Cassagne

Élise FISCHER
Les Noces de Marie-Victoire
Je jouerai encore pour nous
Villa Sourire
L'Étrange Destin de Marie
Le Jardin de Pétronille
Aux Deux Hirondelles
Les Femmes des terres salées
La Promesse du sel
Le Vin de Pâques
Marionnettes d'amour
Là où renaît l'espoir
Tous au théâtre

Emmanuelle FRIEDMANN
Le Rêveur des Halles
La Dynastie des Chevallier
L'Orphelinat
La Faute des autres

Alain GANDY
Les Cousins de Saintonge

Gérard GEORGES
Une terre pour demain
Le Destin des Renardias
Le Bal des conscrits
Mademoiselle Clarisse
Anatole, fils de personne
La Mésangère

Georges-Patrick GLEIZE
La Fille de la fabrique
Pas plus tard que l'aurore
Le Serment des oliviers
Le Vent de la jeunesse
Quelques pas dans la neige
Les Noisetiers du bout du monde
Le Crépuscule des Justes
Même les pierres ont une histoire
La Montagne des autres
Coupe rase

Yves HUGHES
Et meurent les marionnettes

Yves JACOB
Sous l'ombre des pommiers
Le Silence de Justine

Corinne JAVELAUD
L'Ombre de Rose-May
Les Petits-Papiers de Marie-Lou
L'Odyssée de Clarence

Guillemette de la BORIE
La Dernière Héritière
Le Portrait disparu

Hélène LEGRAIS
L'Ermitage du soleil
Les Héros perdus de Gabrielle
Les Ailes de la tramontane
La Guerre des cousins Buscail
Les montagnes chantaient la liberté
Ceux du Château, ceux du Moulin
Trois gouttes de sang grenat
Les Anges de Beau-Rivage
Le Bal des poupées
Le Front dans l'azur
Nous étions trois
Le Cabanon à l'étoile

Philippe LEMAIRE
Rue de la Côte-Chaude
L'Enfant des silences
L'Oiseau de passage
La Mélancolie du renard

Alfred LENGLET
Du poison dans les veines
Jeux mortels en hiver
Temps de haine
Cœurs de glace

Éric LE NABOUR
Retour à Tinténiac
La Louve de Lorient
À l'ombre de nos larmes
La Frondeuse
Cécile et les Beaujour
Comme une aube fragile

Jean-Paul MALAVAL
L'Or des Borderies
Soleil d'octobre
Les Noces de soie
La Villa des térébinthes
Rendez-vous à Fontbelair
La Folie des Bassompierre
Chronique des Strenquel
La Bastide aux chagrins
Les Sœurs Querelle
Les Larmes de la pinède
La Belle Étrangère
Adélaïde au bord de la falaise
Les Gens de Combeval
La Souveraine en son domaine
Un si joli mariage
Rue de la Fontaine-Bleue
Un cœur solitaire dans une maison trop grande
Un été sous les tilleuls
La Vallée des eaux amères
L'Héritière des sables fauves

Antonin MALROUX
La Promesse des lilas
La Cascade des loups
La Pierre marquée
L'Homme aux ciseaux d'argent

Les prés refleuriront
Fenêtre sur village
Marie des Adrets
L'Espoir de belles aurores
Le Pain de paille
Le Cœur de mon père
Le Charpentier du paradis
Un soleil pour chaque jour

Jean-Luc MOUSSET
L'Enfant des labours
Le Secret de Neige

Sophie MUFFAT-MÉRIDOL
L'Homme au bouquet

Brigite PIEDFERT
Deux grains de sucre, un soupçon de secret

Frédéric PONS
Les Pèlerins du diable

Agathe PORTAIL
L'Année du gel
Piqûres de rappel
De la même veine

Nicole PROVENCE
Le Secret d'Aiglantine

Joël RAGUÉNÈS
La Maîtresse de Ker-Huella
La Dame de Roz Avel
La Sirène du port
Les Trois Saisons de la vie
L'Or du lin
Les Vies de Jeanne
Pêcheurs du bout du monde
Les Derniers Seigneurs de la mer

Florence ROCHE
La Terre des Falgères
L'École du lac
La Réfugiée du domaine

Élisabeth SEGARD
Une certaine idée du paradis
Un futur presque parfait

Geneviève SENGER
La Maison Vogel
L'Enfant de la Cerisaie
La Dynastie des Weber
Les Jumeaux du val d'amour
La Promesse de Rose
Les Bellanger
La Dame des Genêts
L'Or de Salomé
La Terre originelle
Le Bonheur est au fond des vallées

Jean SICCARDI
La Source de saint Germain
Le Maître du diamant noir
L'Ivresse des anges
L'Auberge du gué
Gaston des vignes
La Chapelle des Templiers

Bernard SIMONAY
L'Or du Solognot
Le Marais des ombres
Meurtres d'outre-tombe

Jean-Michel THIBAUX
L'Olivier du Diable
Le Maître des Bastides
Le Rappel du tambour

Katia VALÈRE
Après la nuit vient l'aube

Brigitte VAREL
Le Secret des pierres

Louis-Olivier VITTÉ
La Guérisseuse de Peyreforte
Là où coule une rivière
Le Secret de Tire-Lune
La Statue engloutie
La Dame des vignes hautes
La Femme qui voulait voir la mer
Petit Jean

Colette VLÉRICK
L'Enfant sur le pont
Un air de liberté
La Nacre des abers
Dans la lumière de Pont-Aven
Rêves d'indiennes

Photocomposition Belle Page

Achevé d'imprimer en septembre 2022
par CPI BRODARD & TAUPIN (72200 La Flèche)
pour le compte des Éditions Calmann-Lévy
21, rue du Montparnasse, 75006 Paris

PAPIER À BASE DE FIBRES CERTIFIÉES

CALMANN LÉVY s'engage pour l'environnement en réduisant l'empreinte carbone de ses livres. Celle de cet exemplaire est de :
650 g éq. CO_2
Rendez-vous sur www.calmann-levy-durable.fr

N° d'éditeur : 1267180/01
N° d'imprimeur : 3049786
Dépôt légal : septembre 2022
Imprimé en France.